U0943949

suhei

你能告诉我，人为何要把相爱变成伤害？
这世界真的没有无辜的人？

——原麻木

如山、古树和我

素黑

天津出版传媒集团
天津人民出版社

自序

这里没有故事，只有经历

终于，做一件只为自己做的事。

十三年前，我曾经写过一本小说，写作的初衷，原是因为经年为别人写太多文字，遗失了自己。很想为自己写一点属于自己的东西，写一个关于出走冰岛的故事。

可事情后来变复杂了，即使心怀良善的意愿，却不一定能结良好的果实。结果，故事和作品已不再是自己的事，心里留下一个洞。

一生只做过极少数后悔、不想再提起的事，那小说是其中之一，伤口到今天还在隐隐作痛。

什么叫作阴影，我很明白。然后，十三年便失踪了，连影子的尾巴也留不住。

十三到底是个怎样的命数谁晓得？只知道，命运的巨轮把我和一些人缘圈上了，我得和他们一起经历痛到要死的难关。他们说，很希望和我一起面对，不只是因为我细心、善良或者愿意聆听，而是因为我能明白，我懂。

因为懂，也就得经历，大概是这样吧。

一个又一个个案，其中有些刻骨铭心的，一直不敢记起，也不愿提起，因为，太痛。

除了他们的，也有我自己的。

这些年，经历了好几次无法用任何语言或文字向谁透露哪怕只是其中一小段的创伤，都化作孤魂了。待累到痛到磨难到连出走也绝望的某一天，我告诉自己，需要停下来，为自己疗伤，方法是，找一个素黑来治疗自己。

心里那些洞在呼唤我，必须把所知道和经历过的痛，以小说的形式安放好。因为，只有小说能承担得起的文字，才能承担得起那些痛。

这是创作《如山、古树和我》的缘起。2015年的决定，2016年底完成。写完后，那些洞到底是否还在已不再重要了，能为那许多于人海浮游的伤痛孤魂立碑，肯定它们存在过，给它们一个深深的拥抱，原是对伤痛的尊重，替它们善后和安魂。没有让它们白伤过，那就够了。

小说出版时，我应该刚过四十八岁，以前没想过能活到的超现实年龄。这小说算是送给自己的庆生礼物。立碑与庆生原是一循环，互不相见却生死同体的彼岸花。假如能看破的话，便没什么好执着。生死爱恨悲欢离合，尘世里循环，没有单独的人，只有一起同行。还活着，已经很好了。

小说里有很多段伤爱经历。不管你是否重视爱，是否需要爱，是否还信任爱，在这里，我们好好地、认真地对待爱一次，好吗？

别轻率地瞧不起爱，待人生走到最后，你会后悔的。别假装事不关己，管你是伟人还是小人，都逃不开躲不了最难缠和最困扰的亲密关系，那些家事感情事：与身边人的纠缠、瓜葛和矛盾，对不在身边的最爱的思念，对情欲的放纵和逃避；那些爱理不理的后遗症，撕裂一生的伤害；那些面子的执着，无可挽回的愧疚，原是懦弱却充当爱的虚怯；那许许多多的来不及、难开口、错过了、爱无力和等来世……都是遗憾，都是渴求，都是难堪，都是假如可以再来一次的冀盼，牵绊终身，人有，你有。

这本小说是关于在爱里能发生和不能发生却发生了的一些最深的伤痛经历。

曾经多次在写作途中不得不停下来，伤到不得了。停顿过几个星期，也停顿过几个月，才能重组足够的勇气，继续写下去。

这本小说需要深呼吸到最后才能读完，有人读不到一半必须停下来歇一会，因为击中了自己隐藏的伤痛；有人必须重读好几遍才能释怀和参悟，像泡茶，每一泡都是多一重的体验和惊醒，细品的是杯中茶，还有你自己。杯放下，才是面对自己的开始。

痛是好的，提醒自己距离爱和自由还有多远。

小说里没有我的私故事，但都是我的深刻经历。你也经历过的话，会明白，你们都是主角。这里没有故事，只有经历，戏剧从来不过是人生。

我在小说里尝试为几个由伤痛引发的人生问题寻找出口：人为何要把相爱变成伤害？世上真的没有无辜的人？善良的人为何总是被伤害？人要为自己的痛负上什么责任？

知道经历过连番重大的伤痛后，我最深的感受是什么吗？

不是更大的痛，而是更大的爱，希望任何人包括最邪恶的人再也不要经历不必要的磨难了。写这本小说的初心，也是为了这个心愿。女主角原麻木说过："面对过太多受伤的个案，渐渐懂得对爱最大的祝福，莫过于但愿能停止一切伤痛，期许真心去爱的人不再受苦。"

有时对自己和人性存疑时，不得不拿好朋友李家麟医师说过的话来安慰自己："没有天衣无缝的恶，没有徒劳无功的善。一个人只要发心和坚持，世界当下已改变了，即使表象看不见什么不得了的光辉，即使是那么的一点点萤火，我们的心也是世界的一部分。"

本来，医者能为活着的人带来最深层的治疗，不过是这个信念，别傻到去问是真是假，执着求证，那你将会失去更重要的东西。

原麻木说："原谅是最大的爱。成长是充满伤害的历程，我们已没有更多去错过。体谅和宽恕能化解缘分的诅咒，也能终止因果循环，终止错过。"

但愿，但愿我们都有这种慈悲和力量去面对伤痛，不再伤爱，只有相爱。

小说里有一些内容，想多说几句。

关于神秘机场女子高树梵那段，是回应和延续十三年前的小说《出走年代》其中一个重要的脉络。不过绝对可以单独阅读，也算是安置好《出走年代》里的三个角色，没有让他们白活过。

关于茶的出场是一面镜子，疗愈各种伤痛的重要“药引”，也是我对这些年有幸结缘的几位茶老师和茶朋友的深深谢意。他们有点傻，有点坚持，有点灵气，同在修。书里出现过的一些茶都是我的挚爱。选择茶，是因为茶先选择了我。在疗愈创伤的日子里，茶和这些茶人的出现，给了我救赎的安慰。愿能借茶的千年智慧和它对身心的惠泽，道出修养是怎么一回事，爱是怎么一回事，历练又是怎么一回事。对于不明白的事情，去问老茶，茶树会告诉你。此书也是我向茶和树的敬礼。

关于尺八、钢琴音乐和歌曲，像没有一道茶是随便写进去的一样，都有它们独特的故事和经历。哪位演奏家、哪位歌手、哪个演绎版本，也尽量考究细致，感染属于那个情节的氛围和画面。愿音乐的谜样力量带领你探进角色的情感状态，体验他们的伤和爱。

关于会说话的猫，不用多说，懂猫的人，自然懂。

最后，要感谢一些美好的人。

感谢好好朋友陆以心多年来鼓励我重回小说的创作，促成了这本小说的动笔。谢谢数位茶启蒙者和茶爱好者包括李天安、刘可盈、余文心、吕沐真、草祭、薛嘉弢、苏惠雯、马绍礼等老师们，让我看到茶人合一承传的谦卑和修养。谢谢我最喜爱的作家之一兼多年朋友韩丽珠的猫样鼓励和支持。谢谢好好医师朋友李家麟不时聆听我，跟我分享只有医理伤痛者才明白的心路历程以共勉励。谢谢深深交陈伟光尺八式的支持和指导，兼替女主角的爸爸吹奏的两首尺八乐曲。谢谢暖男好友项明生送我的冰岛能量小黑石，圆满了冰岛那段故事。谢谢多年的好友冯伟恩、热情的伊妮，分别为小说创作了凄美的钢琴原创音乐，同时要感谢比好人还要好的罗伟兴协助专业录制和混音。谢谢迷离的叶破那些细说冰岛二三事的愉快下午。

谢谢小说里所有出现过的人和猫，即使有些已以不同的方式和意愿离去了，谢谢你们一直在，给了我活着的勇气和启示。

素黑

2017 年 1 月

目录

01 那夜，他们遇见极光

冰岛最南端的维克（Vik）小镇。

Te驾着他向邻居借来的4×4[1]，带麻木来到Reynisfjara黑石滩。

没有人会傻到在这个时段来这种地方碰黑的，荒野里的黑暗比黑暗还要黑。踏在漫滩的小黑卵石上有踏浪的错觉，错置了三维空间的巨浪声响涌进耳朵里澎湃，听不到鞋子与石头碰撞的细碎声。

这夜的海浪特别大，有点涨潮，有点危险，如Te说，是带麻木来探险的。

麻木可不知道，他已悄悄地等了五个月，终于如愿把她带来了。

“好黑啊，我看不到路。”麻木还未习惯走进全然的黑暗里，虽然，一起探黑的历验已不是他们的第一次。

“没事，我能看见。浪很凶，听我的话，千万别像小猫一样松

---

1 4×4：代指越野性能优越的四轮驱动车。

开我的手跑走，好吗？”Te紧紧地拉着麻木的手。

“我不会放开你的手，不会。”说罢麻木居然有点心跳，幸好Te看不到。他们掌心相印地把手牵在一起。她知道，心跳，是因为亲密。

Te安心地对麻木笑，虽然在黑暗里她未必能看清楚，但他已心满意足了。事实上，平时他找不到跟她拉手、开口叫她不要放开他的理由。

感谢这个黑夜这片海。

Te拉着麻木靠在岩壁下慢走。壁上是一条条多棱的柱体，是由沿着峭壁快速往下流的火山岩浆迅速冷却和凝固后形成的奇景。他让她抚摸那些岩柱条，感觉真好。

“我们来到外星球了吗？”麻木像什么都是第一次尝试的小女孩一样好奇，充满对未知的兴奋。

“对啊，是冰岛星。”

“怎么我觉得好像在踏浪呢，脚浮浮的。”

“亲爱的，这翻凶浪的岩岸边确实是有点危险的。浪声大，说话要扬声，会费劲和分心的，先小心慢慢走好吗？”

“嗯！”

麻木变回乖巧的小女孩，Te紧拉着她的手走了一会儿便停下来，把她拉近，轻轻地扶她爬到一处离地稍高的小岩洞去。真没想到峭壁上会有小岩洞。洞虽然浅，但能挡风，待在那里较长时间也不会冻死。他们坐下来，Te紧紧地搂着她的肩膀，给她温暖。

四周没有任何光源，无尽漆黑，只听到高浪翻起的拍岸声，近得就在脚底拍打一样。浪花不白，是黑的。

"别闭上眼睛，要张开眼睛观浪声。"

"我好像什么也看不到呢！"

"定下来，慢慢地，你会看见浪要给你看的东西。"

洞穴里的回响如雷声，千丈巨浪的威力打向巨石和滩边的小黑石，高低频的交迭直慑入心，麻木全身的毛细血管都在颤动，刚才轻跳的心已跟随海浪的节奏在狂舞，不由自主，怦然心动。平生第一次跟海浪融合为一。在全黑的天地里，没有了自己，只有在一起。

海浪拍打到柱状岩石上的声音太震撼，是没来过的人不可能想象的，麻木第一次感受到海浪的巨大力量，足以清理一切。她相信，在这个神圣的洗礼场地，巨浪声能把罪业与伤痛一洗而空。

"怎么我觉得，是海借浪在哭。"麻木幽幽地说。

"怎么我觉得，是你借浪想哭。"Te柔柔地说。

黑天黑海黑风浪。可能已过了半小时，忽然，麻木认出了黑的轮廓，分辨出天和海，海和浪，浪和石，石和风，风和冷，冷和身边紧靠的体温。浪声走到哪，哪里便能被看见。追随声音的景象是神奇的体验，在大片声音的板块上画出的音符，是麻木听过最震撼灵魂的音乐。

"这声音太疗愈了。没有界限，没里没外，到处都被充满着，我们就在所有之中，被声音环抱，在下方，在上方，在四周，在无极。实在太奇妙！"麻木赞叹。

"这是'观音'的力量。"

麻木第一次具体地明白"观音"二字的传奇。原来，声音真的可以被观看，是无极的空间，而不只是音波。

“记得我刚来冰岛时……”Te说，“一个人来到这里，待到晚上，扎了营，就在这里听海浪声。风浪大到像要随时卷走一切。那时心很伤，但很平静，整个人像被彻头彻尾淘洗过一次一样。我想，是黑和海的洗礼治愈了我……”

话还没说完，眼前突然出现了异象，一丝丝流动的微弱绿光在地平线浮现。

“我的天，是极光！”Te讶异地说。

长久逗留在全黑中，突然出现光，才发现原来眼前这片天和海是那么宽大，原来光一直藏在黑暗里。在绝对的黑里走出来的光加倍的壮美。

Te本来是带麻木来看黑，结果意外地遇见极光。

“你相信吗？我来了三年，从来没能遇上极光，都是缘分。谢谢你，麻木。”Te感动到要落泪了，激动地把麻木揽进怀里。

麻木被梦幻的一切震撼到无法说出一句话，他们都被眼前的幻景震慑了。

极光很快便消失，世界又返回极致的黑。没有留恋，因为没有失去过。全黑和极光本是同一体。

“我懂了。”麻木的眼睛闪出小极光，**“黑暗的存在，是为了看到光明。”**

“嗯。黑和光本来就是阴阳同体。”

“Te，谢谢你让我看见黑暗的真面目，我想，现在我没有什么需要害怕了。”

夜已深，他们不知在黑暗里靠着待了多久，麻木冷到微颤抖。

“该回去了。”Te说。

“嗯。”

当他们正要起身离开小洞穴时，麻木不经意地低头，竟然看见肚脐处浮现了一块小红印。天呀，是红印，不会有错的，她终于能看到自己的红印了，没想到伤痛的根源，原来就在肚脐上形状像冰岛的那块小小的胎记上。

Te原是带麻木来疗伤的。

两年前，麻木经历过一次极沉重的创伤。创伤后的她突然拥有一项不可思议的异能：可以一眼看到别人身体上某个位置透现一块小红印，那是他的痛点，深层的伤痛根源。自那天开始，在她眼里，所有人身上都呈现了大大小小的红印，从此她的世界，她的人生便彻底改变了。可离奇的是，她却看不到自己身上有红印，看不透导致她创伤的深层源头在哪里。为此，她一直感到不安。

这个夜里，无量的全黑，震撼的浪声，意外的极光，终于为确认出麻木的伤痛根源带来了曙光，也是她来到冰岛后最神秘的一次体验。她紧拉着Te的手，不用他提醒，她也不想放开他。这个男人，总能为她缔造惊喜，在最意想不到的时刻为她挑灯，带来迷离的启示。

遇见Te是她一生的传奇。半年前，她被创伤折腾了六百天后，决心放下一切，出走冰岛，替自己疗伤，就在到达冰岛的第十天，谜样地遇上谜样的Te，改写了他俩的一生，也为彼此打开了重生的出口。

而他们其中一个重生的经历，是后来回国一起创立了“麻木树”。

02 关于“麻木树”

大玻璃窗外隐隐传来海浪的声音，今天罕有地翻起大风。相比之下，原本已经很安静的疗愈室便分外平静。麻木看着窗外摇晃的树叶，念起冰岛的大风。想起出走冰岛，已经是一年前的事了。

她习惯每天早上回到“麻木树”后一边喝茶一边工作，茶是Te亲自为她冲泡的。今早接过他递来的白瓷茶杯后，她笑着说：“啊，现在才发现，这么多年我的早饮，来来去去都是墨黑的。以前是Espresso（浓咖啡），现在是熟普洱。”

Te笑眯眯地步出麻木的房间，连嗯一声也没有。静默是他令人安心的存在方式。他在想：“她之前喝的Espresso哑淡无光，现在的老树普洱茶可是暗里发亮，如她这一年来的蜕变。”

Te是个非比寻常的造型师，他天赋阅人的眼光，能替人脱胎换骨，帮人发掘原本属于自己的美丽。他还拥有特殊的“茶疗读心术”，可一眼看出你正在经历的内在蜕变，匹配跟你同频的茶，让你在茶人合一的体验中，平静地感受重新和自己对碰上的惊喜，生命从此不一样。

这，正是麻木一年前在冰岛刚认识Te的那天亲身体验过的奇迹：换上她从没想过能与自己匹配的发型和面貌，在镜前与自己对望了足足三分钟也无法说出话来，几近震惊。当她稍微回过神来时，Te已端上一杯刚泡好的“蜕变茶”到她跟前。看着茶汤在古董小黑茶杯里袅袅冒烟，泪水都要跑出来了。

创伤前，麻木是一位知名的精神科医生，被业界誉为“全城最冷艳的年轻心理名医”。她处理过很棘手的精神困扰个案，每每触及病人最深层的痛处。那个时候的她会细心聆听他们的个案，一针见血地做学术的分析，让每个病人离开时取走大包药物，仿佛已是她能给的最好的治疗。现在想起来也感到脸红和羞愧，人生的伤痛、复杂的心理，怎能只靠药物治愈？那些死结，都是由无数千丝万缕的际遇和心念一点一滴纠结而成的。**每个人一生都经历过大大小小不同的伤痛，人都是从伤痛中成长过来的。**

“麻木树”是麻木和Te三个月前从冰岛回来后一起创立的疗愈工作室，由两人的中文名字合并而成，是结合疗伤、造型和茶疗的工作室，或者叫它疗伤茶馆更为贴切。

麻木特意在工作室设置了一个“茶吧”。她特别喜欢“吧”，原来自小便有个心愿，希望在酒吧当“吧”女，只因她喜欢听故事。那些在酒吧流连的青春岁月里，令麻木动容，离开家不像家的怨气世界，来到黑黑的密室，音乐和烟酒混合的异域，对于那个年纪的她而言，世上应该没有比酒吧更传奇的国度，能排解回家的死寂和空虚感。每一个走进来买醉的人都确实带来了大大小小的故事，即使跟她无关，有时甚至有点沉闷，也是好听的故事。说穿了，不过是因为听者和说者都活得太空虚。

那些年头，麻木的心里只有让她心跳加速的酒，提醒她还拥有能运作的器官，至于茶，应该是和世界关系很好的人才喝的水，平淡到像没有活过一样。本来，在激情与平淡之间，哪个年轻人会追求后者？待真正和茶结下不解之缘，该是她和Te在冰岛的第一次相遇。

在“麻木树”，麻木和Te有清晰的分工：麻木负责疗伤，发掘受疗者深层的伤痛根源，引导身心疗愈；Te负责为疗伤后的客人从发型到妆容重新设计造型，并量身订“泡”属于他们的茶，洗涤身心。他相信，**每个人一生中总会遇上和自己当下的人生历程匹配的茶，他叫作“蜕变茶”**。他笑称提供的服务是从“头”再来，洗“心”革“面”。麻木装作有点不满：“重头戏好像都落到你那儿了，我都不重要啦！”其实她心里万分感恩：洗心革面能内外兼善，一直是麻木希望完善的整合治疗方向。难得遇上对的人成全了她这个心愿。说白了，没有Te便没有“麻木树”和重新上路的自己。

这个大风的早上，麻木一边喝着Te为她温柔地泡的甘草老树熟普洱茶，一边处理一个准客人的疗伤预约。突然手机的留言提示声音响起，是一个月前结案的客人Angel传来的信息：

Angel：麻木早安，很想告诉你，这个月我平静地感受到脱胎换骨的重生体验，衷心地感谢你和Te为我带来的一切。

麻木感动地微笑。像Angel这种愿意重新上路，真心改善自己的个案，在麻木的临床疗愈经验里，属于少数。来找她求助的人很多，多到需要严格地筛选。麻木为希望到“麻木树”寻求治疗的人定下了接见的条件：必须下定决心从头再来，承诺付出具体的努力，彻底重组和改革人生。没有比这更坚定的自爱决志。

对于还未准备好，或者被她看穿骨子里不是真心愿意为洗心革面而付出的人，有时也不得不狠心地回绝或终止见面。时间有限，心力有限，缘分有期。这是她三十二岁的人生中的一个深切的醒悟。

03 Angel的痛

Angel第一次到“麻木树”是三个月前疗愈工作室刚开业不久的一个早上，在她杀夫失败后的第十四天。

麻木接见客人前，会先让他们填写一份详尽的提案表格。她有一种本能，可以看得出哪些内容是真的，哪些是捏造的，哪些是主观的，哪些是客观的。Angel的个案有点特别，表面上是因为丈夫要离开她，负了她的青春和爱，可他罪不至死。但她的确计划过并进行了杀夫行动，只是失败了，事后丈夫离开得更干干净净，对她毫不留恋。

麻木闭目透视了Angel的提案，发现她的案情不只是杀夫，更涉及一处被深埋的伤痛：另一宗命案。因为案情有点复杂，而Angel愿意面对问题，麻木决定帮助她。

Te曾对麻木说他需要对客人留有一个治疗前的第一印象，所以要求客人都由他先接待和侍茶。他是视觉主导的人，擅长用视觉思考和感受。而麻木是理性和听觉主导的人，能看穿说话的弦外之音，分辨出诉说者的真实想法和意图；哪里有隐藏，哪里有难言之隐，她都能一一透视。

工作室助理Candy把Angel从接待处引入全海景落地玻璃大窗和种满鲜花的茶吧，Te已在微笑欢迎，待她坐下后，递给她一份雅致的茶单，让她点想喝的茶。Angel扫了茶单一眼，不花一秒钟便点了炭焙铁观音。Te友善地说："好的，稍后送上。"然后带她到麻木的疗愈房间，把门轻轻关上。

Angel走进麻木光线充足的房间，眼前一亮，没想到传说中传奇的原麻木医生带着从容的笑容，一点也不像想象中的那么严肃、权威和冷艳。

"欢迎你，坐下吧！"她示意窗旁一张非常柔软舒适的米白色单人沙发。Angel像几乎所有的客人一样，本能地把沙发上放着的毛毛靠垫抱进怀里。

"哇，好棒的靠垫啊！"Angel情不自禁地赞美，忘记原是带着沉重的心情而来。这是麻木的本领之一：能预知客人的心理状态，想见到什么，需要什么，什么能令他们感到舒服和安全。只有在这样的模拟环境下，客人才能产生安全感，愿意打开心扉，把连自己也没想过愿意透露的秘密、潜藏的想法或需要都一一解封。

麻木首先轻敲一个小巧的黑铜磬，让Angel闭上眼睛聆听。这不是一般的铜磬，日式的内向型磬口设计发出异常集中、内敛和清澈透亮的声音，能洗涤心灵，令人定心。几下磬声安顿舟车劳顿前来的客人，这是麻木设计的定心步骤，帮助回收客人散乱的能量，为稳定对方的紊乱思绪和清理心结做好准备。

当Angel睁开眼睛时，Te已经悄然地把炭焙铁观音放在她面前了。茶杯是日式的小乐烧杯，不太规则的形状带点任性的艺术风味。茶香顷刻飘满一室。

Angel喝了一口茶，状态还在磬声后的催眠沉定中。

“磬声舒服吗？”麻木问。

“很好听啊，好舒服呢！这是什么东西？这儿有售吗？多少钱？”Angel问。

麻木笑了，说：“先关心自己的身体如何跟磬声交融，哪里有售，多少钱，不是现在我们应该关心的事情呢。回归身体，先享受磬声就够了。”

Angel有点不好意思地说：“啊啊，是的，我就是这样，喜欢问价钱，买东西，因为很喜欢啊。其实刚才我已想问这靠垫哪有售，只是有点不好意思罢了！”

麻木安静地一笑，要离开这话题了，随后递给她看她的提案表格副本，把她填写的部分内容以黄色荧光笔标记出来：

伤痛的因由：

被丈夫伤害。我和他十年了，他要离开，想自己一个人。这是荒谬的理由，不管他是否有了新欢抑或已不再爱我了，我已为了这段感情付出所有的青春和感情。我不甘心。他承诺过会照顾我一世，不会离开我的。是男子汉便应该兑现说过的话！

你的反应是：

我告诉他我不愿意分手，除非他死了，只有死才能补偿他对我的伤害和我的损失。他说我疯了，就是因为我这种性格和品格令他受够了。他不想再和我生活下去。我知道他去意已决，但我气难消。想他死的意念高涨，把心一横，我在他上班前每天都喝的咖啡里下了大量安眠药，当是他服药自杀吧。只要他死去，一切都可以被原谅。人死了才算还了债，起码他不会再做出对不起我的事了。

可惜，他死不了，是药量不够还是上天没听我？总之他没死，只是大大地呕吐，还自行下楼找车去医院。我故意不在家，不想看着他死去，也不想让他知道是我干的。回家后看到地上大摊呕吐物恶臭熏天，人不在，才知道他没有死。晚上收到他的电话留言，告诉我他在哪家医院。我的心一沉，他活过来了，那我该怎么办？还是去医院看他，他直接说知道是我干的，说我够狠。他说："再找不到任何理由和你在一起了，希望你看到自己有多狠毒，别再老是嘴里挂着其实很爱我的假话了。假如我有欠过你什么，这次你对我的绝和狠，已经够偿还有余了。"面对吊着输液瓶、脸色不像人形的他，惊讶自己居然没有预期的心凉，才知道即使他死了，我也不会好过一点。我没什么想说的，腿有点软，走到医院外边的小花园哭了。他出院后很快便搬走了东西，彻底地离开我，我也崩溃了。

事件对你的影响：

我还是很不甘心。他没有死，我却感到有点庆幸，这是出乎意料的。我还以为真心想他死。可是，在医院看他躺在床上面无血色，双唇泛白，一下子老了很多岁的样子，我动摇了，对他还是舍不得。相伴十年的男人，差点死在我手里，想到这也觉得可怕。

他彻底地把东西搬走后，我开始做噩梦。隔几天便做类似的梦，梦到自己血淋淋地被追杀。而可怕的事情也发生了，我最爱的和他一起养了多年的狗突然急病死了，就在他被毒后的第七天。我心寒了，想到假如当天他真的死去，狗狗死的那天正好是他的头七。

寻求自疗的原因：

五岁的女儿问我爸爸在哪儿，看到她我就会失控。很想把那没良心的爸爸拉回来，要他对女儿负责任，但又开始害怕自己，因为我会对女儿凶，发脾气，甚至说过她再不乖便饿死她。听到自己说出这种话好心寒。我觉得自己很失败，最疼我的爸爸很早便死了，妈妈很恨我，因为小时候我带弟弟外出玩时他交通意外死了，怎么所有人都来怪我呢？是他们欠我的，没有给我爱啊！

我只想找个客观和专业的人来评评理，告诉我到底我的际遇为何这么不堪，真的是我自己的问题吗？其他人就没有责任吗？他们不是应该得到报应的吗？

当Angel进入疗愈房间时，麻木不得不承认，马上被她清白单纯的美貌深深吸引着，是那种只能悄悄地抽一口气的惊叹。面前这个瘦小纯美的女人，眼神带着迷人的魔力，你怎能想到，她会是个冷静地计划亲手杀死丈夫的恶魔？**女人的心里到底可以有多狠多毒，都不会挂在面容上给你看见。容易被伤害的柔美外表，最容易自欺欺人。**

见到Angel后，麻木更确定事前对这个个案的评估和判断。

麻木给她补充说明的机会。她重复地说了很多对丈夫和母亲的怨恨。十五分钟后，麻木终止了她。

"Angel，不好意思，容我先打断你一下。我想，你还有很多话要说，很多问题想问。不过，能容我先问你一个问题吗？"

"当然可以。你是专家。"Angel点头说。

"我只是来让你看清你自己，你当我是一面镜子好了，是不是专家都不重要，就当我们是朋友间的聊天，轻轻松松就好。我想知道，关于你过去发生过的很重要的事情，你想想，还有什么没有告诉我呢？"

Angel流露出被问到的表情，麻木没有忽略她的瞳孔微微地扩大的生理变化细节。她的声音开始转沙哑，是有很多久被埋藏、未说出的话一息间涌到咽喉，想冲出来时却被压抑着，同时也是害怕把真话说出来，以致潜意识马上压抑了咽喉通道的心理反应。

"没有吧。关于我这段婚姻，我受过的伤害和家人的不和等都已详尽写给你了。你觉得是否还有哪里不清楚，我再详述一次都没问题。"

麻木依然微笑，问："你写给我的内容我没有觉得有问题。刚才你也重复了。反而是，我看到你应该有一件往事没有写出来。请别介意我直接问你。"

"你问吧！"Angel扬了一下眉头。

麻木眼睛直望着Angel，静默了三十秒。这是足够的唤醒时间，能勾起Angel潜意识里隐藏的秘密。

麻木开口："你的弟弟不是交通意外死的，是吗？"

Angel的瞳孔放大了起码三倍，明显地感到非常惊讶，又无法当麻木的话是疯话来反应，因为她被说中了要害。那个她巧妙地令自己"忘记"了二十多年的真相，没料到在这个来寻求公平地审判丈夫的早上，在神秘的定心磬声的净化后，在喝了一般人也不会在早上喝、带点苦涩的炭焙铁观音的回魂下，居然冷不防被一下子翻起波澜旧账。

Angel最初听说关于麻木这个疗伤怪医，是从网络上广传的一些文章和专访。她是从来不相信任何医生或心理辅导员的，觉得他们根本没用，人不可能帮助另一个人看透自己的问题，尤其是隐藏很深的根性。而且，她也不相信人应该改变自己，更不认同所谓自我改善这回事。人要怎样做都是当时觉得最适合的决定，配合当时的能力、意愿和想法。事情出来后即使不完美，也是注定的结果。人是怎样便是怎样，没必要改变自己，扭曲自己。对她来说，这才合乎自然定律。

可是，发生了杀夫不遂事件后，Angel的心态起了一点变化。当她不能再以任何方法去改变丈夫，左右他的意愿和决定时，她感到非常无助和渺小，在差点杀掉丈夫的关口上，更加感到了自己的陌生和可怕。原来自大到从不接受别人劝导和帮助的她，在面对小女儿纯真的脸庞，一条生命在等待她去爱护和保护时，自然会想起小时候曾经同样等待被爱的自己。突然，她感到很需要被帮助，找到出路。

找上麻木，正是她感到绝望的一个下午，保姆送她女儿回家时向她投诉女儿在幼儿园偷同学的笔套。她为此狠狠打了女儿一顿。当自己的手用力打在女儿身上时，同等的力度反馈竟令她感受到女儿相同的痛楚，瞬间万念俱灰，闪出轻生的念头。“怎么我的命那么苦？为何我怎么努力也无法守住一个幸福健全的家？”就在这时候，手机发出留言通知，是她唯一的闺蜜转发给她的一篇题为《一眼看穿你的痛——专访怪医原麻木》的访问文章。那句“一眼看穿你的痛”非常夺目。以前的她是不可能对这种夸张式的媒体用语产生好感，可那一刻她的反应是：“正是我需要的能力，我需要有人告诉我该怎么走下去。”

闺蜜是麻木的专栏粉丝，也读过她几部作品，都是关于痛症的背后原来大大隐藏了深层的故事。她曾经向Angel推荐过麻木的书，不过都被Angel不屑地拒绝，“我不喜欢看书，也不需要看书。我不喜欢被谁影响，也不想听谁说三道四装专家。”

“迷路的时候，得放下自尊和面子，这是成长中教晓人放下自我的第一步。”就是这句出现在原麻木专访里的话，令Angel紧闭的心门毕生首次打开，连她自己也不相信居然下载了预约疗愈申请的App。更没料到麻木超声速的助理Candy会马上传送提案表格给她，温馨地提示她详尽地填好后寄回去，原麻木医生会视乎个案衡量是否接受她的申请。

Angel心里想："不是吧，还要等候被筛选吗？不是约好时间就可去的吗，怎么这么麻烦，到底她是否开门做生意的呢？"她感到很不爽，想到可能会被拒绝时心情便冷了大截。不过，也只能被动地等待着，反正现在是自己求人家，不是相反。

三天后，Angel收到回复，约见成功，并且在赴约后不到三十分钟的光景，便被意外地挖出似乎活埋了几个世纪的创伤。

Angel的深层伤痛，源头是仇恨。

在麻木发问完后的一分钟里，Angel由瞳孔放大到眼睛下垂，手指开始轻微抖震，努力地寻找回应的字句，挣扎着是要掩饰还是放弃，是否要继续说谎。那一刻，她经历着人生中一个最大的难关：要不要埋没良心。**关于"要不要埋没良心"这个问题，当你做出任何一个选择后，都能决定你下半生的命运，你将以怎样的心境面对死亡，和从今以后如何面对你爱着的人的眼睛。**

对Angel而言，这是极度艰难的一刻。两条路，逃不了，必须选择。反正是自己走上来的，上天总有整顿坏人的恶作剧。

在Angel不知所措的时候，麻木不知何时已悄悄地走到她背后，用比羽毛还要轻的温柔，把双手放在她的双肩上，是轻到没有任何生物能抗拒的温婉。Angel的心马上融化，泪潸然滚下。

麻木轻轻地提起双手，递给她抹泪的纸巾。Angel还是静静的，只是眼泪不自主地流出来，好不容易才吐出一声："是的，不是交通意外。"

说完后，Angel的心口近胃的位置骤然松开，是种说不出的神奇体验。多少年了，她的心脏和肠胃都不好，总是抽搐，堵塞住，呼吸不顺，无故胃痛，长期便秘，易生口疮。原来那个地方松开后，感觉是这样的轻松，真不可思议。 随即，麻木注意到她的太阳穴位置的肌肉开始微微地拉开。

“嗯，不要感到意外，不是我猜中了，而是你的眼睛告诉我的。容我再多问一个问题可以吗？”麻木温柔地问。

Angel点点头。

“你有妇科问题吗？譬如经期的问题。”

Angel再度睁大了眼睛，说：“有。经期时像血崩一样。很多年了，已经习惯了。”

“有照过超声波吗？你母亲或她的亲人也有类似的病征吗？”麻木问。

Angel以毕生从没有过的乖巧态度回答：“没有。我从不相信医生，也不看医生。我妈去年确诊为子宫癌，做了化疗，现在情况稍微稳定，但刚发现肝有点硬化。你说，我会像我妈的下场一样吗？是遗传的吗？我妈已花了很多钱就医了！”

麻木依然微笑，问：“你很缺钱吗？”

Angel再度被问起：“不是缺钱，只是告诉你医那病要花很多钱而已。”说罢才觉得自己有点无聊，为何要告诉麻木这些呢？她不可能不清楚医病的费用，她是医生啊。自己真的不是没有钱，当然她没有告诉麻木的是她本来便很有钱，丈夫办离婚时也承诺过会给她一半身家，那是一笔颇丰厚的钱，说得难听一点，足够她医几次癌症了。

“你的下场会不会像你妈一样，要视乎你是否愿意原谅她。”麻木说。

“原谅？”Angel不很相信自己的耳朵。

麻木继续说：“现在，你应该可以告诉我，你弟弟是怎样死去的。发生过血案吗？”

Angel正要作出不能原谅妈妈的反击时，没想到却被先反击了。还没开口，她已明白，好胜的她这回彻底输了，输给了自己。绕了一个大圈，以为负她的是丈夫，是妈妈，是全世界，原来不过是一场果报。她才是要为自己的命运负上全责的人。她，不得不承认一切：

“原来真的逃不过你的眼睛。我以为早已忘记了这件事。那年我九岁，因为妒忌弟弟被妈妈宠爱，虽然没有亲手推他出马路，却也是间接诱导他走到马路上拾回我故意碰跌的皮球。当时真的没想过要他死，只是觉得这样他就不会再受宠了。虽然心里没有要他死的意念，不过事实上就是朝那方向计划行动。可能那时我只想伤害他，结果他却真的死了。没有人看到事情的经过，爸妈也以为是交通意外，妈妈尤其狠毒地诅咒那司机，要他的家人七孔流血不得好死，而他还得看着家人逐一惨死、受尽折磨后才能孤独地死去。我现在还清楚地记得她说出那恶毒的诅咒时，让人心寒的语气。

“结果，弟弟走后第七天，我们家养的猫在外边吃了邻居恶意投放用来毒杀流浪猫狗的食物，连同两只流浪狗一起被毒死了，死时七孔流血，死状恐怖。我在想，应该是妈妈的毒咒害死了我们家的猫，是妈妈犯下了原罪。”

“或者你可以这样想：是你的猫代替你赔了命，不是妈妈诅咒的结果。”麻木说。

“怎么会呢！是妈妈的恶念应验在我们家的猫身上啊，代替我赔命是何解？”Angel大惑。

“既然你提过你丈夫、妈妈都应得到报应，那我假设你相信报应吧，或者你可以这样解读：猫以死替你赎罪，可能是报答你照顾过它的恩德。别忘了先有毒念的是你，你却没有看穿上天让猫死是给你悔过的机会，还带着仇恨对待你的妈妈。二十多年后你重蹈覆辙，以你妈妈同样的恶念置丈夫于死地。幸好这次他没死，可能你在再次看着身边人死去的场面时，勾起了还未悔过的罪疚心，开始觉得自己可怕了，重复地想害死人，却一直埋怨是他们欠你的。你的伤痛是自己造成的，不能怪谁。再说，你经期的血崩现象并非偶然，或者，你妈妈的流血诅咒已在你身上暗埋了种子。”麻木说。

案情比想象中意外，峰回路转，令Angel一时无法消化和接受，听起来太不科学了吧。她尝试反驳：“虽然弟弟的死是我间接造成的，但妈妈的恶也并非无辜，怎么都怪到我身上呢，这样对我太不公平啊。还有，丈夫对我造成的伤害，怎能只说一句打平便了事？他为什么要这样对我？他就不应得到报应吗？”

麻木徐徐地、冷静地说：“你可还记得养了多年的狗，在你下毒后的第七天突然病死？有没有想过，它可能是代替你丈夫而死，像你的猫一样，提醒你同样的事情在二十多年后再度发生，叫你好自为之？别轻视动物的灵性。

“不要以为是我看小说太多，或者在编鬼故事，导人迷信，危言耸听。在我的临床经验里，百分之八十的人，真的要待亲眼看到死人塌楼的大灾难时才醒觉，可惜已经太迟。你没有从害死弟弟的错中得到教训，从没有为此忏悔过，现在再度没有从差点害死丈夫的恶行中自省，彻底忏悔，承认自己的狠毒，你的身体将会承受自己种下的毒果。**仇恨是假的，谁欠了你也是假的，只是你借来掩饰内心的恶毒**。

“更重要的是，你再怎样也没所谓了，反正都要你自己承受。问题是，你还有年幼的女儿，单亲女儿，她像当年的你在期待着被爱和幸福。现在，你的良心在发出最后的悔改呼唤，希望你能迷途知返，先救赎自己，才能救赎无辜的她。再不洗心革面的话，你的病毒只会祸延到下一代去，因为依你相信的报应论说，父母若没有为自己的恶毒忏悔的话，上天可能会安排报应在他们的子女身上。你好好想想。”

Angel感到很难受，一来难以接受罪源来于自己，二来无法接受对女儿最大的伤害也在自己的一念之间，三来怎能放过伤害过自己的丈夫？她要受罪的话，他也应该受罪啊！混乱、放不下、执着对错，她该怎么办？一时无法恢复理智。

麻木看进她的心坎里了，安慰她说：“我明白，一时间要面对残酷的事实很困难，我很清楚现在叫你放下仇恨，马上忏悔，承认自己的过错很难做到，更遑论进一步处理你跟妈妈、丈夫和女儿的瓜葛。这样吧，今天我们先谈到这里，建议你先做最急切的事情，马上去做身体检查，看看身体是否出毛病了。Candy会安排你到化验所做详细的妇科检查。有了报告后，我再告诉你需要做什么调校自己，扭转重复的命运。好吗？”

Angel点点头，没余力再争辩。人开始自省，首次面对自己的恶念时都会乏力，像战斗了几个月都没睡好一觉那样的疲乏和苍白。原来无法再躲避的感觉是这样的。她开始明白，人生真的要面对最大的难关了。丈夫离开的问题、女儿偷东西的问题和跟妈妈交恶的问题，都不再是最重要的了。更大的挑战是面对病恶了二十多年、一直遮掩着罪恶真面目的那个自己。

Angel起来时腿都软了，差点站不起来。麻木让Candy帮她预约身体检查，Te为她泡了安神的有机洋甘菊茶配有机红枣手工饼，帮助她提升正在下跌的血糖水平。Angel都乖乖地吃了，喝了，然后和Candy预约后静默地离开。

Angel离开后，麻木感到有点乏力。她没看错，接到这案子时已看穿Angel的问题在她自己的狠毒上，死不悔改。她一天不真心忏悔，身体便会很快出现严重的病，祸及的不就是她最疼爱和放不下的小女儿么！

那些常问“为何他要这样对我”的人最笨，因为，你很难看穿到底谁才是问题的真正源头。

人真是笨蛋，最懂得用伤害来掩饰自己的懦弱，以种种借口替自己洗脱罪名。

一个月后。

Angel再次出现在“麻木树”。检查报告已出来，超声波照出子宫果然有肿瘤，马上安排入院抽取组织化验，结果是良性，不过瘤很大，可能需要做手术切除。她在释怀后又非常担心。自从上次见完麻木后，她整个人变了，开始血淋淋地感受到，如果再不改善自己的话，后果可能会让她承担不起。

现在才明白，梦中追杀自己的那个人，原来不过是自己。

Angel点了有机洋甘菊茶。Te看到她进来的面容，状态跟上次很不一样，于是他特意在洋甘菊里加了点新西兰蜂蜜。

Angel先开口跟麻木说："验出子宫瘤时我真的非常非常害怕，一生从没有过的无助和绝望，原来恐惧死亡是这种滋味。脑子里一片空白，只想到一个人：我的女儿。怎么办？她还那么小，她是无辜的。

"我终于听得懂你上次说的那句话了。你说仇恨是假的，是我借来掩饰内心的恶毒。我不想女儿将来像我一样，正如我也像我妈一样，本性恶毒，却觉得是人家欠了自己。我承认我一生从没有认真地正视过自己导致弟弟死亡的过错，是我该承认的罪。我想杀害丈夫也是我的罪。我妈和丈夫都有错，但并不比我错得更多。之前杀夫，我是理直气壮地觉得是他负了我迫我下手的，现在才看到是我自己啊，是我自己啊。

"你说，我会不会有我妈的下场，在于我是否能原谅她。我想说，我开始明白你的意思了。一切都是我自己造成的。为什么我以前一直都没能看透呢？"

麻木依然带着那安静的、令人安心的微笑，说："你的潜意识以种种理由替你掩饰，制造失忆的假象，可惜潜意识也是诚实的，它会不时以自己的方式浮现出来，提醒你还没有清理、整理和调理的暗伤。再动不了你的话，便会动你的身体，令你生病。身体的反应是最实在的，你无法说身体没给过你反应，你只是懒得去注意罢了！

“你先喝一口茶，看有没有不一样的感觉？”

Te不知何时已进来为她送上热茶。Angel啜一口后，眼睛发亮了：“啊，和上次喝的不一样，不是同一款茶吗？”

“茶是同一款，是你不同了。Te为你添了甘温味厚的新西兰麦洛加蜂蜜。洋甘菊除了安神，还能清热，加上能补养精气的麦洛加蜂蜜，这是你目前需要的能量。你上次点的铁观音偏寒，在寒的茶叶上焙火，加了一道浮游的燥热，胃的津液被夺走便会上火，容易生口疮和咽喉痛。知道吗？通常客人为自己点的茶都有一个特性，就是不太适合他们的体质，可是他们却一无所知，只按口味去点。**口味，说白了，其实就是惯性，尤其是坏习惯，并非你真正需要和对你好的东西。人有时候很笨，偏要选择不合适的人和东西，却以为对自己好。**”麻木说。

“我已笨了很多年，不想继续了。请你告诉我，我现在应做什么？”Angel说。

“两个字：忏悔。”麻木直截了当地说，她一贯的风格。

“我不是已忏悔过了吗？我是真心悔过了。我想知道我能做些什么，日后才不会重复犯错，又该如何调校自己的劣根性呢？”Angel问。

“你只忏了，还没有悔！悔的重点是悔过，即改过、善后。要一步一步来。”麻木说。

Angel深深吸了一口气，鼓足了毕生最大的勇气说：“好吧！”

麻木重复她的语气说了一声："好吧！"详细地告诉她要做什么、如何做。交代得很仔细。然后，麻木带她到另一个房间，门上挂着"静心间"字样。麻木让她一个人进去，静静地做一项功课。房间内播放着非常安静的、低沉的尺八单音，是Te某天向麻木推介的音乐。这是麻木特选的音乐，为Angel更新生命的伴奏。

麻木关上透明玻璃房门后，Te便走过来，给她需要的熟普洱茶。她回了他一个默契的眼神。他们坐在离静心间不远的沙发上，是探讨疗程的时候了。

Te在上次Angel来过后已大致掌握了她的情况，不过没有多问细节，因为他知道，重要的内容麻木都会主动向他说，其他没有交代的，代表在共同研究疗愈方案上并不很重要，或者不是客人最初提交的内容，麻木在未经客人同意前，无权向其他人包括Te披露。他对麻木的专业判断和保存客人的私隐权很尊重，即使在每位客人提案时，已让他们签署同意所有提交的内容将由他们两人共同处理。

"有一点我很好奇，你是凭什么线索看穿她小时有过血案呢？是异能吗？"Te问。

麻木啜了一口茶，微甘的温润迅速渗进每个细胞，与她整个身心圆融交合。疗愈是非比寻常的工作，所耗的能量不是一般人能想象的。每次见客人时她都会喝甘草熟普洱茶，稳定的茶气能提升她的能量。

"是她的血崩提醒我，还有她那血淋淋的梦。她的心结就在那里，因为在她的价值观里，血债没有得到血偿。所以，她的经血以反叛的方式来提醒她有未正视的伤口被压抑着、隐藏了，也来提醒她体内流着魔性的血液。这类人，很大可能会自杀，或者去杀人。”

Te感到不可思议，能拥有这种异常的阅人能力，在他三十三岁的人生里，未尝一遇。

“那，她的猫和狗，真的为报恩而代替主人死吗？”

麻木的眼睛很坚定，习惯了Te的提问，也很珍惜这种认真的答问。她温柔地笑着说：

“这个，重要吗？我们都难以看穿每一个在身边出现的人或动物，到底是来传达什么信息给自己的。这是一种缘。我们都有个心愿，或者你可以叫作欲望，想为不能解释的事情给一个令自己相信的理由才肯罢休，肯罢休才能放手。世上最艰难的事情之一，就是放手。

“猫狗是否‘真的’代替主人死去并不重要，是也好，不是也好，不过是一种假设，一个寓言，也是我对她的良知的试探而已，但它所衍生的力量才是关键。某些宗教对这种因果论有特殊的解释。不过你知道，我的治疗方式并不介入宗教。但在治疗的效果上我可以告诉你，**它的意义在于能勾起人的良知，启动羞耻心和愧疚心**，可望令作恶的人承认自己的恶，愿意改过，重新做人，最后原谅自己和别人的错，不再仇恨。

“假如我告诉你，你所受到的伤害，不过是因为你曾经以相同的伤害加诸别人时，你听见后若无动于衷，目中无人，毫不反省自己时，那你便真的没救了。”

Te似乎明白了，点了点头。他知道麻木从不导人迷信，每个治疗细节都有特设的效果。他开始准备他的部分，下一个疗愈环节将轮到他。

透明玻璃房门内的Angel，正在按麻木的指示，分别写着两封信给丈夫和妈妈。一边写，一边想到自己五岁的女儿便哭崩。待她写完，擦干眼泪后，推门出来的她，居然意想不到的容光焕发。一个崭新的自己刚刚诞生。

麻木叫她把信收好，那是她重新上路的出关护照。Te带她到旁边的造型间，一个满室阳光和桧木香的偌大空间。与麻木简约的疗愈间相反，这儿种满不同的鲜花，另一边放置了一面一人高的中古欧陆风大镜子，镜子前是拥有维多利亚式优雅外弯修长细腿的桌子，上面摆满各式各样的化妆品、梳子、吹风机等造型工具，放得井然有序又充满美感。

Te再递上Angel 原先点的有机洋甘菊茶，待她静饮后，温柔地问她："准备好了吗？愿意把自己交给我一会儿吗？"

Angel笑着说："好吧！"

Te先为Angel拍了一张宝丽莱，然后技巧地移开装上滚轮的大镜子，房间马上变成另一个舞台。这个地方本来就是每个人洗心革面的华丽小舞台。看过现在的自己最后一眼，期待整装后即将诞生的新自己。

Te替Angel洗头，修发，微调。整个过程不发一声，跟随播放着的肖邦圆舞曲钢琴音乐一起舞动。Angel很享受，全程闭目养神。原来愿意把自己交给一个可以信赖的人替自己改头换面，作为重新起步的开端，感觉是这么的放心和释然。这种感觉，好像一辈子也未曾出现过。

大约两个小时后，Te的新“作品”完成了。他问Angel：“准备好了吗？我数到三，你便可以张开眼睛。”

Angel带着难掩的兴奋心情，笑着说：“好吧！”

Te纯熟地把大镜子滚回Angel眼前，一、二、三。她徐徐地张开眼睛，眼前一亮，面前的她是另一个人。原本随意束起的及肩长发现在变短了，露出了轮廓。原来自己的脸型是这样的，好像几个世纪也没有发现过。脸上做了基本的皮肤护理，化了淡妆。多少日子了，没有替自己装扮过。镜中全新的自己，对比先前的照片，起码年轻了十岁。

“谢谢你，Te，谢谢你。真没想到自己可以有这个样子，真的没想到。”Angel满眼的感恩。

“你喜欢就好。”Te说罢便领她返回茶吧，让她在禅风茶席上坐下，他到旁边排列整齐的茶架上选茶。麻木这时也加入了。

“欢迎全新的你！”麻木说毕，给她一个大大的拥抱。

茶席面向一片大海。当初麻木就是为了这片海景租下这房子。她说：“这片海，能给我力量，也能洗清罪与罚。”

Te回到茶席，静静地泡茶，把茶递到Angel跟前说：“你分段仔细喝，看如何。”

Angel慢慢地喝了三口，感受茶从口腔融进全身的美妙，竟有走进竹林的平静感，隐约听到竹子在风中摇晃的声音。

“这茶很特别，有淡淡的竹香，有全身被清洗一遍的感觉，很好喝啊！”

“这是你的‘蜕变茶’，属于全新的你的疗愈茶，名字叫‘远音’。它是中度焙火的乌龙茶。有别于一般清香乌龙茶的清脆，也没有重火乌龙茶的直接冲击，它能给你荡气回肠的感觉，回韵却是竹林的清风。就像你刚才在静心间里听到的尺八音乐一样。尺八是一千多年前的竹制修行乐器，有首尺八琴古流的本曲名字叫‘鹿之远音’，此茶的名字便是取自此曲目。吹奏完后，轻轻渗出回归竹海的平静感，正像你现在的状态：洗净心中的毒而后重生，微笑地欢迎轻安与平静。”Te说。

Angel抱着手中的“远音”，眼里泛了泪光。

“谢谢你，谢谢你们，给了我重生的轻安与平静。”

当你要立志变好，一切将会顺着你的意愿而改变，这是重写命运的序曲。

04 Lucy的痛

创伤前，麻木是个彻头彻尾的工作狂，每天接见很多个案，下班已夜深，还需要经常上电视和电台接受访问，出席外地的医学会议，根本谈不上私人生活。名和利赚多了，活得充实的假象也渐渐扩大。男朋友是心脏科医生，和她一样忙碌，但每晚他们都会电话联络，感觉上关系还算亲密。他们的交流离不开彼此的专业，与其说他们在热恋，不如说他们更热衷于和工作恋爱。那时，她以为跟男朋友很合拍，因为彼此拥有共同的话题和兴趣，可是严重忽略了工作以外对彼此的深层次了解。好不容易抽出假期才能安排短期旅行，吃吃玩玩做做爱，即使希望知道对方更多事情也没有说出口，不想破坏没几天的旅行气氛。相恋多年，习惯比了解多。

直到一天，她发现男朋友的天大秘密后，整个世界崩塌下来，突然发觉自己比她看过的病人更无助。他们好歹能找她做治疗，可她却不知应向谁求助，她可是全城知名的精神科心理权威。

创伤后，在不同的时段，麻木突然得到了两种不可思议的异能：

一、可以一眼看穿别人的伤痛历史。管他是身体痛症、心理痛症或是各种各样的创伤，在大部分情况下她都能一目了然，甚至连最深层的前因后果，也能在短时间内看得通透。自从得到这异能后，眼前所有人都不一样了。迎面而来的、擦身而过的人，只要被她看见，每个人身上都浮现属于他们最私密的，甚至可能连他们自己也没有察觉到的隐蔽痛处。

二、听得懂猫的语言，能跟猫直接交谈。猫的种种奇幻智慧，教晓了她一些人类耗上大半生也搞不懂的道理，譬如，你才是自己的债主；还有，最深的痛，不过是来唤醒你未解开的心结等。

得到了这两种异能后，加上其后替自己疗伤时经历过极度沉重的深切体验，麻木才醒觉到，以往多年看过的个案，都没有深刻地了解病人痛苦的源头到底在哪，伤得有多深，压得有多重。原来自己从来没有真正帮过谁，对病人的了解肤浅无知。看清楚自己的不足后，必须收敛曾经自以为是的霸气。从冰岛回来后，她决心要向以前的治疗方式说再见，立志做个谦虚的医者。

除了上帝外，治疗师应该算是最孤独的职业之一。麻木一直这样相信。

近月接触的个案，很多都拥有她曾经历过的某种痛。

譬如这个月收到的第三十七份提案申请表格，个案的主人叫Lucy。

这天，麻木抽出Lucy的提案里重要的内容仔细地审阅：

伤痛的因由：

三年前，我爱过一个很坏的男人，那时我是个很不自爱的女人吧。他是个小混混，很英俊，口甜舌滑类型，任何女人搭上了都离不开。其实也是因为好胜，我希望成为他最后的女人。可惜奇迹并没有发生。他在床上对我最温柔。跟他做爱时我觉得他非常爱我，非常喜欢我的身体，重视我的一切，满满的被宠爱感。

我经历过很多次恋爱，每次都被伤害。我的男人都对我不好，性格不好，性爱不好，借钱不还还要打我的都有。难得遇上这个即使是骗我还肯说爱我的男人，赤裸相对的刹那，就是我觉得人生最完美的一刻，是我的天堂我的梦。人是寂寞的，我是自卑的人，自小被遗弃，失去父母的爱，被亲人带大，谈不上亲情。我很自闭，不爱人群，也没有什么朋友。他就是我的全部。

我付出了自己的一切，最痛苦的是曾经两次在决心要离开他时发现怀了他的孩子。第一次我决定不要，他说过陪我做手术，结果临时爽约，害我一个人去，一个人承受，完事后打电话给他，听到他在K房里，旁边还有一阵女声。我崩溃了，可最差劲的不是这个，而是三天后我居然听他的“解释”原谅了他，回到他身边，那夜他还跟我做爱，伤口还未愈合，血流了一地。我再度入医院，他却说有公事要出门。第二次我想留下孩子，好让自己有了孩子可以不要他，可他知道后极力阻止，劝不服我，竟然出手打我，害我流产，差点送命。

你的反应是：

虽然情感上我还是想依赖他，希望他会回头对我好，可是理性上我不得不终止这段关系，身体都被毁了。我问过他一句愚蠢的话："你到底有没有爱过我？"他在手机上只留下三个字："你有病！"心都碎了。

事件对你的影响：

我现在有一个固定的男友，偶尔在他家过夜，我们的性生活很不错，他很体贴我，令我几乎每次都有高潮，抓得他紧紧的，他说我像要把他变成我的孩子一样收进我的肚子里。他当然是说笑，不过因为他这么说，我便开始做不思议的噩梦。自那夜开始，每次和他做爱后，我便梦见死去的孩子和许多血，医院里很多流血的婴孩在喊我的名字，还问爸爸在哪里，场面恐怖，惊醒后满身是汗，下体湿了一大片。幸好身旁的他没发现，不然不知如何向他交代。

他很爱我，是个好男人，在他身上我找到了安全感，但我却没有告诉他我的过去，他只知道我有过几个男朋友，曾经受过伤害，我不想他知道我为了一个坏男人打过两次胎。

寻求自疗的原因：

我感到很困扰，因为我很爱现任男朋友，很喜欢和他

> 做爱，可是现在因为这件怪异的事，令我有点抗拒被他进入身体。我怕他在我里面，像碰到我死去的孩子一样。他会不会就是我的孩子的替身？是来给我享乐然后夺走我幸福的复仇使者吗？多希望我从没有过过去的污点。我很后悔。

说得像灵异故事一样玄。麻木一看便知道Lucy的痛处在哪里，心跟着她抽痛，很难受的感觉。麻木很希望她能走出来，接受了她的申请，约会是今天。

Lucy比约定到达“麻木树”的时间晚了四十七分钟，幸好麻木早已决定每天只看一个个案，所以她的迟到并没有造成大的影响。她一进门已有点气喘，向Te解释是因为她在出门时被困在电梯内，半小时后才被救出来。然后又在地铁车厢内被困十五分钟，说是前面的列车故障没能开离月台。

Te马上安抚她，让她先坐下来，递上茶单，让她选茶。她没主见，希望Te能替她点。Te说点茶是她的第一道自疗步骤呢，假如她真的选不来，可以闭上眼睛，让食指在每项茶的名字上轻扫，聆听身体的本能暗示，当手指在哪里感到想停下来，她可以张开眼睛，看内心感应到的是什么茶。

在同一天内被困两次的Lucy心情本来便不是很好，听到这个有趣的点茶建议后，忽然提起兴致来，展露出难得的一抹笑容。乖乖地闭上眼睛，把食指往茶单上扫描。来回数遍后，食指停下来了。她睁开眼睛，看到指尖正放在大吉岭红茶上。她挺满意这结果，还顺道跟Te说：“麻烦加热鲜奶，我喜欢喝奶茶。”

Te提供的茶单都是纯粹的茶，没有奶茶，也没有其他添加材料的选择。他会按照客人的状态来调配茶叶的分量，有需要时会加入特别的配料如蜂蜜、肉桂、甘草等天然材料。不过，也试过有客人希望喝加威士忌的乌龙特饮，他也顺应为他调，当然，后果自负。麻木曾经跟他协议过，新来的客人要点什么都尽量满足他们，因为他们所点的茶，通常都像镜子一样反映他们当时的状况，而喝后他们的身体反应，有时能有助她向客人解释"自食其果"的伤痛定律。譬如那位要点威士忌乌龙特饮的客人，在疗愈的过程中被勾起了肝郁的源头时，因为酒入愁肠突然肝痛，令他清楚地看到心痛加上酗酒的习惯才是害死他自己的人，不是他自以为的一直针对他的老爸。

Te顺应Lucy的指示，以秘方泡制了鲜牛奶，混进有机大吉岭庄园红茶里，还拉了三叶花。带进麻木的房间，温柔地递到Lucy面前，再以没出现过般悄然离开。

Lucy对茶杯里的三叶拉花感到异常惊喜，"好美啊。我也曾经学过拉花，就是拉不好。这是能喝的艺术品呢！"

"是的，艺术可以发生在任何事物上。"麻木微笑着说。

Lucy喝了一口她特点的奶茶，眼睛瞪大了，天，怎么奶味那么浓郁，不是一般的口感。红茶是出奇的细腻和软柔，带着浓浓花香，两者的结合，浑然一体，泡制出这么美妙的滋味，这是她喝过最难忘的英式奶茶。

"是不是很意外？这可是你自己点的茶，相信在你点茶的刹那，没想过能泡出这种味道来是吧。"麻木说。

“是啊，真的出人意表，是很大的惊喜！”Lucy说。

“假如你没有下定决心来这里，你便永远不会经历到这茶给你的哪怕只是不到三秒的惊喜。**惊喜是自己选择的回报，它随时可以发生。你所选择的生活，决定了你的生命会不会出现惊喜。痛苦，也是同出一辙。**”麻木说。

Lucy还未及听懂麻木的意思，麻木便进入话题：“关于你的梦，和你的身体，我想问你一个问题。”

“好的。”Lucy说罢，把喝了一半的奶茶放下，抱着小沙发上麻木特意为她准备的、绣有小树林图案的绿色靠垫。

“每次你做那个噩梦醒来后，除了下体会湿一大片外，子宫的位置会不舒服吗？”

“啊，偶尔会抽痛，像痛经一样。”

“也会有想吐的感觉吗？”

“对，很想吐，我都忘了告诉你。”

“你平时是否也会偶尔想吐，譬如午饭喝完奶茶后？或者，譬如现在？”

“对，我每天午饭都喝奶茶，你怎么会知道？医生说想吐是我紧张所致，开了肠胃药给我。但情况没好转过。现在也确实有点想吐的感觉，大概是刚才被困电梯和地铁，所以感到有点闷吧！”

“都有影响，也因为你点了加奶的茶，奶本来便不适合你的肠胃。”麻木说罢，上前轻按她的胃部，她顿然说有点反胃。

“你很喜欢喝奶吗？”

“不，只是红茶必须放奶的不是吗？不放奶怎能喝？”

麻木回到桌前，在电话上按了一个键，跟Te通话，请他把刚才的大吉岭茶送上，不放奶。三分钟后，Te微笑着带来了茶，放在Lucy前面，再度悄然出去。

麻木叫Lucy试喝原味的红茶。Lucy喝了一口后才发现茶的颜色，大吃一惊。“怎么红茶会是这个颜色？淡淡的微黄，根本不是我在餐厅里经常喝的那种深褐色啊。这真的是红茶吗？”

“这红茶的名字叫‘奇境’，是春摘茶，来自十九世纪建成的高帕达拉庄园，是印度喜马拉雅山大吉岭最高的庄园之一。自然农法种植，轻度发酵，是非比寻常的红茶品种和制法，入口时有醉人的豆香，清香细致，持续甘甜，是会喝醉的茶。喝后身体是不是像清风飘香一样宁静和通透，如迷入秘密花园的奇幻感觉？”

Lucy再喝一口，自然地闭目品尝。麻木教她把一只手放在胃部，感受那里的内在变化。

“啊，很奇妙呢，刚才的闷气不见了，现在觉得胃很顺畅、通气。茶的香气还在口腔里，微微的果香甜味充满口腔，好像整个身体都感到她的香气和清新。很迷幻的红茶啊！”

“记住现在这个状态的自己。”麻木说，“日后尽量避免喝放奶的饮料。”然后，麻木再给她一个指示：“现在，你把手放在小腹，子宫的位置。”Lucy照着做。“闭上眼睛，感受子宫的反应，心里跟她说‘我爱你’。”

不到十秒，Lucy刚才舒畅气通的感觉竟然一下子发生了变化，突然觉得有股郁气从小腹往上升，想吐出来却吐不出，脸色变得异常苍白，呼吸也开始有点不顺畅，心口被那股上升的郁气堵住。她告诉麻木感到很难受，想哭。

麻木教她马上把那道郁气吐出来，大力地吐出来，再做腹式深呼吸。这样做了几次后，Lucy才平复过来，气色也开始恢复。她擦了擦眼角的泪滴，说："刚才很难受啊，想起那些噩梦里的影像，许多婴儿，还有血，听到有人喊妈妈。"

"婴儿不懂得喊妈妈的，你能认出那声妈妈是谁的声音吗？"麻木问。

Lucy想了十五秒，惊讶地冲口而出："是我，是我在喊妈妈的声音啊！怎么会这样？"她有点哀伤，从没想过自己会想起妈妈和喊妈妈的名字。

"Lucy，我看到你一个压抑了很多年的秘密，你愿意告诉我吗？"麻木问。

Lucy的眼睛瞪得不能再大了。要不是刚才听到自己喊妈妈，也没想起，这个秘密已隐藏了二十年。她说："是有个秘密，从来没有人看穿过，我也没有再提起，连我妈妈也没有再提起过。我不是父母亲生的，这是我十二岁才知道的秘密。我的养父母对我不错，知道后我很感动也很难过。虽然明白养父母对我好，不应执着亲生父母是谁，为何离弃我，但心结还是种下了，总是隐隐觉得自己是被遗弃的，不受欢迎。很想得到被欢迎的、真心的爱。我以为可以从男朋友身上找到，可我总是没遇到真心爱我的人。

"但是，你怎么会知道我这个秘密呢？是我刚才的反应告诉你的吗？太奇妙了，我从不知道我的身体会有这么多不可思议的反应。"

麻木说："我在看你的个案时，就感应到你的痛不只是因为打过胎或者被男朋友伤害那个层次，那些只是表面的痛因，你有另一个心结，那才是导致你做那些噩梦的远因。刚才问你是否有想吐的感觉时，印证了我的感应是正确的。你的噩梦问题源于两个痛处：一、是近因，就是你的堕胎和小产经验，失去本来想生的孩子。二、是对出生的深层次否定，因为你的出生被抛弃过，潜意识里觉得自己还未正式出生，或者未准备好出生，像难产一样死在妈妈的肚子里。曾经作为胎儿的你未被肯定的创伤，出生后也找不到被爱的安所，以致你即使怀孕，不受欢迎、未准备好的阴影犹在，加上你的确找到一个不爱你也不爱孩子的男人，令胎儿先走一步，不想出来了。

"你在精神上觉得自己不再洁净，满手沾血，杀过未出生的孩子，可是**其实未出生的不只是孩子，更是你自己**。因为你对被抛弃的生命充满了罪疚感，暗里你在责备你妈妈，也责备自己作为不合格的准妈妈。在你还未肯定自己的生命前，你也未准备好让孩子出生。反过来说，你的孩子也不想出生，深知出来后也可能被遗弃，得不到爱。**孩子是有灵性的生物，他们会挑选适合的父母才出生**。既然你未准备好，孩子的离开便是爱你的方式，以死相谏，提醒你不要再任性，要好好珍惜生命和爱。

"性和生命都是宇宙的恩赐，本来无一物，不要太执着来来去去。每个生命自有它要走的路，**不要介怀孩子的离开，他在提醒你要先好好爱自己，肯定自己的生命，才准备好迎接新生命，做个好妈妈**。这是他对你的爱，应好好珍惜，看懂孩子离开背后是希望你学会去爱的意义。"

Lucy像听到世上最不可思议的故事一样，**没想到原来自己经常想吐，是因为自己还未“出生”，不只是曾经没有把孩子生出来**。

但是她有一点不很理解，“麻木，我真的不明白，既然孩子不愿意出生，是为了教我如何去爱。那刚才你让我对自己说‘我爱你’时，不是给自己爱的信息吗？为何我会有想吐的负面反应呢？”

麻木耐心地解释说：“当你想传达爱的信息给自己时，子宫的情感反应被掀动了，勾起了你渴求被妈妈肯定的深层欲望，那才是你最希望得到的爱，不是爱情。所以，当你给自己爱的信息时，那个还未‘出生’的你，在你妈妈子宫内的你便被唤醒了，她很想出来，有股力量想从你肚子里走出来，但因为无法真的从下体生出来，她只好往上走，可却卡在心和胃之间的位置，令你吐不出来。胃是压力和情绪的能量场，也是太阳神经丛的脉轮位置。想吐是心理反应，还没有出生的自己感应到爱便很想走出来，挣扎出生，只是你还没有准备好而已。”

Lucy一面听一面流泪，手自然地放在小腹子宫的位置，不断地打圈抚摸。麻木提醒她：“瞧，你可发现自己正在不断地爱抚子宫吗？我没有教你这样做，你却自然地做了，虽然刚才那地方引发了你想吐的感觉，但你反而懂得去安抚她，令她舒服，像摸孩子一样，你看到自己正在学习去爱自己了吗？”

Lucy确实是被提醒后才发现自己在不停地抚摸肚子，很温柔地，像母亲揉着小孩的头哄他睡一样。那一刻她感动到哭出来了，就在哭出来的那一声，整个身体像打通了一样，由肚子到胃部到心脏到咽喉到吐出来的那一声。原来，哭出声有这种功能。生平第一次感应到全身被“哭通”了。

麻木上前抱Lucy，像母亲一样给她爱的力量，“你做得好，你已出生了，欢迎你降临到这个美丽的世界。”

Lucy哭够了，抬头看着麻木时却是笑脸，说：“谢谢你，麻木，没有你替我看清自己的心结，可能这生几十年便郁死在内疚和噩梦中，无法肯定自己，无法恋爱，无法做爱，也无法生孩子了。”

“现在才刚走出第一步，还要一步一步地去疗愈身体，处理你的噩梦，和对你的男朋友隐瞒你的过去等问题，要逐一处理。不过问题应该不大了，最深层的结已解开，其他的都只是治疗的技术性问题而已。”麻木说罢便仔细地告诉Lucy她要做什么，时间表如何，一贯具体细致的作风。

麻木带她到静心间，让她静静地坐在躺椅上，什么也不做，双手放在小腹上，闭目静听麻木设计和亲自弹奏录制的定心钢琴音乐，滋养子宫能量。

Te和麻木在外边沙发上讨论Lucy的个案。Te很好奇为何麻木能在没有任何明显的线索下，看穿Lucy的噩梦竟然不只是跟堕胎有关，而是那个难以推想出来的“未出生的自己”。

“即使是想象力丰富，也不可能那么准确地推算出她还有没说出的、关于身世的秘密吧。”Te说。

麻木看着窗前那大片疗愈的海，沉默了一分钟才开口：“你说得对，确实是没有任何线索可寻，连隐蔽痛处也不在那里。不过你知道，我对痛的特殊感应力，令我能凭直觉跟她的痛连结上，她的痛像在我的身体内发生了同级的痛，只要闭上眼睛，我便能看到她的痛和我的痛哪儿是相通的。那不被母亲接受的伤痛，我深深承受过；因为未准备好而无法让孩子出生的痛，我也经历过。”

面前这个叫他敬佩的女子也曾经历过丧子之痛，作为男人他无法理解和感受，却可以明白是有多难受的流产之痛。看到麻木眼里那隐藏的苦涩，在闪过的一瞬间，他仿佛也感染到她的刺痛，心头狠狠地抽搐了一下。就那么一下子的抽痛，犹如掉进深谷里断腿血崩的绝望与无助。多么想上前紧紧抱着眼前这个把孤独和内伤已刻在眼睛里，曾经深深受伤的女子。是什么让他没有上前抱她安慰她，他不清楚。可能是因为害怕。害怕什么呢？他没有细想，想也想不通。唯一的本能，便是以他擅长的肃静方式，走到茶席前给她泡一杯她正需要的茶，和准备下一回他替Lucy泡茶和蜕变的环节。

当Lucy从静心间走出来时，Te已为她泡制了一款罕有的茶。Lucy看到茶汤，深深的红褐色，还以为是另一款红茶。Te从紫砂茶壶把冒烟的茶倒进传统工夫茶用的小紫砂茶杯里，茶杯旁淡土色的手造陶作小碟上，放置了早上Te特意烤的清雅香橙糕点。三人坐在正望大海的大窗前，微微的午后阳光渗进来，好舒服的下午，远远的山峦像洗涤过一样翠绿和立体。

Lucy的脸色明显比刚进来前红润和有光泽，身体像一支竹子从头到脚打通了一样的正直和通爽，连声音也开明了起来。她喝了第一口茶，眼睛顿然发亮。没想到这茶是如斯内敛和沉厚，像几百个海底加起来的无尽连绵，带着猫眼般深邃的灵光。喝下的是一棵树的原味，没有其他，是一棵茶树的根探进土壤深处，把养分运送到叶子的母爱。Lucy除了惊叹，没有其他。

“从来不知道茶可以有这种味道，我好像在抱着一棵老树晒着春天的太阳。好感动啊！”

Te依然是那个微笑：“这确实是相当特别的茶，你很幸运，因为这茶可遇不可求，是一九八四年的老枞水仙，你出生的年份。假如你出生之年的茶质素不好，或者没有被存下来的话，你就无法喝到出生当年那段独一无二的历史。想想看，你正在喝着三十多年前的空气、泥土、季节、阳光、雨水、采茶和制茶人的汗水和微笑。这是属于你的出生茶，只有幸运的人，才能喝到出生那年制作的好茶，愈老愈难找。你喝的这棵是老树，经过岁月的洗练，味道早已不是你印象中喝过的水仙香，而是沉淀了三十多年的阅历。**只有愿意和时间续结情缘的茶，才能愈存愈富后韵**，气质变得无比内敛，茶感绝不只是入世未深时你会追求的那种单薄一口香。

“你喜欢的话，可以叫她作‘一九八四’。经过岁月洗礼的老茶，茶性温而醇，不会寒凉或伤胃，你可放心慢喝。”

“Te，谢谢你的心思，也感谢缘分让Lucy今天和当年出生的自己碰面，把自己饮进去，汇合上。她能给你重生的力量。”麻木说。

Lucy流着安然的眼泪，合十感恩这一切缘。

Te满足地一口把糕点吃下，跟Lucy说：“那，你准备好了吗？愿意把自己交给我一会儿吗？”

“一百个愿意，谢谢你。”Lucy笑着说。

Te为Lucy拍了一张宝丽莱，然后给她一个平板电脑选她想听的音乐。她挑了小野丽莎的“美丽新世界”专辑。“是我中学时代妈妈整天播放的歌，她非常喜欢小野丽莎。很久没听了，好怀念啊，突然想起妈妈来。自从搬离家后已好久没回去看她了。”造型间马上渗透这位日裔巴西女歌手带点磁性和懒洋洋风味的爵士歌声。

音乐和记忆是分不开的孪生姐妹，拥有逆转时光和重塑心情的疗愈力，令Lucy像回到少女时代一样变得轻松和开朗，坐在整装桌前，准备变身。Te移走大镜子，让Lucy全程闭目享受，熟练地替她洗头，修发，微调。他把她由于过分漂染而变得干燥的棕褐色及肩乱发还原成自然的黑色，修剪成刘海齐耳的“小丸子”头，配了一双闪亮的仿钻耳环，化了淡妆。一个崭新的Lucy已诞生。

两小时后，Te完成了新“作品”。他问Lucy：“准备好了吗？我数到三，你可以张开眼睛。”

“三”字落音，Lucy的人生写下了美丽的新一页。当她带着小包纪念老茶“一九八四”和终于欣然出生的自己离开“麻木树”时，夕阳刚好微微投照在紫砂茶杯里留下的小圈茶印上。麻木和Te无声地坐看大海。这是完成个案后他俩最沉淀的交感时刻。

05 遇上没有痛印的候机楼女人

出走冰岛之前的八年，麻木身边有一个她一直信任、尊敬和深爱的男人，可创伤却是他造成的：他明知不能伤害但还是伤害了最爱的人，然后无助地不知如何面对所造成的灾难，只因为软弱和自私。

她把最珍贵的给了他，他把最残忍的给了她，这是作业的定律。

当一切已崩溃，连呼吸都快要停顿时，梦想以细腻的步伐走到麻木创伤的前台，履行了蒲公英的任务，登入了宫崎骏的愿境：梦幻地拉住她的手，一起放飞。

麻木要结束一切，**出走是结束一切最赤裸的选择**。她把诊所关了，把一些财产变卖掉，把爱也埋了，她知道**要救赎生不如死的余生，便得回到梦想里去，那里的爱永远是对的**。

她家里有一面墙是全幅大黑板，她喜欢在上面用粉笔记下思潮点滴，那是意识流和潜意识相遇的潜行空间，也是她编导的梦境现场。那天，当她把最后一滴泪擦干后，在匣子里取出一支红色的粉笔，开始把儿时有过的梦想逐一写出来：

变成一只猫

骑扫把到太空

消灭所有坏人

在酒吧当吧女

到肚脐下方小胎记那形状的国家

嫁给真心爱自己的人

退休时找一所在海前面的房子

世上再没有蟑螂

做个好医生

应该就是这些了，排名不分先后。自从梦想做个好医生后，好像已再没有新的梦想了。细看墙上这些粉状的梦想，真正实现过的，没有。有能力实现的，似乎只有“到肚脐下方小胎记那形状的国家”“退休时找一所在海前面的房子”和“做个好医生”。而以当时她的崩溃状态看来，勉强只有能力圆一个梦：到肚脐下方小胎记那形状的国家。

麻木身上有一个小小的胎记，形状像冰岛，在肚脐下约三厘米的地方。淡淡的褐色，是一个完整的冰岛形状。麻木自小在镜子前看着那块小胎记时会感到莫名的兴奋，那时对冰岛没概念，家里也没有人告诉她那是什么。直到小学四年级，一天老师拿了一幅世界地图给同学辨认国家时，轮到I字打头的，便是Iceland（冰岛），她像认出孪生妹妹一样地震惊，却又不敢跟谁说这个秘密。总不能大叫“我肚脐下面就有这个冰岛啊”，搞不好同学都来翻开她的衣服看怎么办！那压抑着的震惊令小麻木回家后偷偷照了一整晚镜子，想象原来自己是来自冰岛的，身体里有冰岛的血脉。

单纯的想法自有单纯的快乐。那个年龄的麻木，一心希望到远远的地方，离开家不像家的鬼地方，曾经因而幻想自己不是爸妈亲生的，长大后要寻找亲生父母，命运便会改写。想到这里，麻木“呀”一声，在黑板上补充写上遗漏的梦想：

拥有另一对亲生父母

因为这梦想太丢脸，不能被发现，所以不知不觉地把它压到梦想的最底层，不是故意要想起，也会像冰箱最底层的抽屉里那包长埋于乱七八糟的药材堆中的千年冰糖一样，只能在彻底清理冰箱时才能庆幸重见天日，假如还不至于太迟的话。

麻木突然觉得，自己跟那包千年冰糖一样，过着不能更“雪”上加“冰”的人生。

决定出走后，麻木感到有一个冰冷的世界在等待把她的创伤冷却，在医学上属于一种冷冻治疗。**冷很好，必须经过冷，才能到达静，这是冷静的灵性轨迹**。临出发前，她费了最大的力气，处理了诸多世俗的事务，包括退房租，协助会计师处理关闭公司的手续。幸好没有养宠物，把诊所的几盆虎尾兰和多肉植物转送大厦管理处的阿姨，把他留下来的衣物和他送的小礼物，统统放进三个黑色大垃圾塑料袋里，一次性拉到楼层的垃圾收集间，自动门关上，告别八年感情史。

这种弃置旧爱的方式绝对烂，可以有更好的方式的话她早已用上了。就让烂的东西还原到它来时的地方吧，这是最好的同类疗法。说不心伤是百分之三百的虚伪，潇洒从来是文人画出来的符咒，导演拍出来自我安慰的一场三十秒的戏。

麻木要出走的地方，当然是她肚脐下方的冰岛。她也想过，这次出走，也许能同时实现另一个梦想：寻找她出生的秘密，找到另一对亲生父母。电影都是这样拍的，小说也是这样写的，两者都是养活梦想的养分。也许，她的出生会有另一个版本，另一个谜底。你怎样相信，事实便会被怎样吸引过去，听说这是心念的力量——是的，这种网络上广泛流传的身心灵说法有点肤浅，但就容许累透的人偶尔肤浅一下吧。

终于到了出走那天。

麻木一个人待在机场候机楼内。可惜现代科技再也容不下越洋邮轮，想象几十年前没有飞机的时代，出洋要过海，出走应该更浪荡，在茫茫大海上漂泊几个月，本身已足够疗愈。“大江东去浪淘尽”里那乱石崩云、惊涛拍岸的磅礴潇洒是有功能的，重点是能“淘尽”，用现代语说，便是什么都会被冲洗干净。

总之，只能坐飞机。

创伤后的麻木神秘地得到能一眼看穿别人的伤痛历史的异能，没有人能真正了解和明白她得到这异能后的感受，就像你不会明白，能一眼看到你身旁是否站着一只鬼，或者一算便知道你的前世今生、几岁会死的那种人一样，你会羡慕他，还是庆幸能对命运保持无知的幸福呢？**一瞬间，眼帘下尽是世间苦，这感觉比苦的本身**

更难受。麻木要承受的不只是自己的苦痛，还有别人的伤痛，要从痛苦转移视点看别处，需要先清洗掉所看到和知晓的伤痛记忆。这可是人类修行史上偌大的工程，为什么上天要给麻木痛上加痛的考验？麻木也问过这个问题。可是这种问题好诡异，就像神是否真的存在、地球的起源是什么、人死后到底会到哪里去这些问题一样，再多问三十个世纪，大概依然是写在哲学书或考试题上的问题，假如那个时代还存在学校和考试这些落后的制度的话。

最初，麻木首先看到眼前所有人的身体某个位置会出现一块小红印，有的在头顶，有的在隔着衣服的腹腔，有的在膝盖，当然这些都是生理上的痛点。头痛、腹痛、膝盖痛，一眼便能看透，即使他们表面上没有感受到。这些都是他们病痛的源头，有的被表面治愈了，可病根还没有消失，麻木看见的正是这个病根。有些人的红印却在很奇怪的地方，譬如子宫，这时她也能很快地感应到一些人的模样，譬如那个人的母亲在生下她时的哀伤表情。又譬如看到红印在某女生的眼角，那是流泪的地方，她会依稀看到令她流泪的伴侣手里挽着的是另一个女人而不是她。红印通常会在多处出现，哪里的红印颜色最深、光最亮、面积最大，便是痛处最深的源头。麻木看着一幕一幕满身红印的人穿梭出现的画面，虽然只在少于一秒间闪过，还是印象深刻。她忽然变成一台伤痛扫描仪，不能不说，这是极其震撼和难受的事情。

更令麻木不安的是，看见眼前这些隐藏伤痛的人如常地走路、办公、坐车、买东西、滑手机、听耳机、对人微笑时，委实受不了：这个人的痛处是曾经被最爱的人骗走了一切，那个人的痛处是三岁时被妈妈狠心推出门口被车碾过留有的内伤；这个人是被情同手足的朋友抢走了爱人，那个人是被亲生女儿离弃的老人；这个人是曾经被强暴过再也不敢和男人亲密，那个人是昨天刚堕了胎心如刀割；这个人是被母亲长期虐待未尝过被爱，那个人是刚自杀未遂生无可恋……**每个人脸上展露的是一个模样，埋藏底下的却是难以启齿的心结和伤痛。活在双重面貌下，这些人到底是怎么过活的？原来，每个人都有压抑的心结和痛处，却习以为常地干活、谈笑、吃饭、拉屎、自慰、拍拖、会友、看电影、乱购物、带孩子、照镜子。**

分裂是存在的本质，受苦是存活的基因。

以往当了那么多年心理医生，却从来没有看穿人心原是这么复杂、分裂和表里不一。因为得到异能，才发现自己是个一无所知的庸医。为免经常和别人的伤痛交锋，感染太多负能量，麻木开始养成低头不看人的习惯，如非必要也不会正视陌生人，内敛和静心反而是这个改变可喜的副产品。原来在街上不乱看谁，内敛眼神，是回归内心平静最好的方式，人也变得收敛。这可是她意料之外的收获。凡事都有正反两面，真确不假。

麻木的读痛能力强而准确，可是她发现有两个人她就是看不到红印，看不透痛根在哪里。一个是她自己，站在镜子前看自己，没有红印。

另一个人，是她在候机楼遇上的神秘女人。

从亚洲到冰岛，可以先到西欧各大城市再转飞过去。麻木选择了在她较熟悉的出差地伦敦转飞。花半天到伦敦，再直接转飞冰岛，她想一气呵成。十三小时的航程，两小时转机等候时间，再来三小时的航程，这已是最完美的安排了，虽然是冒险的，因为到伦敦的航班稍有延误，也许就赶不上转飞冰岛的航班了。麻木决定交给命运，她只想以最短的时间抵达，即使代价是相当累。

黄昏出发的航班，候机楼内的人都挂上黄昏时才展露的脸庞，动作和表情也比白天迟缓。麻木的脸挂上了忐忑的晚色。一个人的旅程，安静地等待登机，这种心情，只有孤独，没有别的。麻木没有乱滑手机打发时间的习惯，宁愿眼光停留在零点思想的净空状态。因为不愿意看到身边人的痛，她把眼睛移到窗外停机坪黑暗里的点点光亮。啊，真的要出发了，这么一去意味着，一切真的完结了。因为伤痛而出走，在最后一刻都会遇上这种诱惑：留守旧地的欲望在做最后的呼唤，教唆挣扎。前半生的路，是留是离，是取是舍，最大的考验，在于一念之间。

麻木前方的电视正在播放连续剧。女主角经历了九死一生的海难，幸运地被直升机成功拯救，带回陆地。着陆那刻，遥远看到本来正闹离婚的丈夫。四目交加，隔世重逢的喜悦，丈夫跑过去紧紧拥着妻子，一吻解千仇，没有比生还更有福的事，死到临头才知道什么才是最重要、不能失去的，才懂得珍惜眼前人。悲喜交集的泪水和热吻，把麻木引到幻想的超时空：

“假如这次遇上飞机失事，大难不死回到地上，他会像电视上那样苦等着，第一时间冲上前给我劫后余生的紧抱吗？答案是不。假如不幸死去，他会痛失赎罪的机会，带着罪业度过残生吗？答案是会。两个结局都很残忍。既然我生还他不会出现，我死后他也只会不得好死，那飞机失事有什么意义？这样离去是不是很荒谬？我还要不要登机？”

想到这里，一个声音突然响起：“慢着，麻木，你正在把凭空想象的剧情当作真实，在上面乱盖歪想，分明是思想的诡计，这才是真正的荒谬，当心中计。”

麻木惊醒过来，天，稍一走神，负面思想便会攻击人性的弱点，把事情想到最坏，自制灾难。“啊，真是的，刚才怎么了，像被催眠一样中了毒。”

最不幸的命运，一半都是自己构想出来的。

麻木吐了一口气，专业告诉她，睁开的眼睛最容易接收外来的感官刺激，自动勾结负面思绪和记忆，因为两者都是由大量的视像元素造成的。该死的电视！闭上眼睛，深呼吸，把注意力集中在呼吸上，干扰她的思绪便会被中断。她费了那么大的精力放下一切，决心出走，断不能在最后一刻退缩。一分钟后，重整过情绪，她知道应该动身走走，转移脑袋的能量到肌肉活动中去，这是调整情绪最有效的急救方法。

麻木走到咖啡售卖机旁边，正要找找看是否有合眼缘的饮料时，突然被售卖机后方坐着的一个女人吸引了视线。那是一个女人，绝对不会有错的，问题是，她好像不是人类，这完全是莫名的感觉。那个女人看上去跟其他人类没有分别，但再多看一眼，你会感觉到她在散发一股没有气味但有光亮的独特气息。更重要的是，这个女人身上居然没有红印。这可是麻木第一次遇见的奇事。自从得到异能后，一年多来她一直背负着能马上看到别人的伤痛根源的重担，也发现了生命的重大秘密：**原来没有一个人是不带痛苦而活着的，管他是刚出生两个月的婴儿、三岁的小孩、三十四岁的餐厅公关、五十七岁的地产经纪，还是八十一岁的老婆婆。**

这意味着，她是没有伤痛的女人吗？

麻木像被磁石摄住了，眼睛没有离开过那个女人。那个女人也开始捕捉到她的瞳孔，给了麻木一个微笑，虽然她的嘴角没有动过。再说，笑是心先看见的，不是眼睛，她到底有没有笑过只有她知道。但麻木觉得“看”见她在对自己笑，好吸引人的微笑，令她的腿不由自主地往那女人走过去。实在有点尴尬，不过麻木已经身不由己。她在女人对面的空凳坐下来，回她一个亲切的微笑，对她而言这是不可思议、无法解释的行为，大概一生也没有做过第二次。

在麻木还在尴尬地盘算到底要不要开口说点什么时，那个女人已大方地开了口，说的是带欧洲口音的英语，声音是深海的蓝色，比太平洋深海底里百年沉船上的寄生植物的呼吸振频还要低沉。

“我认识一个跟你长得很相似的出走女孩。那是十二年前的事了，在同一航班内。她的名字有点怪，叫‘过分女孩’。”

“说得传奇一点……”没等麻木搞清楚她在说什么时，女人继续用像已是很熟稔的朋友之间的那种语气，慢条斯理地说，“你可能就是那女孩。反正，她应该和你现在一样，带着重创的伤口，再度出走。”

麻木无法开口，无法用说话把惊讶表达出来，发现即使真的要说一点什么也徒然，脑袋里突然失去一切用词，找不到可以组成句子的字词，像返回一岁以前不懂说话的婴孩状态那样纯粹和笨拙。

假如要用一种颜色来形容目前这状态的话，应该是，渐渐变成透明的珍珠白。

女人继续说："那个女孩嘛，出走时才十九岁，为了逃避一个她爱着的男生而痛苦地离开。她搞不清楚到底自己是爱着那男生，还是依赖他。说到底，她只是个善于逃跑的懦夫，无法面对爱和被爱而已。**在爱里，人花最多时间做的都不是爱，而是想多了**。出走冰岛是为了逃避。在飞机上她坐在我旁边，你猜她正在做什么？写告别信给那男生。爱到最后若只剩下文字，不是浪费了是什么，是不是？直觉告诉我她的信不会寄到对方手里，因为她连对方的地址都搞不清楚。聊起来时，我问她可有想过对方可能已迁徙，怕不怕信会寄丢？呵呵，这提示可不是多余的，我年轻时恋爱最怕便是寄丢信，而事实上，你怎么能把自己最重要的心事托付给不相干的邮差？

"不久后，我在冰岛收到那个女孩爱着的男生的来信，问我关于'出走基金'的申请事宜。一对年轻的恋人，凑巧地在不同的时空分别遇上我，也是命中注定的缘分吧。男生没有说他的故事，但我一眼便认出正是他，那个女孩的他。我促成了男生的愿望，给了他出走的资助，让他飞到冰岛找女孩。是不是很浪漫？"

女人说到这里，带笑轻轻地啜了一口手上那杯已微微变凉的浓黑咖啡，继续慢慢说："啊，不好意思，好像已当你是很熟悉的朋友似的跟你说这些。也许你从没听过'出走基金'这回事？我是基金的管理人，说来，已是很多很多年前的事了。现在，我每天还会收到来自不同地方的人的来信申请。**活在这个局促的时代，大家都想出走。**"

女人的神态很“京都”。麻木的爸爸是日本京都人，也许是因为麻木也流着来自京都的血，所以对她发出的身体振频特别敏感，不禁想起儿时便离开了自己的爸爸。女人很优雅，日式的笑容，古都的气质，欧洲的口音，细致的衣装，虽然穿得像巴黎街头不时出没的欧陆型格女人一样好看，身上的色系是田园暖色自然风，半透明的淡茶色眼镜框跟右手无名指上的小巧茶晶宝石低调地互传默契，但坐着不动的整个氛围，还是坚定地渗透着来自东瀛的气息。可当麻木发现她原来是个快六十岁、长住冰岛的日本作家时，已是临上飞机前十分钟的事了。

麻木只能摇头，表示她没听过关于“出走基金”的事。

“关于‘出走基金’的故事，是这样的。”女人继续慢慢说，“创办人是个神秘的法国男人，到现在我也没有见过他。据说他在三岁的某天看到一团黑色的光后昏迷了三天，醒来后便会说冰岛语，但腿突然麻痹了，从此无法走路。他是个神童，自学十多种欧洲语言，饱读各种神秘学、占星学、占卜学等经典和要籍。他的父亲聘了私人秘书协助他研究和修行，代他约见和接见当时不同地方的神秘学教派要员。那些人很快把这个小男童的神秘事迹传开了，有教派还亲自前去测试一下他到底是不是佛陀再世，或者是基督再临的转世灵童。据说，他在回应大人的辩题时，层次和气派真有当年耶稣的风采。十三岁那年，一天吃了秘书为他从院子摘来点缀书房的野花后，他的腿忽然可以走动了，再花了半年时间便可以走得和常人一样自如。他三岁开始便幻想再能走动的话，一定要踏遍世界，搜集最奇特的故事，这是他来这世界的唯一目的，而不是做宗教家或哲学家。于是，他背叛了父亲一直希望他能成为灵性大师的心愿，周游列国，到处寻找各地奇怪人物的传奇，寻找像他一样拥有匪夷所思传奇一生的异人。后来成立了‘出走基金’，由他找到的一个异人跟我在京都碰上，选定了由我来打理这个基金，因为他说我拥有找到‘对的人’的天赋能力。

“啊，也许你已猜到，我是日本人。本来是个作家，后来主要打理‘出走基金’，转眼二十年了。”

麻木对于这种匪夷所思的灵性故事几乎是零接触。这个女人真有莫名其妙的慑人魅力，不到几分钟便把她整个灵魂慑住了。“出走基金”的故事，前后出走冰岛的一对恋人，十二年前的故事。假如女人最初没有说那个女孩也许便是麻木时，麻木可能不会那么激动。出于本能，也是由于被懂得说故事的魔幻女人催眠似的吸走所有关注的感官，她不得不费劲地张开口，像突然再度能走路的神秘神童努力地学习举步一样，艰难而期待。

原来是日本人。麻木忽然感到一阵暖流从咽喉涌现，那是她曾经熟悉的童年语言，也是她和爸爸唯一用来沟通的桥。她不由自主地用日语跟女人说：

“那个……那女孩现在……跟我一样……创伤……出走？为什么？”麻木说得像口吃的猫一样笨。

女人喝完手上的浓黑咖啡，优雅地放下自携的环保小杯子，从仿皮质地的小黑背包里掏出一个黑信封，用日语回应道：

“这是我几天前收到的信，女孩寄给我的。这个时代也真有还会亲手写信的人，可怜他们都是感情丰富又容易受伤的动物。她告诉我，她和他好不容易走在一起后，以为有爱便能拥有一切，可在十年的共同生活里，才看透光有爱是不够的。结果很讽刺——他俩原来根本是两个世界的人。生活是爱情最大的考验。她积极、主动、踏实，以为有了爱，积极地活着便会幸福。可他是个极端完美主义又行动无能的人，把爱的想法和生活都塞进脑袋去，谈的比做的多，欲望比他想象的都要强。最初纯洁浪漫的激情，十年间演变成忍耐、包容、等待、期望、失望和绝望，最后不得已也要放弃。她发现，其实他最爱的是他自己的脑袋，甚至曾经不止一次对她不忠，回家抱着她扮演痴心的情人。至死不渝的爱，不过分裂如此。他的爱虚浮无力，只有他以为爱得满满，充满不自知的虚伪和无能。对他再有爱也得面对现实，她受够了，苦恋十年，还是狠心离场，再度出走。

“她的心到底有多痛，我是从你脸上看到的。假如我没有看错，你是个有异能的人，能看到全世界的人最痛的伤口，你的痛加上别人的痛，变成全世界最深沉的伤痛。你出生的地方在带领你去寻找解痛的秘方，是吗？”

“出生的地方？不，我确实是因为失恋伤透了，决定圆自己一个梦才出走，但不是去什么出生的地方啊！”麻木不解地说，也惊讶于她能看穿她拥有异能的秘密。

“那，呼唤你出走的那个小东西在哪？”女人问。

麻木被问到了。啊，那小东西不就是她的胎记吗？她怎么会知道？虽然不解，麻木还是不避讳地用食指指着肚脐。

女人笑了：“你不就是从那里出生的吗？好好想想，为何呼唤你的东西在那里而不是他处？不要忽视子宫的力量，几乎所有女人的痛，源头都来自那里。”

麻木既被点醒了，可也更迷惘。候机楼正在广播可以登机的通知，周边的乘客都纷纷起身到登机口了。

“很高兴今天能跟你碰面，好像我等了十二年再来这里就是为碰见你似的，看一眼当年的女孩现在变成什么样子了。你在冰岛会遇到‘对的人’，他会给你的人生带来重大的逆转，帮你走出来，化伤痛为力量。异能用得好的话，你可以挽救很多人。”女人的话还是像梦般迷离。

女人正要准备起来，麻木急着问：“我叫原麻木，请问你叫什么名字？我们挺有缘的，能再跟你联络吗？有件事情我很好奇，不知应否问你……为何，我看不到你的痛根，为何你身上没有……红印呢？”

女人笑着说：“先处理好自己的痛，到时，你应该有能力看到我的痛在哪里。”说罢她提起黑背包。“啊，**用母语说话真释放，像脱掉别人的壳做回自己一样爽。**”然后她神情坚定地说，“**回到呼唤你的地方去，寻找痛根，便能解脱和重生，你懂的。**”

女人站起来，留给麻木最后一句话：“我叫高树梵。”

06 遇上冰岛茶人理发师

出走，只知道要走出去，不去管要留多久，要去做什么？不知道。这个与胎记相同的地方，总该有和自己血脉相通的牵连吧，譬如冰冷的命运？麻木希望对自己的过去做一次冰冷的总结和最后的祭祀。

飞抵首都雷克雅未克（Reykjavik）正值三月底，冰岛的初春，假如倚在北极圈南边的地方也有春天的话。这是冰岛最大的城市，世界纬度最北的首都。这个地方灰灰的，有鬼气，拥有许多温泉和喷气孔。据说公元九世纪时来此定居的维京人远远看到温泉蒸腾冒起的水汽，白烟处处，便为此地命名为雷克雅未克，冰岛语的意思是“冒烟的城市”。

三小时的航程，着陆时已接近午夜。抵达这个首次踏足的异地，没有看到白烟，但在飞机上，她却看到了流星。

流星以0.03秒的速度在麻木眼前划过，这0.03秒是不是故意的，她无从知道，但她明确地看到流星的轨迹跟她正要飞向的地方是相同的。这是她第一次在飞机上看到流星。严格来说，也是她生平第一次亲眼看到流星。心里满满的矛盾。听说，看到流星是上帝给你梦想成真的护照，应赶快许愿。但她没有这样做。**愿望是对生命还有信念和爱的人创造出来的玩意儿，可对于一个绝望和心死的人而言，还谈得上有什么愿望要期许？**

也许真的没来错，冰岛是适合放逐自己的地方，有活火山、大西洋暖流，是冰川和火山交融的北大西洋孤岛，极端的性格，冷暖自知的民族。

安排是麻木的强项。早在出发前经网上中介公司租了一家在城里较安静的小屋。入境后，她踏上预约好的电召的士，去到了离机场不远、在城内方便的酒店。因为不想半夜打扰房东，所以她计划先住一晚酒店，次日再跟房东接洽。她处事从来细心饶有人情味。

第二天，终于在这个异地安顿下来了。房东是个英语很好的七十岁老太太，丈夫十年前过世，她和一只黑猫相依为命。她喜欢结交新朋友，欢迎异乡人，知道麻木是亚洲来的大为高兴，虽然麻木已表明可能租不到一年，希望能先租半年再看看，老太太说没关系，反正房子空着，等待适合的人住上就好。她说："时间从来不是问题。"

能说出"时间从来不是问题"的人，心境已臻哪种境界，真的不是麻木这个年纪能参透的，感恩就是了。看到老太太的红印在头两侧的角孙穴附近，应是患长期头痛症，她教了老太太简单的头部穴位按摩法，还替她按了一会，老太太舒服到说已提早上天堂了，逗得麻木挤出来冰岛后的第一个笑容。

麻木住进的房子虽然靠近著名景点哈尔格林姆教堂（Hallgrimskirkja），但由于坐落在一条较隐秘的内街上，所以出入较安静，窗前还有远景观，附近有公车站，细心的房东老太太还特意留了一辆自行车给她，方便她逛街和买东西。

没有想象中寒冷是麻木对雷克雅未克的第一个感觉。这是座适合徒步和散步的城市，街道干净。最初几天她在城里到处闲逛，漫无目的地流连络加维格大街（Laugavegur）的咖啡店和旧港旁的跳蚤市场，听教堂内著名的十五米高管风琴演奏，买贵到有点惊人的超市食物回家做饭，平平静静地在托宁湖畔等待假装蹒跚路过的猫，跟小商店的健谈女店员聊天，听她谈刚爱上一个比她小七岁的男生的故事。说不出的滋味，没有太大的伤感，没有兴奋的心情，没有好奇的欲望，每天在街上随性地走走。“不外如是”是她总结出的感觉，从来没有在旅途中有过这样的心情，真的有点糟糕。

头三天天气特别好，可很快真正的冰岛“风”貌便出场。第四天风开始变大，是麻木没遇过的那种狂风，夹杂乱雨点的抑郁气息。留在家里看雨也不赖，回顾度过这几天的自己，第一次打开笔记本写出走日记。

一个女人在三十一岁抛下一切的极致出走，居然没有太多感想。**不管了，不外如是就不外如是吧，也是一种体验。只要不多下判断，发生什么事情其实都没什么大不了。**

冰岛的第十天。

该逛的地方已逛过，该待的咖啡店也待过了，没劲参加环岛旅行团，只想少安排生活，漫无目的地待一会，仿佛一生都没做过这种事情。

不外如是的冷感反应并不是没有意外的，麻木来到雷克雅未克后，最吸引她的东西不是什么，竟然是公车。她有坐公车的爱好，记忆中求学时期最喜欢盲目地跑上一辆公车，让它带自己去一个不知道的地方，沿途看没有预期的风景，到终点站后走进没有预期的环境里，好不过瘾。可是，可以让自己没有预期地浪荡过活的日子，到实习和行医后便停止了。每天赶忙的工作，电召出租车成为御用私家车，试过累到在出租车上倒头大睡，幸好没遇过坏司机。可能是跟自己在街上散漫行走的频道相近吧，这儿的公车竟勾起了她年轻时代的回忆和兴致。终于有样东西能打动她了。

这里没有地铁，没有火车，连公车也较少看见，好像住在这里的人都喜欢自己开车，或徒步或骑自行车。像她一样等上半小时漫无目的地坐公车的旅客大概百中无一。这儿偶尔会看到有趣和随性的公车站，她看过有的站牌随意挂在一支灯柱上，也有免费Wi-Fi甚至手机充电装置，方便等车的人上网打发时间。可她习惯等车时不上网，她更喜欢抬头看风景，因为坐着等待时看到的风景跟行走时看到的不一样。

她记得几天前坐公车经过一家蛮有特色的理发店，记不起名字，公车已飞快驶过了。不知为何，她心里牵挂着那小店。目前的长发是疯狂工作后的结果。出走前本来想修剪一下，可时间安排不上。今天心血来潮想理发。到底是因为惦念着那小店，还是真的心血来潮想理发，身为心理师的她也摸不清楚潜意识里的真想法。不管了。来到冰岛后，“不管了”三个字悄悄地变成了她声控自疗的方式。她不正是为了这三个字而出走的吗？

在冷风里呆呆等了三十三分钟，鬼地方，慢活不是不好，只是在冷风中慢着活等的话，事实上是有点要命的。公车来了。幸好认路一直是她的强项，她记得那家店大概在哪个路口，到站下车，再往前走五分钟左右便找到了。

理发店的名字很简洁：Te Hairdressing（理发店）。

Te应该是冰岛语吧。推门进去时才看到木门上有两行字，上面是冰岛语，幸运的是下面有英语翻译，意思是“敬请预约”。啊糟了，会不会白来一趟？麻木祈祷今天能顺利理发。推开店门，传来小风铃的细碎浪语声，麻木马上感到一股莫名的亲切感，那是儿时在京都的家每天听到的风铃声，像走进世上最安全的地方，竟然莫名其妙地想哭。**人生走过三十年，累到为停下来不惜放下一切成全的出走旅程，却反而像是为了给自己重拾回家的感觉。**天呀，麻木深深地吸了一口气，闭目三秒，睁开眼睛时，被店内的世界迷住了。

这家店不可能是理发店，与其说是一家店，不如说是一个小花园，眼前是满室不同颜色的、圆圆的花：鲜红的、橙黄的、粉红的、偏白的，种植在店中央的尖顶玻璃天窗下面，自然的日光从顶端晒进来，染满一片花海。花海旁边是两张松木茶席长矮桌，各放置了一个小巧的茶壶，左边是黑紫砂壶，右边是柴烧上釉壶，壶旁边各并列着四只小茶杯，黑黑的，旧旧的，非常雅气。用来烧水的是侘寂风味的中古黑铁壶。在北欧地方遇上东方茶盏，说不出的亲切。难道这家店是东方人开的？

麻木不由自主地走近花海，被花的美催眠了，正要伸手轻抚一朵鲜红色的花时，一个男人从花海后面的小屋无声地慢步出来。随他而来的是一股清澈如雪山泉水能穿透人心的香气。高个子，东方人，乱中有序的黑短发，称身的淡茶色汉服下面是淡蓝色水洗破口宽腿牛仔裤，浅灰色厚毛袜及日式人字拖鞋，低调地帅气。在冰冷国度里邂逅东方茶席、花海暖房和谜样香气男，应该是幻觉。明明是家理发店，店名旁边确确实实用英文写着Hairdressing 啊。

香气男的笑容比花更迷人，看见麻木，他低声地问："Chinese（华人）？"麻木点点头。他便笑得更宽容，马上用中文说："她们叫冰岛罂粟。"

他指着麻木正想去摸的花。

"罂粟花？"麻木问。

"是冰岛罂粟，跟可制成毒品的罂粟不一样。先喝茶，再理发，怎样？"香气男像跟相识多年的老朋友或老客户说话一样。自从踏进这家谜样的花房后，麻木的感观已变得不由自主，乖巧地点头听从指示，内心却很清晰自己正在做什么，感到安全和信任，愿意打开自己，不用固执或隐藏什么了，像被催眠的状态。到底为何她会在这个陌生男人面前神秘地进入催眠境界，在她离开冰岛时也无法搞清楚。

香气男领她到小屋旁一个全透明的外建玻璃屋（Gazebo），居然有二百七十度景观，窗外是几棵枯树，大片雪地，应该是后院的风景，没想到屋子后面能有这种侘寂的禅空间。看来应该是私人地方，没有车路，也没有人能进入，像个禅修的小天堂。

“好美啊。”麻木情不自禁地说。玻璃屋像个小森林，种满了绿色植物，也有冰岛罂粟。屋的正中放置了一张理发椅，一面能滚动的一人高的镜子，一张能滚动的工具桌，地上放了一个蜡烛香熏座，旁边是一个小型的日式水琴窟装置，水随着竹管子流进一个黑瓦缸内，发出淙淙水声，她以为自己走进了京都的茶馆。

香气男让她坐下来，递上一张茶单，温柔地说：“看看，想喝什么茶？先让茶清净身心，然后我们才开始好吗？”

他的第三个问题，她的第三次点头。麻木点了蜂蜜桂花绿茶，香气男到外边茶席上调泡好后端给她，开始自我介绍：

“我叫Te，也是这店的名字。你今天的出现有点意外，原本今天是我的休息日，没有预约客人。正想出来打理花儿，跟她们聊聊天，一起听听音乐，你便开门进来了，听到风铃声才知道忘了锁门。一切有点像梦。你相信白日梦其实是现实吗？午饭后我刚在屋子里睡了一会，梦到有位古代东方女人推门进来要买花。醒来不久便见到你。为了这个梦，我很高兴今天能意外地为你做头发，你希望我如何为你理发呢？”

麻木早已呆了，分明已被带进了这个叫Te的男人的梦境，变成了他的古代东方女人。她有点迷糊但本能地说：“不好意思，打扰了你的休息日，我刚来冰岛，只是公车曾经过……”说不下去了，说这些毫无意思，进来后忽然觉得说话是人类最愚笨的沟通方式，明明可以用安静来交换感觉和想法的。她不经思索地说了不太懂为何会说出口的话：“没事，交给你决定吧。谢谢。”

Te带笑地静默，以纯熟的动作把镜子和桌滚动到她跟前，站在她后面，在镜子里仔细地阅读她的脸，透视她的心情，细想应做什么、不应做什么。很快他便有了方案。他让麻木闭上眼睛，麻木听到他把一个东西拉近，居然开始用温暖的水替她洗头。哪里来的水？进来时没看到有水龙头啊。不管了，好好地享受被清洗和改头换面的梦样下午吧。

全店只有Te一人，没有助理，从洗头到完成都是他一人打理。好像经历了两小时，或者更长的时间？Te在她耳边轻轻说："完成了，你可以张开眼睛看看啊！"麻木才知道中途好像睡着了，又好像一直听到水琴窟声，屋内的香气也一直在意识里，现在是在梦里抑或回到现实？想起刚才Te的话："你相信白日梦其实是现实吗？"

在还未能弄清楚时，麻木已被眼前镜子里的那个自己慑住了，与自己对望了足足三分钟也无法说出话来，几近震惊。当她稍为回过神来时，Te不知何时开始已不在她身后，从外边端来一个雅致的橡木托盘，上面放着两个小黑茶杯，谜样地说："Cheers(干杯)！"麻木提起小杯，和他碰杯后一起喝。那是她生平第一次喝的茶，说不出的惊喜。看着茶汤在古董小黑茶盏里优雅地袅袅冒烟，在阳光的映照下泛出迷人的金黄色，莫名地感动，泪水快要滚出来了。

眼前的自己变回她直到大学年代一直留着的清汤挂面，发长及下巴，发尾是不规则的小凌乱，加添了不妥协的小个性，原本因为创伤老了十多岁的模样一下子又变回童颜，这个早已遗忘的自己，在这个梦样的下午被捡回了。

麻木红着眼对望镜前的自己，低声说了没想过会说出来的话：

“我好想你啊！”

Te没有忽略麻木这些微妙的反应。“我们到茶席去坐坐。”说罢领她回到刚才的花海空间，在茶席上坐下来。

麻木此刻才细看清楚这房子，原木造，锥形透明玻璃屋顶，怪不得声效那么好，理发玻璃屋内的水琴窟声音能清晰听见，满室香气，赫然发现这香气跟刚喝过的茶的气味是相同的。刚重生的自己和一个陌生理发师在暖暖的自然光照下，坐在花海旁边品茶，再强的想象力也没法推测到出走冰岛能发生这天的奇遇。

Te慢雅的泡茶动作深深吸引着麻木，原来男人可以有这般修长和雅致的手，能把茶叶、开水和烟雾化成缕缕茶香。麻木喝过第二泡茶后，意识好像回来了，开始能组织思路。

“刚才睁开眼睛的一刹那，我看到了很多年前的那个自己，是相当震撼的感觉。没想到你能把我变回曾经有过自信的从前，很感动呢，谢谢你。你大概懂法术是么？”

Te依然微笑，没说什么，继续专注地泡茶。喝过第三泡茶，麻木发现每泡茶都有细腻的变化，非常难忘。没等她提问，Te主动开口说：“很特别是吗？这是云南的普洱茶，名字叫‘初心’，意思嘛，应该就是你刚才看到那个自己的模样，你懂的。”

“我喝过的普洱茶都是深褐色的，怎么这普洱茶能泛出金黄色呢？”麻木不解。

“你喝过的普洱茶大概是香港式的熟茶或陈年生茶，制法和滋味不一样。这款是二〇一二年的春摘生茶，树龄五十多年，茶园经近十年有机种植，糅合了普洱茶的各种特点，是很细致和包容的茶。你细品几泡再看看。”

Te继续慢泡“初心”，两人无声地细意品尝。喝到第五泡，Te问：“怎么样？”

“每一泡给我的感觉都不一样，不断地变化。第一泡像不施粉淡淡美的女子，第二泡开始渗甜，第三和第四泡溢出深藏的香气，回韵是甘甜，按摩着咽喉，第五泡变得内敛。”

“对，是内敛和力量，像在告诉你‘我长大了’。那年我泡它，由于是茶龄尚轻的普洱生茶，还在不断发酵过程中，所以它像一个少年一样跟你聊天，表达它对世界的观感，对人生的理想。有时有点乱，有时又远大。那时的它带点不稳定，不容易泡。几年后，今天的它已由不稳变淡定，内韵丰富，还有很多未知的将来，有很多故事要告诉你，也提醒你它最初的模样。”

“我从不知道普洱茶可以有这种味道和体验。我一直是喝咖啡的，对茶不认识，也没研究，喝过的也只是几款流行的广东茶楼茶或花茶。不知道是不是因为心情不一样了，理发后打开了一点心结，这茶好像能跟我融合为一，很亲和的感觉。‘初心’的名字说到我心里了，勾起我曾经对生命的激情和梦想，说起来也想哭。”

“这是普洱茶的美，因为是后发酵茶，没有赏味期，是能逐年观变化的茶，像看人的成长。和普洱茶相处是等待的修炼，岁月共度的沉淀。每种茶都有不同的修为，普洱茶的修为是陪伴，意味深邃得动人。”Te依然是那样安静地微笑，“对了，Te是我的名字，‘初心’是茶的名字，那你的名字呢？”

麻木笑了，自我介绍道：“我叫Dolor，是拉丁文，十九岁那年为自己改的，痛和悲伤的意思。当然我是有中文名的，叫麻木。”

这个名字太不得了。Te呆了一分钟才敢问关于她这个名字的缘由。

“为什么叫麻木？应该很多人都问过你这个问题吧，你爸妈取这个名字时肯定有某种寄意。”

麻木犹豫了一分钟才回应：“一直以来，我没有向好奇的人说真话，只戏言因为妈妈喜欢用麻布造衣，爸爸是个木讷的人，喜欢木工，我是两人结合的作品。也许你已猜到我有一个破碎的家庭。我爸姓麻木（あさぎAsagi），是日本人，妈生我时对爸已心死，把我归她的姓氏原，连名字也不多想，领出生证时索性把自己的姓氏压在爸的姓氏前面，向他示威。于是，我的名字便成为‘原麻木’。你可以想象，她连为我认真地取个名字也不愿意，并不重视我的出生，我对她唯一的意义，大概只为出一口气。而她一直没有原谅我爸。”

麻木说罢才讶异居然向这个第一次见面的陌生男说真话。Te静默了三十秒，轻轻说：“不过，你也同样没有原谅你妈，是吗？”

麻木瞪大眼睛，露出不可思议的表情。大概此生活到这一刻，从没有想过要原谅她，或者应该原谅她。

“原谅，需要一个理由吧！”她说。

“需要理由，便无法真正原谅，彻底放下。要原谅，大概唯一的理由便是想解脱吧！”Te说。

麻木被他这句话慑住了。怎么他能读进她的心，知道她求解脱未得，正是因为还有未曾原谅的心结？

“被你看穿了。坦白说，我现在其实颇喜欢麻木这个名字，它提醒我保持麻木会好过一点。面对过太多伤痛，太用情太上心的话，怎能承担得起那份沉重？”

“那，也要看你是否轻得起。”

待麻木赫然发现自己的名字原来隐藏着能让她解脱的密码时，已经是一年多以后的事了。

麻木感到一点不安，不想多谈自己的事了，于是转移话题。

“你的名字很特别，你有中文名字吗？”

Te学着麻木的口吻自我介绍：“Te是冰岛文，三十岁那年来冰岛后为自己取的，是茶的意思，读音‘dei’，发音源自台湾和福建一带的闽南话，随着当年茶叶贸易西传成为欧洲语。当然我是有中文名的，叫古树，姓古，名树。”

麻木重复着Te的发音，默默地絮絮念。

那个下午，他们分享着重生和关于茶的故事。Te说得比较多，难得来了一个东方人，而且是女的，还应验了梦的预告，对Te而言，那个下午也预演了他自己的重生，虽然他还未来得及意识到这点。

从细说他用的小黑茶杯原来是宋代的黑釉瓷建窑老茶盏开始，谈茶的种种故事，到用茶叶自制香熏材料，到他出走来冰岛的生活。两个生命的缘分，从下午三点麻木闯进来的那刻开始，理发、喝茶、聊天到日落到深宵，没有谁关心过时间和天色的变化，呼应了麻木的房东老太太说过的话：“时间从来不是问题。”

Te在小厨房做了简单的素意大利面做晚餐，麻木赞不绝口，也喝了Te的朋友刚从英国带来送他的有机红酒。酒精打开了Te的潘多拉匣子，把自己来冰岛三年的点滴都告诉了她。此刻若要为他们捕捉一个电影全镜头的话，他们看上去与刚开始相爱的恋人无异，无尽的话题在燃烧忘掉时间的酒精。

“我每天只做一个客人的头发，专心地做和完成。能一天只做一件事，做好它，是不是最完美不过的人生？理发前，我会先让客人点自己想喝的茶，然后开始理发，替他们还原本来的自然和美。完成后，我会为客人量身订泡一道我叫Metamorphosis的‘蜕变茶’，茶叶以纯料和简单自然的制茶方法为主，譬如普洱、白茶和较罕有的老茶等，视乎客人的特质而选配。客人最初大都会选清香型乌龙、炭焙铁观音、绿茶、红茶、花茶等主流茶，理发后，我希望让他们像还原自然美的自己一样，品尝茶的古早味，效果就如你刚才体会到的那样。”Te说。

“好一个蜕变，居然能把茶和人本来的自然美结合。你从哪学会那么多茶的知识呢？你年纪不大，茶的学问却很深厚。”麻木说。

“我爸是福建人，在福建开茶庄。我从小跟他学茶，十来岁便跟他跑遍不同的茶山，学懂制茶的方法和奥妙。十九岁我爸让我出国念书，我说想去法国，他很开放，答应了。我中学时代学习法语，顺理成章去了法国，喜欢法国对传统和文化的尊重，像我也同样喜欢日本的这一点。大学本是学文学的，没毕业便转修理发和厨艺。后来回国想开自己的理发店，却遇到一件伤心事，决定放下一切来冰岛，在冷冷的地方冷静自己。我把中国茶带过来，觉得**冷的地方不应只有酒，也该有茶。**

“到冰岛后，很快便被这里野性但带点沉郁的大自然山川净化了伤感，开始想做点实实在在的事。想起我的初心，于是开始寻找理发店打工和学习，逐户找，却都不被录用，应该是跟我那时不懂冰岛语有关。我明白的，没有失落感，一切随缘好了。

“两个月后，某天经过一家店，看到有华人和客人在喝茶，用的是工夫茶杯，细看才知道原来是一家低调的理发店。天呀，那天开始我确实相信白日梦其实是现实这回事。走进去认识老板，他是台湾人，真没想到会有台湾人在冰岛开这种店。老板的家人都在台湾，他喜欢台湾茶，有时也会和客人一起喝茶，渐渐在雷克雅未克形成一个小台茶圈。后来老板患重病，希望回台湾，建议我把店承接来做。我想也没多想，仿佛是天赐的礼遇，不可能有拒绝的理由。就这样我把店子重新装修，把原来的理发室变成花房，改建了房顶的玻璃天窗，加建了理发玻璃屋，并改了自己的名字， 一做便是两年多，直到现在。”

深宵的夜色早已包容着这对隔世重逢般亲密的陌生男女。待发现原来已过深宵两点后，Te开车把眼睛瞪得不能再大、倦意却浓的麻木送回家。

西方有句应景的谚语：Life is more beautiful when you meet the right hairdresser（当你遇上对的理发师，生命变得再美丽不过了）。

没有人清楚那天出现的一切是谁的安排，往后会发生什么。不管了，没有比继续让它发生更正确。

自那天开始，麻木出现了不能逆转的变化。一、她开始喝茶；二、她重新看到古早味的自己；三、她的生命里出现了名字叫Te的谜样男人。三项变化，足够改变她的人生。

07 Te的痛和第一次拥抱

麻木和Te变成了奇妙的深宵茶友。

麻木不时在他替客人理发后的黄昏时段过去探望他。对这位一见如故的朋友，Te也显得莫名的珍惜，曾因为突然想见她，居然跟已约好的客人改期，却留言给她说今天休假，要不要来喝一杯。

他们不到几天便见面，一起度过很多个茶色的夜晚。麻木因为他爱上了茶，说要跟他学茶，他当然高兴地收了人生第一位茶学生。每次见面，他都泡几款茶给她喝，让她细致品味和说出感觉。然后从茶叶、水温、茶器到不同地区的茶树、不同的茶制法等，逐一细说，麻木乖乖地做笔记，提问，试冲泡。认识茶后，才知道茶的世界竟然是一本从茶马古道伸延到世界尽头的历史书。

“自小和茶结为挚友，到法国后还没有发现问题，可到冰岛后，即使是同样的茶、同样的泡法、同样的茶器，我竟感受不到茶的温暖，茶失去了发源地的体感和本性。茶到了北欧似乎也变冰了。即使在这里差不多三年，每天替客人改头换面，分享茶的美，他们都很喜欢我的茶，可我还是感受不到茶在他们身上找到亲和感，好像再喜欢也不过是喝了，未能入心，融合为一。这只是一种抽象的感觉，我无法说得具体到底是什么一回事。相信就像你到了一处陌生的地方，再喜欢还是感到抽离，不会在那里住下来，未能和那儿的水土像认出是前世相依过的亲密关系一样，怎么说也带着隔离感。我一直纳闷着，说不出到底哪里出了问题，到底我希望感受到什么。

“直到你的出现，给我带来了答案。还记得我第一次为你泡的‘初心’吗？那茶我一直没有在冰岛泡过，就是没有客人的蜕变能匹配得起它细致和包容的变化。你的出现提醒了我‘初心’的存在，心血来潮泡了她，也为你带来了震撼的体验。那天你说从未喝过生普，感到很温暖。Bingo（对了）！就是这感觉，我一直寻找的便是这种重生的、跟自己重逢的温暖感。你的反应感染和打动了我。知道吗？你是第一个喝得懂我的茶的人，你令我懂得寻回它的体温和本性。我开始明白把茶带来冰岛的意义，知道我的茶可以做什么了。”

“你的茶可以做什么呢？”麻木疑惑地问。

“暂时不能告诉你，时机到了，会说。”Te说。

除了客人外，麻木很少追问。人家不多说，总有不多说的理由，不用知道不应该现在知道的事情。麻木拥有这种男性特有的沟通本色，就是非必要的，少说少问为妙。

这段日子跟Te熟稔了，虽然相见时总是谈茶事，但他也会说一点以往的故事。经验告诉麻木，Te跟她聊天时细微的情绪变化，愈来愈进入要把一个心结吐出来的前治疗准备状态。麻木没有告诉他自己是个精神科医生，但Te好像已感应到她有阅读他的痛的本领一样，对她很信任。

某夜，Te心血来潮泡了“冰岛”茶和麻木一起喝，潜意识翻开了他和初恋那段十一年的情史记忆，心抽痛了一下。原以为来冰岛快三年了，那段历史早已凋谢。原来创伤一直在，只是等待时机被翻出来试探自疗的成果罢了。

其实在麻木第一次遇见Te那天，在他还没有说因为一件伤心的事才来冰岛前，已一眼看到在他身上有两处红印，一是在右边小腿近脚踝处，二是他心口上的膻中穴，麻木心里暗自为他抽痛。

喝到第三泡茶后，麻木注意到Te突然情绪一变，意料之内，是时候他要把郁在心里的痛说出来了。

那次的伤，是因为他的初恋。

他和她在法国认识，她是华人留学生，那年他们都是十九岁。她叫小蒙，有个法文名字Simone，名字来自她的偶像Simone de Beauvoir（西蒙·波伏娃[1]）。小蒙美丽，却任性，贪恋，贪物质，贪婪被捧上天的感觉，有很多男生追求她。她容易受诱惑，也主动诱惑人，没有安全感，经常更换男伴，同时跟多个男人交往和调情，什么年纪的都喜欢，尤爱有钱、富情场经验的名人、老师或已婚汉，甚至还有朋友的男人……因为语言能力强，在色欲之地的法国，身为一个年轻美艳好胜好色的东方美女，不愁找不到情欲猎

1 西蒙·波伏娃：著名法国女作家及女权主义者，萨特的情人。

物。爱上她，他不由自主，她主动引诱。单纯的他，一开始被她清纯的外表吸引和欺骗了，谁知她同时和他的好友交往，被他发现后，她还一副可怜的样子，说自己有心理病，渴求被爱，自小父母分离，被舅父性侵犯过，等等。没有男人能在这副哪怕不过是演技的可怜面容前不被征服，他彻底相信她，誓死加倍守护她，为她付出一切。

他的爱是那么不顾一切和盲目。为了她，他去学理发。当年她穷，喜欢去理发店却没有钱，他以为学成后便可替她妆容，甚至陪她去见其他男人，却单纯到不知理发店是情欲挑逗的场所，醉翁之意不在酒，她不过是为跟发型师暧昧。她抱着他承诺将来会和他结婚，其他男人只是利用来得到她想要的方便而已，譬如名贵包包、手表、衣服、化妆品和五星酒店的美食。有男人让她用他的名车，给她郊外别墅的门钥匙。她拉了Te到她的富二代男友的别墅里过夜，那是他和她第一次，也是唯一一次的做爱经历。

生平第一次性爱。和心爱的女人紧抱赤裸的身体那一刻，是一个纯情男人毕生最难忘的经历。笨手笨脚的自己，被面前欲火焚身的野性女体带领着，从紧张到心脏爆炸，到她以纯熟的手势替他戴上她准备好的安全套，到最震撼的释放。高潮后，哭的是他，这是他的初夜。呼吸平复过后，拥着已睡着的她，忽然觉得那张面孔很陌生。这个他默默爱着、付出纯粹的爱的女人，原来在床上是这副面孔。刚才她那些火热摇晃的动作、野性和饥渴的眼神、身体的零点靠近过后，他才发现感情上的光年距离。抱着心爱的人居然是这么近，那么远，给了爱情重重一击。那一刻他知道，他和她之间不再一样了。

肉体亲密过后，她对他多了一份占有欲，要求他随传随到，她拥有计算男人何时需要她的生理仪，小小的年纪非常懂得操控男人对她的欲望。她确实是喜欢他的，除了要求他不离不弃外，几近没有别的物质要求，她甚至在其他男人身上得到好处后，会和他一起分享。也因为这样，成全了他们在豪华别墅的一夜情。她很享受这一切的成果，可他却留下了阴影。他不是笨到不管她叫他做什么、去哪里，都顺应没异议的。他知道他不应继续和她不伦下去，纵容她的欲望和任性，这并不是爱，他知道。她其实什么都不缺，单亲家庭长大不是被可怜或变成病态的理由，他都知道。以她的聪明，她根本无须靠诱惑男人也能得到她想要的。最初他不明白她为何变得那么欠缺安全感，为何需要那么多的物质满足，后来才知道，光是能成功捕猎到一个男人便能带来他永远不会明白的快感和胜利感。她不过是一头情欲野兽，借童年不快作为勾引男人的饵。这背后可是极端的操控欲和占有欲，与爱无关。

能看穿她好胜的心又如何？毕竟她是他爱上的第一个女孩，怎能因为她是有心理病的坏女孩而说服自己离开她？他，做不到。

他们竟然以这种“不伦”状态“交往”了十一年。其间多次离离合合，每次她要抛弃他，投向以为会稳定下来的男人身边时，她都离开得很绝，狠心肠，伤透他。可在他还没恢复过来时，可能不到几个月，也曾经过几年后，受伤的她突然回头，哭着对他认错，希望复合。一次是刚流产被抛弃，一次是失去一切后回来问他借钱和借地方暂住，希望他能照顾她，保护她。理性上，他知道这种关系应该终止，他本来希望追求阳光的爱情，偏偏第一个爱上的女生是个情场猎人，或多或少被传染了对男女关系的歪理。有时他会被说服，催眠自己她其实是对的，她不过是追求想要的东西，没有害人，彼此心甘情愿，也不算是欺骗了谁。

和她多次分手期间，他也交过其他女朋友，可关系都无法长久。三年前，在她再度抛弃他的一年后，又再次出现，他这次决定狠下心肠，不想再包庇她的任性了，断然拒绝了她的约会，骗她说已有女朋友，不想再见她了。她恼羞成怒到他家楼下闹，他不想她再生事，到楼下跟她冲突起来，她一气之下跑出马路做自杀状，正好一辆车驶过来，他没多想便冲上前把她推开，自己却被车撞伤了腿，在医院住了三个月。

她到医院探望过他两次，虽然感到内疚，一个月后还是跟了一个中年有钱男，听说是去新加坡，留言给他说要结婚了，谢谢他救了她一命。可第二天，他情同兄弟的朋友方信给他发来了秘密消息，原来她怀了孩子，那个中年有钱男还未确定要不要跟她结婚，她只是被包养。方信是她的闺蜜的秘密情人。那刻，Te才知道她这次求复合，只是希望替孩子找个愿意认头的爸爸。她到底哪来的本领，不足一个月便搭上新的有钱男，他不想知道。前生也许欠下她太多债，今生遇上她，被她操控了十多年的感情，替她挡了血灾，总该还清了债吧。他下了决心跟她不再相见了，必须彻底把她从生命中清除。

看破了，没后悔。腿伤不严重，近脚踝处骨裂，留院三个月，静思过后，决定出走。想着应去哪从头再来。突然想起他最喜欢的一款茶：冰岛普洱茶，想念它的纯净和柔情。“冰岛”是云南临沧勐库的邦马大雪山北段半山腰上一个古老的傣族村寨，傣语是“扁岛”或“丙岛”，意思是用竹篱笆做寨门的地方。

寨门，有意思。门是入口也是出口，那顺理成章去冰岛吧。不过不是云南那个，而是北欧那个，那确实是他和她曾经约定要一起去看冰川的地方。她喜欢冷，说冷的地方才可更深刻地感到温暖的真实。她总是满脑子歪理和奇想，以前他会被她这些奇想迷倒，觉得她太特别了，现在清醒后，倒希望能到那冰冷的雪地，把他们的历史彻底净化和漂白，从头再来。

麻木安静地听Te把他和初恋的故事说完，已经过了两小时十分钟，在他轻轻洒过两把泪后。她明白，曾经单纯地爱过有多痛，谁说男人是不懂感情的动物？难得一个男人肯敞开心扉把心结说出来。麻木主动上前拥抱眼前这个敢于面对的男人，他也紧紧地回抱她。

这是他们第一次拥抱。

对Te，麻木不清楚是怎样的情感，她可从来没有对男治疗客人动过很想安慰的念头或欲望，也少有她愿意或想拥抱的男人。Te应该比她大一两岁，可看上去还像个大男孩，眼神溢满童真。是心疼？是母性？是感动？是喜欢上？她不敢认真想下去，只觉得，像他这样单纯去爱初恋的男人，不是太笨便是太傻，结局都是受伤害。

而她，**面对过太多受伤的个案，渐渐懂得，对爱最大的祝福，莫过于但愿能停止一切伤痛，期许真心去爱的人不再受苦。**

大概是因为对Te动了恻隐之心吧，麻木这样想。

Te把郁藏了十五年的伤口向麻木袒露后，心结已清洗了大半。

那夜，麻木终于告诉他自己原是个精神科医生，创伤后拥有能一眼看到别人隐蔽痛处的异能。知悉后Te惊讶得说不出话来。原来这个女子一直背负着自己和别人的最痛，心不由自主地为她抽痛。是哪位上帝要对这么美好的女人做出如斯残忍的测试，是磨炼还是虐待，他实在没有慧根去想明白。突然他对麻木加深了关爱。他很想知道更多关于她过去的、受创的故事，可他不敢问，她也没有主动说什么。

那夜之后，他们成为更亲密的知己。

三天后，因为刮大风，麻木忘了预先买食物，留在家中饿了大半天，待大风过后黄昏前，她索性买食材到Te那边，说要做鲑鱼配烤薯块一起吃。Te乐坏了，为了奖励她的餐宴之恩，他泡了珍藏二十年的铁观音。喝着微微暖胃的老茶，Te突然提议不如去看夕阳。

“我知道一个地方看日落超级美，虽然今天刮过大风，还是希望天公作美能看见。”Te说。

麻木回他未看先醉的眼神。冰岛一天间的天气变化太大，要计划看极光，看日出日落，看什么都需要八分靠运气。当地人早已习惯了，无常的气象却把这个民族变得豁达和开放，再烂的、再好的都不外如是，云散烟消不着痕迹。

几乎所有冰岛人和游客都知道，来冰岛最需要的行装不只是带齐四季衣服，而是下载当地的日出日落时间表App。这个到处大山大海少高楼少光害的地方，是看日出日落和星星的最佳理想地。Te熟练地在手机上搜了一下，然后出发，日光正在收敛中，他要掌握好时间，才不致错过一瞬即逝的夕阳美景。

一起开车出游还是第一次。汽车有点小，驶在空空的公路上，灰灰的大天幕把小汽车变成豆子一般小，要是高空航拍他们的话，就像小甲虫在地上爬。人生渺渺，沧海一粟，也因为渺小，都承受过伤痕的他们俩，格外珍惜这并不能理所当然享有的美丽时光。

不消十五分钟，Te便在一处临近大海且地势稍高的地方停下来。寒风还是刺骨的。不过天色有点清，Te建议留在车厢内看，别冒险在空旷地方逗留，怕她会冻病。她点点头。两人瑟缩在小汽车里，眼前的云层正在散去，真走运，开始变红的夕阳露面了。麻木已迫不及待给出反应："看，出来了。"

不消十分钟，整片天空突然被染成火红，没亲眼看见是无法相信夕阳能有那么壮观的。可能是麻木太久没有接触大自然，才会有"人生首次看到壮观的夕阳"的想法。夕阳以不到七分钟的速度沉进海里，天色瞬即奇幻地转黑。

"太快了是不是？很美是不是？"Te说。

"是我见过最美的夕阳。"麻木感叹。

"这夕阳红并不算是最美的，只是**夕阳怎样看也不可能不美，所以你看到的美，总能说服你她是最美的。这是夕阳的爱。都快圆寂了，还要给出最灿烂的红光，叫人难忘。**"Te说。

夕阳红还留在麻木的脸颊上，Te忍不住偷看了几眼。然后，他没有忘记带她来的原本目的。

"我可以好奇问你处理过最痛的个案是怎样的吗？"Te说罢才觉失仪，急忙补救，"好像是我问错了，对不起当我没问过。"

麻木没有反感，也不感到意外。她早已看穿Te希望知道更多关于她的过去。本来，即使是告诉他自己的创伤故事也没什么大不了，只是暂时她还在疗伤中，无法确保这时说出来会不会失控。她不希望在Te面前失控。毕竟，他们只是相识不到一个月的异地朋友。风中柳絮水中萍，下一句，麻木不想说出口。

不过，关于她处理过的最痛的个案，她可真的从来没有公开过。因为，最痛的其实也包含了她切身的感受。医者和病人能感通的话，双方能感受到同一道痛流。这是她从医多年来感到最孤独和伤感的体验，难以分享。

08 永远看不到的柠檬桉

麻木在出走冰岛以前共处理过多少个案，大概得让助理翻查档案才能准确地知晓。印象深刻的个案有不少，以前被媒体采访时，她也会举一些个案分享。不过，有几个个案，她从来没有公开谈过，因为，太痛。

若不是因为Te，不是因为冰岛，不是因为那片认为是最美的夕阳，她大概一生也不愿意再提起。

坐在暖暖的小汽车里，看着晚霞变黑后第一颗闪出的星星，麻木尝试用平淡的声线忆述那个最痛的个案。

“她叫Snow，是在临死前还会发出纯白光芒的美丽女生。那双加大码的眼睛，守在被药物攻陷而变得苍白的脸上，澄明得像没有犯过罪的人一样，让你惭愧地错觉自己才是罪人。那是我最后一次见她的记忆，在她离开尘世前的四个月。

“我挂心的病人有不少，而Snow是其中最令我挂心、放不下和感到无尽悲伤的病人。她最初来找我治疗她的抑郁症。在那张清白的面上，总能给人无辜、受害者和弱小的假象。事实上，她把自卑和坏记忆塞满全身，才二十多岁，却能散发极大的负能量。若你不是敏感度高的人，大概都会被她美丽和单纯的外表牢牢吸引，忽略那股隐藏背后时强时弱、可能根本不属于她的魔性。我只能这样形容。

“第一次见面后，我让她写了她最害怕的是什么。一般人顶多写几项，可她却写了近四十项，由怕死、怕老、怕老鼠、怕表达自己到怕患癌病、怕变盲等。经历过多次情伤，对感情早已不再信任。见过我两次后，她确实有明显的改善，由阴翳的性格调向阳光，终于能放下旧爱和执着，重新上路。看着她一步一步变好，我心里很安慰。我们保持不时的邮件往来，知道她过得不错，生命脱胎换骨了。

“没消息一年后，突然收到一个男人的求助邮件，是Snow的现任男友A先生，他们是中学时代的同学，难得有缘分重逢。男友告诉我她近期的改变，希望我能帮上忙，因为他知道她一直视我为最尊敬的医生和朋友。事情是这样的，他们在一起后甜蜜不到几个月，她便发现患上乳癌，刚做完手术，她的家人说可能是碰到邪灵了，带她去见一个泰国的奇医，说她体内住了只小鬼，应该是她曾经流产的胎儿。她开始害怕了，因为她确实曾经做过人流。回来后她经朋友介绍见了一些占卜师，有位占卜师说她有两重命格，表面是一条鲸鱼，张开口能吸纳无尽的食物和海水，把自己喂得满满的，什么都不缺，内里却软弱得像一条焦虑的小鱼。假如她能回归鲸鱼的力量，她的生命便能变强大，不用依赖谁，也不再自卑。

“占卜师还带她到一个不公开的分享会，她在那认识了一些和她一样迷上追求变得强大的人。这些人勾起了她深藏的黑暗面，集体的感染力令她突然相信自己真的是鲸鱼，她要勇敢地聆听自己的内心，诚实地面对自己的黑暗面，只要面对，勇于放下旧的自己，她的病、她的生命将会有重大的突破，不再以弱者的方式吸引别人的关注。

“几次聚会后，她变成另一个人，对男友的态度也有了一百八十度的转变，连眼神都不一样了。他们每天吵架，后来他发现原来她在聚会上认识了一个男生，叫他B先生吧。B先生和她在闪电般的能量交流后他们自觉已爱上对方，觉得彼此都是同一类人，A先生已变得多余。

“然后，Snow和包括B先生的几个无惧黑暗和伤害的信徒走在一起，互相帮助大家翻开旧记忆、负能量，以为翻开就是治疗。Te，你可以想象在感觉到自己有多勇敢，不再害怕什么时，那种快感和满足感能有多大吗？”

“嗯，我能明白。”Te一直静默地聆听着麻木的故事。麻木所说的那种自我强大的蜕变，他自己没有经历过，不过，他的初恋小蒙却经历过类似的过程，在追求自由和贪欲的过程中，他看过她不顾一切、走火入魔的眼神和面容，着魔大概就是那种东西。他一次又一次被初恋抛弃前，都曾看到那种眼神，想起也心寒。

“知道吗？”麻木继续说，“翻开黑暗面、创伤的记忆，表面上是彻底根治问题的治疗观念，可在实行上需要极高的要求，包括需要能量非常稳定、心念纯正和人格正气的治疗师，受疗者的心智必须够成熟，那些倾向迷信或自我膨胀的人都不适宜在短期内一下子翻开深层的负能量，需要较温和的步骤和引领，不能光靠所谓‘勇敢’。若不懂得适当的方法，容易把旧病变复杂甚至恶化。没有觉知和沉溺的人，不能在欠缺吸尘工具的情况下乱翻记忆的尘土，最后致病的可不是尘土本身，而是翻土的鲁莽和愚昧。

“Snow明显地掉进了危险的游戏里，还没准备好应对这种激进的治疗方式便栽进去了，翻开了不可收拾的烂摊子，不断伤害她身边的人，尤其是最爱她的男友。那是一股强大的风暴，令她偏执地追求变得强大，瞧不起所谓不够她勇敢的人，觉得谁跟她不是一心一致便是阻力，是敌人，相信自己才是终极的自由者。

“Snow说她现在已有足够的力量了，不需要任何人，连我也不再相信了，说我的治疗法对她已没用，她已提升到另一个层次。一切的突变都发生在短短两个月间。男友隔几天便跟我通讯，我同时治疗他的痛、他的情绪、他过去的创伤和现在的创伤。他说Snow现在好像鬼上身一样，跟他说话时的语气好像权威，无视他的存在，不再关心他了，眼里只有她自己。譬如某天她给他留言：‘不要再可怜自己，你应该知道你到底是谁了。跟我来吧，做回你自己，不要再欺骗自己了，我这儿很好玩，不再有痛苦，我们都爱着大家呢！’他感到很绝望。Snow已彻底变成另一个人，而B先生更是目中无人，和她一起疯子一样地去探索真我变强大。男友快崩溃了，希望我能帮助她走出来。

“我安慰他说：‘这是你们仨必经的蜕变路，要经历过程中的起伏和对错，不过选择如何走上这条路是关键。选择坐上过山车的话，路会急转直下，太快也容易盲了眼，只是当下感觉自由和良好而已。坐上小船的话会走得慢，但平静，也有危机，你永远不知下一个急流何时发生，会不会打翻你。索性飞上天吧，可还是会遇上不稳定气流。若我要选择的话，蜕变的路，还是海和树的结合较平衡，勇敢地进入大海的未知，安心地依靠老树的怀抱，接收它稳定的能量和智慧。'

“Snow选择了坐过山车，男友选择了坐小船，而B先生选择了滑高浪。有时彼此好像是同行者，突然又可变回陌路人。到最后，生命来个反高潮，结局不过是各走各的路，曾经因爱之名，为激情抑或为守护，原来不过是误会一场。就像很多集体自我觉知工作坊令参与者突然‘觉醒’了，感受戏剧性的发生，以为自己发生了巨大的变化，可没注意到的不过是陷进更大的盲点里，傻瓜一样更不能自拔。

“我答应他以间接的方式接触Snow，测试她是否愿意见我。写了邮件问候她，她马上回复，主动说要见我。很好，正合我意。见面了，她果然变得很hyper（亢奋），眼睛着了魔，和我分享她的蜕变。她还是像以前一样，说了很多自小已有的坏记忆，过去委屈的自己，被家人控制，不被理解和爱的伤痛，说经历近日的灵性跃进后才看穿了问题，原来她自小已有的各种病如心口剧痛、呼吸困难、胃痛、心跳快、突然面上长满红疹及持续发高烧等症状，都是在被家人忽略后病发的，然后会突然自动痊愈。她说当时总觉得自己日后会死于不明的怪病，结果应验了怪病。但她说已懂得医自己，她是一条强大而勇敢的鲸鱼，不再是胆小的小鱼了。现在每天都和自己内在的黑暗面打交道，勇敢地翻出它们，看到自己已走进一个新阶段，批评男友跟她是两个世界的人，跟B先生却能心灵相通，互相了解。还说我愿意的话，可以教我如何翻开自己。

“听她说了大堆变强大的启示录后，她眼里的自己已变成可以翻天覆地刀枪不入的巨鲸，可我眼里的她却是瞳孔放大，焦点不稳定，声线飘忽，呼吸不畅顺，眼神令人不安。我曾经接触过类似的眼神，当时心里感到不妙。临床经验里，拥有这种眼神的人是已被死神接收了，跟死亡靠得很近。曾经，有位还没到二十岁的女病人，也用过相同的眼神跟我说她已变得有多强大，不再害怕谁，不再会自卑了。她是长期精神病患者，小小的年纪已服了近十年精神科药物。那次见面后不到一个月，她便从大厦天台跳了下去。

“当人过分迷信发掘内在的黑暗面，忘了它本身的魔性时，可以不自觉地被随时拉进去，变成同类。听过一位法师说，这正是为何一般人都不要试探邪魔的原因，遇上邪恶的人和事，不管自以为有多强大，即使天天已在念佛修行，也要有意识地远离它。多年的临床经验教我愈来愈确定一件事：**当你靠近了能量、心智和情欲混乱，或者正在转型阶段，容易变得不稳定的人时，你也容易变成和他们一模一样。这些人本身就是不稳定的负能量，助长心魔。追求令自己变得强大，讽刺的可能不过是另一重心魔。**到最后，你再逞强也不过是笨蛋。

“待她说了她想说的话，我问关于她患过癌的事，她说没事啦。我说替她检查一下，她很乐意。我让她躺下，按了她的胃，她说有点胀痛，我再按她的肝，天，不敢用力按了，已明显摸到有硬块。她也紧张起来。我叫她快去彻底检查，这里有点问题了，她早应该留意到啊！那刻开始她脸容色变，没有再说一句话。这条强大的鲸鱼的鱼肝出事了。

“两星期后，她电话我说化验报告是肝癌。她害怕了，从强大变回弱小。我安慰她说还好，发现便赶紧治疗吧，不要再多想。她哭了，最后一句话是：‘麻木，对不起，这段日子我伤害了太多人，包括我自己。’”

说到这里，麻木深深地闭目吸了一口气。她的痛，Te已看到眼里。

麻木继续说：“那段日子我很愤怒，怒那些不懂事却去教人翻开黑暗面的家伙，那些任性的聚会，也恨那些危险的自疗偏方，不负责任的一帮人，都是幼稚透了的家伙。结果呢？谁会为这一切负责任？目睹这两个月他们致命的混账：Snow的悔意和内疚，男友的伤痛和大爱，B先生的狂妄和无知……可要补救已来不及了。到底谁是正谁是邪？责任在哪？有更好的处理方式可以避免这结局吗？愤怒过后是无尽的悲伤。什么是魔性，什么是真理，什么是勇敢，什么是做回自己，什么是变强大，什么是我们都爱着大家？这个女孩只是容易被影响，自大了一点，可谁不跟她一样？怎么上天就不能多给这个还没到三十岁的女孩一次从头再来的机会？为何只希望单纯地付出全部爱给最爱的人的男生，需要承受如斯巨大的创伤，在人生中留下难以磨灭的遗憾？

“我不懂，也没有气力去懂。

“很快，Snow出现腹腔积水，满满的水，如她所愿，变成了一条能吞下整个海洋的鲸鱼。她住进了医院，男友对她不离不弃，她深感内疚，后来也不再见B先生了。B先生也正面对前所未有的无助和伤痛。再喜欢她，再‘强大’也确实帮不了她，反而令她的病程加速恶化。

“某天，我到医院探望她，给她打打气，深知她很快便会走了。那双清白的眼睛，是我见过世上最美的眼睛，她的一切罪与罚已被这皎洁的眼睛漂白了。白色的病人服，化疗后剩下皮包骨的四肢，掉得剩不多的短发。她跟我说：‘麻木，谢谢你。你一直是我最信任的人，我最尊敬的医生，最关心我的母亲，最信任我的朋友。你最清楚我，我很难去亲近一个人，你却像我妈妈一样，让我很想亲近。’说罢，我和她都流泪了。我挤出一点笑容，按摩她骨肉已分离的手臂。她继读说：‘我们都很感激你，决定将我们的部分储蓄捐助给有需要的人，让你的爱传开去。’男友在旁边陪着笑，像哄小孩一样说她今天很乖，没有闹脾气，哄她快好起来一起去旅行。

“无言的感动。我无意中抬头看见病床旁边的窗外有棵孤独的、高高的柠檬桉树，树干白得很美，像她。知道她喜欢树，我几乎冲口跟她说你看，外边有棵很美的树在陪着你呢。幸好没有说出来，因为她躺在床上的角度根本无法看得见，哪怕那棵安静的柠檬桉一直守在咫尺之遥。

“第二天清晨，她发短信给我：‘麻木，今早是我入院以来第一次醒来感觉很美好，还能看到阳光呢，一定要第一时间告诉你。谢谢你。’

“那是我和她最后的通讯。往后，只靠男友跟我邮件或短信，报告她的近况。很快，她最害怕的都应验了。几个星期后，男友说她突然眼前一黑，什么也看不见了。一个月后她便走了，临终前也无法看见靠在窗外守护着她的柠檬桉。

“命运弄人。

“Te，刚才我们不是看着夕阳西下吗？是多么理所当然的事情。说最美也好，不是最美也好，都是一种奢侈。知道吗？她去后的第二天，我在日出前醒过来，守在窗前看着天地渐变，日光悄然透出，晨曦的独有寂静，那一刻我在流泪。多么令人感动的天理，可她已看不到了。**还有一口气，还有机会看到日出，迎送日落，从没想过可以是这么微小而伟大的幸福。**”

Te没有忽略麻木眼角渗出的泪水，从匣子里取出纸巾，温柔地给她递上。忽然，他泛起一股不忍之心，觉得必须做一件事才能释怀。没等麻木擦眼泪，Te已伸出臂弯紧抱她，轻抚她的头发，在她耳边说：“我知道有多痛。没事了，没事了。”

麻木按捺不住她的悲伤，在他的怀里放声痛哭，把漆黑哭碎成满天的星星。

Te在很多个月后才知道，Snow的个案为麻木带来重大的伤痛，不只是因为那段经历本身，而是在Snow蜕变和发病的同期，麻木自己正经历着她毕生最狠的伤痛。

Snow走后直至麻木出走前，麻木一直扶持着背弃了她却向她求助的医生男友，为爱付出一切，最后只剩下断肠的回忆。**假如爱不应有罪，那为爱而得到的惩罚，到底又是为了什么？**

悲剧到底是谁发明的？

把黑夜哭崩后，那个晚上麻木感到前所未有的释怀，终于把压在心里多年的伤痛个案吐出来了。自从来到冰岛后，麻木一直没法找到自己要来这个胎记地方的启示。她看不到自己伤痛的根在哪。假如冰岛就是答案的所在地，那答案到底在哪里？谜底好像渐渐有了曙光。那天闯进Te的理发店后，她的冰岛世界便好像跟那里挂上钩，从此再分不开。每次见到Te，学懂一款茶，聊天到深宵，都像解松了她紧绷的心一样，创伤的阴影开始透出晨光，在光的尾巴后淡化。它还在，明确地还在那里，可感觉变淡了，心情渐渐变好了。麻木虽然没有说出口，但心里非常感激能遇上Te。

麻木那夜没有告诉Te，在处理Snow个案时自己的创伤。她一直没有多说过自己的过去，却细心聆听Te坦白自己的故事，他的初恋，他的茶事。一个大男孩对自己无私地开放，自己却老是收藏着，怎么说都难掩内疚感。

这天天气稍晴朗。麻木喜欢每天早上徒步到哈尔格林姆教堂静修一会儿，没有宗教信仰的她却喜欢亲近教堂的神圣。天一样高的尖顶让渺小的人在下面修炼卑微。在上帝面前，人有什么了不起？这种感觉很好，尤其是对以前总觉得很了不起的自己而言。

离开教堂后，天气好的话，她会散步到附近的托宁湖畔。看看小孩，跟已变得熟悉的咖啡店老板Halldór聊聊天，吃个贵得可以但还能付得起的早餐，坐上半天看窗外行人喷出的白烟，看老天今天会不会给她来这个地方的启示。中午过后，还想走走的话，便会逛到最热闹的洛加维格大街，逛逛商店，买买东西，吃个下午茶，做很多年都没做过的闲事，除了都得付出相当昂贵的金钱外，不能否认这种安逸的生活状态是她早应该给自己的奖励。才发现过去为了事业、名利和爱情，自己的生活都给押了上去。

来冰岛第四十天。

这天，她走进一家潮流家具店，看到一张沙发椅，不禁凝住了眼睛。啊，这不就是候机楼的那种椅子吗？设计师真有创意，大概是想人在家里放一张，幻想自己正在等待出发去旅行。很好的点子。候机楼内遇上的优雅日本女人在她的脑海里闪现。奇怪，她像幽灵一样出现过后，竟没有再被她想起过。麻木在那椅子上坐下来，尝试回忆跟那位叫高树梵的女子交谈的内容。

高树梵提过，她若擅用异能的话可以帮到更多人。这个神秘而优雅的女人，说她要回到出生的地方才能治愈伤痛，说她会在冰岛遇上对的人，说当她能处理好自己的伤痛后，自然能看到她的伤痛。更说过她可能就是十二年前遇过的过分女孩，还有这女孩和男生那段光有爱是不够的爱情故事，最终还是分了手，等等。

回忆起这些事，不知为何令麻木忽然认真地去想，到底她往后要做什么，要怎样才能改变自己的一生，不再困在那段创伤中。来冰岛已一个多月，这段日子自己做了什么？平平淡淡的悠闲生活，安安静静的独处，可在第十天后，这种生活便起了微妙的变化，因为遇上了Te，还有念念不忘的“初心”茶。上天让她遇上这个总是微笑的温柔男生，令她在冰岛变得不再孤单，生命甚至有了以前不曾想过的寄托，譬如跟他学茶，一起做饭，共度很多个话题不尽的深宵，看过最美的夕阳，听他的初恋故事。他仿佛从不陌生，而她从来不会跟陌生人那么快地熟稔起来，甚至让他拥抱和安慰，告诉他她不曾跟谁说过的伤痛最深的个案。他像她的治疗师，每见一次面，心便放松一点，笑容多一点。这，不正是她期待的疗愈效果吗？

麻木看尽世上的痛症和残忍的爱，自己也承受过重大的情伤，她下半生要怎样走下去？大概就是为别人解伤，帮助别人走出伤痛。虽然自己没有宗教信仰，但她懂什么是发愿，她希望以微小的力量，帮助受伤的人重新振作，重新做人，像她正在尝试的那样。**人应该相亲相爱，这是她在伤尽过后还坚守的信仰。**

在这个深思的下午，在那张候机楼的沙发上，麻木首次感到Te可能便是高树梵所说的“对的人”。Te那独特的疗愈能量深深吸引着她，亲身体验过改头换面的自己，洗心革面的茶疗是阴性的、软柔的，正好和她阳性的、理性的伤痛分析和自疗步骤阴阳圆融。是Te的神奇力量激励麻木重返治疗的舞台，以重生的自己和脱胎换骨的治疗方式再出发，相信她自小想成为更好的医生的初心梦想，能以更成熟和深层次的方式实现。

既然爱情跟自己没缘分，生命不应该就这样了断，连最痛的都经历过，不会有再痛的了。这起码是当时麻木愿意有的想法。天要让她看到每个人的痛处，总有一点启示吧。一股暖流瞬间在心头涌现，是很久没有过的小激情。麻木的心宽容了，暗暗地兴奋。立刻想跟Te分享这些想法，看看他的意见和意愿如何。留言给Te，麻木离开家具店，雀跃地走向附近的公车站。

Te理发店今天多了一棵没多少叶子的小桦树。Te从玻璃屋笑着走出来，看到麻木非常开心。不等麻木说话，他便向她介绍了这棵新朋友：“知道吗？在冰岛，要看到树很不容易。在维京人殖民冰岛的年代开始便过分采伐，在头五十年里便砍伐掉了冰岛百分之八十的原始森林。多可怕。你能想象，假如当初维京人没有来，冰岛现在可是个最北的绿岛呢！这棵小桦树是前天邻居经过森林时捡回来的，是枯枝了，我便‘种’在这里，你看漂亮不？”

小桦树插在冰岛罂粟花海的正中，枝桠上还留着点点小绿叶，饶富侘寂美。

麻木很喜欢树，正感到好事情要发生了，她和Te之间默契般的共振，让她觉得她想邀请他一起合作的事会顺利。正要开口，忽然手机响起，来电显示是她多年的律师兼朋友Rex。必然是很重要的事情他才会在麻木出走静修的时候打过来。她礼貌地对Te说不好意思，先接个紧急电话。

Te看着她走到花海旁边的茶席上坐下来，面色由刚才花样的灿烂到突变，从没看过麻木这样的表情，虽然总有点神伤是她给他的印象，可像面前这副脸，还是第一次看见。本能地有点不祥感，只好在另一边茶席前泡茶来平衡室内突变的凝重和沉郁。

大约谈了八分钟，麻木挂了线，手和嘴唇开始微微震动，眼睛盯着面前的一朵黄色冰岛罂粟不动，再过了起码三分钟的沉默，烧水铁壶咕噜咕噜地响起来。Te尝试轻声地问：“没事吧？”

麻木已哇然哭崩。Te马上上前安慰，轻轻握着她发抖的双手，递给她一小杯刚泡好的普洱老茶。她喝了一口，稍微镇静下来。Te体贴地递过纸巾，她擦了眼泪，再啜了一口呵护的老茶，嘴唇开始稍转微红。

“一个……认识的人……去世了。我得回去处理事情。”

“啊，这样……”Te不擅长说话，只善于微笑和泡茶开解别人的他没多问什么，用手轻拍了她的背一下，回去继续泡茶，这是他给她温暖和支持的方式。

第二天，Te开车送麻木到机场。她一路沉默，神态悲伤。到了海关闸口前，Te故意笑着说：“放心，你家的小盆栽我会每天去浇水，也会把你剩在冰箱里的食物清理掉，绝不浪费。你好好照顾自己。”看着她哭肿的眼袋，他无限怜悯地说：“哎呀，真有点担心你。真的可以这样回去吗？”

麻木尝试说笑：“我会尽快回来的。房子都预付了半年租，不回来会吃亏。”Te还是有点不放心。

“回去后，会有人照顾你吗？”

“本来，应该是他，可是，他……刚去了。没想到，我终归还是等不到。”麻木苦笑。

Te有点恍然大悟，又怕会错意，鼓起勇气问：“他是……”

“我刚分手的前任。”麻木终于说出口。

看着她进入海关的单薄背影，Te心里泛起一阵难受的酸涩。到底她经历过什么，来了又去，是冰岛这个地方留不住她，还是她根本不属于这里？

她离开后，Te才明白一件事情：原来自己很挂念她，很想见到她，担心她带着情伤回到伤心地会不会出事，居然有飞过去找她的冲动。第二天睡醒后又觉得自己真傻，凭什么要去找她呢，太冲动了，那不过是打扰她，应该给她独处的时光。对她他知道得太少，却很想了解更多。现在，只能等待她回来。

09　黑洞探险和麻木的痛

假如只是前任的死亡，麻木犯不着赶回去奔丧，反正他们之间已没有关系了，他有家人处理身后事，想到自己居然没有任何公开的身份去出席他的丧礼便感到极度难过，她在他的世界里八年，到头来却竟然像根本没有存在过一样隐形，黯然到不能见光。一生都没有活得像这样卑微过。

麻木不是回去看他最后一面，而是基于对病人负责任的医者原则。几年前他们共同创立了一个情绪病患者慈善基金，分手后他没有退出，她也没心神理会重组架构的问题。反正还在独立运作中，先出走再说。可他意外离世后，法律上这基金需要重整架构，她的律师急召她回去处理才能继续正常运作，以免影响受资助的病人。

没想到，麻木一去便快五个月。

十月初，冰岛从旅游旺季稍微恢复一点平静，快要步入严冬，游客开始减少，正好是享受安静的季节，也是Te最喜欢的冰岛“原貌”。

这个下午，Te刚替一个长得很帅的土耳其裔男熟客Kavrama理过发，两人正准备喝茶。Kavrama是个优哉悠哉的民宿老板，四十多岁的离婚男，目前单身，不打算再结婚。依他的说法是一个人自由自在好一点。他有不少女朋友，经常和不同的女伴出游，喜欢上欧洲的河船浪漫游，一去便是半个月。出游时偶尔会托Te替他照顾民宿里的三只猫。他的民宿在距Te的理发店不远处，所以照顾猫也是理所当然的方便。

正要取茶叶时，Te接到麻木要回冰岛的手机留言。啊，早上才想过她一次。有点意外的惊喜，她终于回来了。心血来潮，他选了一款很少泡的茶。

当他用摄氏九十八度的水沏了第一泡茶时，隔壁旧家具店的老板便笑着推门走进来。他的名字叫Orri，和著名冰岛乐队诗格洛丝（Sigur Rós）的爵士鼓手Orri Páll Dýrason同名。由于他们都以英语沟通，Te打趣用相近发音的英文“Oily”喊他。打趣他油腻腻肥胖胖的样子，私下也叫他胖子O。他已过五十岁，经常来喝茶。用他自己的话说，便是过来“去油脂”。事实上，他真的是个爵士鼓手，Te偶尔会在店里听到隔壁传来的鼓声，一听见便偷笑，知道他准是正在被太太啰唆了。

Kavrama原是胖子O介绍给Te的客人。

三个男人喝着这泡特别风味的老茶。

“这茶很内敛，是上了年纪的人才懂的茶吧！老茶吗？”胖子O问。

“是啊，从没喝过这种口味的茶，像喝一棵老树。这茶多少年了？”Kavrama接着问道。

“是超过五十年的铁观音老茶，我妈生前最爱喝的茶，名字叫‘惦惦念’。”Te说。

“那是跟我同龄的茶啊！真不得了。不过，哈哈哈，你该不会是惦念你妈吧，敢不敢打赌？应该是挂念着一个女人。你的眼神都说出来了，是不是？哈哈哈！”胖子O笑着说。

“这个我了解。男人嘛，只会惦念三个人，一是情人，二是母亲，三是女儿，都是女人就是了。”Kavrama说。

Te没有多说什么，继续笑着泡茶。这茶，需要比平时更安静和虔诚地去泡，稍一分心，容易泡出老茶特有的酸涩味。茶泡到第二、第三和第四回，愈泡愈内敛，温文中现坚定，茶气和后韵在口腔和全身久久不曾散去。

胖子O每喝完一口茶便说：“好茶，真好的茶！真是我的茶。”喝到第五泡，他自动转话题：“对啦，Te，你出生于茶世家，能告诉我为何我们这边的茶发音是Te，而Kavrama那边的却是Cha呢？不都是从中国传来的吗？发音的分别好大啊！”

Te解释：“茶在十六至十七世纪时从中国传出境外，主要分两条路线。一是陆路，葡萄牙率先把茶带到欧洲。他们当时跟中原和广东一带有贸易，在那里茶的发音是Cha，所以贸易途经地和后来他们的殖民地都沿用Cha这个发音，包括南美洲和阿拉伯、土耳其、印度、俄罗斯等地方。

“到清朝时实行海禁政策，严格控制对外贸易。荷兰当时是海上霸主，占据了台湾沿海一带，透过福建的商人将茶沿海路运到欧洲，而‘茶’的福建话发音是Te，即我的名字的发音，所以大部分欧洲语如英语、德语、法语、西班牙语、意大利语、匈牙利语、丹麦语、芬兰语、冰岛语、挪威语、瑞典语等，茶的发音都是相似的Tê 、Tea或Tee。”

胖子 O和Kavrama边点头边喝茶。

“话说回来，喝这茶也让我想起老妈，她去年过世，真的很怀念她。瘦瘦的身躯，三十岁便当寡妇，带大三个孩子。一生都没有离开过冰岛半步。人嘛，总是待亲人去了才遗憾，一直觉得对不起她，应该在她生前多带她到处走走看看吧。”胖子O说。

Kavrama也被感染了惦念的情怀，接着说：“你这样说，我也想起第一任老婆，是我的初恋。结婚三年她便急病去了，之后，我好像失去了爱人的能力。民宿的名字其实便是她的名字，这个我很少跟人说，连后来的老婆和情人都不知道。我们哥们间在这说了算啊。有些感情，失去了就失去了，像青春一样。不过嘛，生命蛮好的，世界好大，应该多出去走走看看。都这把年纪了，能逍遥多久便归土？还在意什么呢！”他看着Te问：“你说是不是？”

Te回了一个比北冰洋还要冷静的微笑，心里想，这两个中年男的可爱之处不是别的，就是性情中人，话有时虽然多，但言之有物，更重要的是对茶恭恭敬敬的，对他的茶充满欣赏，对他泡茶的技术和修养也满怀敬佩。三个分别六零后、七零后和八零后的男人，不同的背景，不同的经历，喝着同一泡老茶，泛起不同的忆念。

这个下午，Te浸泡在一种惦念的情绪中，不过搞不清楚的是，到底他是借茶惦念已故的妈妈，还是离开了五个月的谜样麻木。

他俩离开后，Te做了麻木煮过给他吃的鲑鱼简餐，坐在玻璃屋里看墨黑的天空，喝续泡的“惦惦念”，味道没有变淡，反而愈来愈平实和坚定，像胖子O说的，真是好茶。能和比自己还要老的树亲密地交流，深尝老树原来的味道真是有福。冰岛是个几乎没有树的地方，他很庆幸能把茶的灵气带到这个孤岛。茶和惦念的融合，感觉居然像树一样踏实。

原始、干净、纯粹，是Te喜欢的存在状态。他一直很感谢父亲替他取的名字：树。而他也立志要像树一样踏踏实实地生活，希望也能庇荫他周边的地方，身边的人。

像这样静静地坐在玻璃屋内喝茶，看黑，静听水琴窟的声音，惦念和等待麻木归来，是Te这五个月来不知不觉地形成的习惯，貌似若有所失，却回味无穷，感觉再怪异不过。来冰岛三年，第一次觉得时间变成茶褐色，流动得很慢。

明天，麻木便会回来。

晚上，Te开了小汽车去接机。

麻木走出闸口时，一眼便看到接近一米八的Te的阳光笑颜。她没想到，原来冰岛竟然有样东西令她牵挂，想回来，正是这棵古树。

Te按捺不住喜悦紧紧地给她一个大大的欢迎的熊抱，弄得麻木蛮尴尬的，面前这个在冰天雪地里萍水相逢了三十天，分享过很多个茶夜的男人，竟然能给她牵绊了几百世的亲切感。麻木由最初的尴尬和绷紧到后来愉悦的放松，回他宽容的拥抱。没有一句“欢迎归来”或者“你好吗”，只有紧紧的、三分钟的亲热拥抱。

麻木正想说什么，Te竟出其不意地问："要不要一起去喂几天猫？"

夜已深，长途机旅程令麻木一脸倦容，反应迟缓，还未搞清楚到底是怎么回事时，已被Te拉进小汽车里，抵达她原来的房子时，她已在车厢内呼呼大睡了。Te不忍吵醒她，难得的机会可以近距离靠近她，仔细看她的脸，审视她脸上的每一寸肌肤，从发边到额头、眉毛、眼睛、鼻梁、人中、唇形、下巴，来回看了两遍。第一次能看清楚麻木的面貌。天呀，怎么瘦了一大圈。他按捺不住伸手抚摸她的发梢，轻碰一下她的眉毛和嘴唇，竟有想吻下去的冲动。这一刻Te才发现，原来他已爱上了这个神秘的医女。

到底她背负着什么来冰岛，这五个月又发生了什么？她在承担着什么难言的痛苦？痛抱情伤而来的她，走进他的花房茶世界后，心境蜕变了，脸上开始展露悦色，却突然回去，又疲惫地回来。多么希望能走进这个女子的世界，替她分忧，令她快乐。不管发生了什么事，他只希望能给她单纯的快乐。记得她曾说过常在湖边等待猫的出现，决定带她出走几天，去喂猫。

麻木先醒来。早上七时多，十月初的入冬日照时间开始缩短，天才刚开始微亮。看到Te睡在她旁边，他俩怎么在车上过夜了。真的没想到，这是他们第一次同睡的夜晚。他还没有醒来，麻木本能地靠近他，细看他的脸。这个大男孩，年纪比她大，可满脸的稚气和天真，和蔼、温文、秀气，说话慢慢的，在她最痛的时候为她改头换面，唤醒她沉睡的初心。就是这个原因，她在再度陷入无助和悲痛的日子后，选择回来靠近他。她知道，在他那茶与花的世界里，她能得到疗愈的养分。

面前这个熟睡的男生，连睡着也散发出“没事的，放心吧”的气息，多治愈。麻木伸手轻抚他还系在身上的安全带，不敢直接触碰他的身体，害怕他会知道，害怕进一步和他亲近。多么矛盾的动作，明明想亲抚他，想进一步，就是害怕身体上哪怕只是再多一分亲昵以后两人之间未知的关系。麻木暗暗告诉自己，疗伤和寻找痛根才是她目前最急需的，其他事情，先放着吧。

车虽然已泊进车房里，车内有暖气，可还是感到寒冷。麻木从小背包里取出一块大围巾，正要盖在Te身上，Te醒来了，张开的眼睛还在笑。

“啊，吵醒了你吗？”麻木问。

“早安！”Te轻轻说，笑得像太阳花一样灿烂。他坐直了身子，把麻木手上的大围巾围在她身上。“还想照顾我呢，你可已经自身难保了！”他摸了一下她的手背，“瞧，被猜中了，是冰的！”

麻木有点失笑，心却被他太阳花般的笑容和暖了。

“昨夜怎么没叫醒我？害你也睡在这里。”麻木说。

“不忍心。我们进去吧，我煮早餐给你吃。”Te温柔地说。

熟悉的小房子，多了三盆冰岛罂粟，怪不得进门时隐隐飘来扑鼻的幽香，准是Te的杰作。房间打理得很干净。Te像是在自己的房子一样，替麻木把行李送进睡房，叫她先去洗个热水澡，他来准备早餐。麻木心动了，这种被细心照顾的感觉好像一生也没有过。一直是她担当照顾前男友的角色，帮他准备一切。在家被这样照顾着，打点一切，做饭给自己吃的情景，只有小学时代妈妈为自己做过。一股暖流涌进心头，这个男生，怎么总是能让她心头暖暖的呢！

听话洗过澡后，桌上已放好两盘摆放雅致的早餐。两颗菠菜烤芝士大蘑菇配自家制黄芥末酱，三小块紫菜花生酱煎蛋饼，新鲜的火箭菜松子沙拉，鲜榨姜末苹果甘荀汁。

“面包一定要新鲜的才好吃，所以昨天没有买。想吃面包的话，我现在去买。”Te说。

“啊，不！原来你是厨神啊，太好看了，够丰富了，分量挺多的呢。谢谢你安排的一切，很意外。”麻木满脸的不好意思，却流露了甜丝丝的眼神。

“希望你喜欢。”Te得意地坐在自己那盘早餐前，开始大口大口地吃起来，像孩子一样快乐和纯真。麻木被他感染了，也学着他大口地吃着。

“太美味了，你可以改行当厨师啦！”

“我不是告诉过你，我在法国是修读理发和厨艺的吗？”

麻木瞪大了眼睛，呆了半分钟才记起来：“说得也是。”说罢继续称心如意地吃着。这可能是她有生以来吃得最快乐和放松的早餐。

吃罢，麻木先去跟房东老太太商讨续租的事宜。老太太见到她回来开心地大大拥抱她。“怎么瘦了一圈？来，我给你吃刚做好的甜饼！”麻木之前不时会去见见她，和她聊聊天，替她按头穴，也跟她的黑猫玩。老太太当她如女儿一样看待。麻木说打算先续租一个月，再看看是留在冰岛抑或回去。老太太说：“没关系，随你喜欢，随缘就是了，反正我这房子都留着给你，时间从来不是问题。”黑猫走到她的脚下缱绻，麻木的心融化了。黑猫低声地说：

“看老太太对你多好！”天呀，猫真的都变得懂说人话啦！

这次回去后，麻木意外地发现居然得到了能听懂猫语的异能，而猫也开始主动走上前跟她聊天。怕被老太太发现吓傻她，麻木跟老太太多聊了一会便欣然离开。Te已在附近等她。

已近中午，他们先到附近的小餐馆吃点东西，然后直接到他要带她去喂猫的地方。

“今天我们去探险，现在出发啰。”

“不是去喂猫吗？”

“喂猫和探险！”

麻木笑了，还以为是去什么冰川之类的景点，会有点路程，谁知车开不到半小时便到了Kavrama的民宿Aşk。

“我们先在这落脚。”他简单地交代了和Kavrama的交情，昨天才知道Aşk原来是朋友的初恋兼发妻的名字。

“Ask？”麻木看着简洁和低调的门牌。

Te摇摇头：“不是英文Ask，是冰岛语，等同英文的love和passion（爱与深情）的意思。不过确实有点语带双关。当你在爱与深情里，往往离不开数不尽的疑问，想知道答案。”

“哦！”

“Kavrama带女朋友出门一星期，我替他照顾猫儿三天，其余日子会有其他人来帮忙。这家伙一出游便关门大吉不做生意，真是的。你先休息，今晚，我要带你到附近一个地方探险！”

“真的吗？什么地方？要准备什么吗？”

“你什么都不用管，都交给我，跟着我就是。”

"我……为什么要……跟着你？"

"因为，你信任我。"Te给她一个坚定的眼神。

没等麻木回应，Te已转头把她的行李放进右边的房间，把自己的放进左边的。不给麻木正面回应的机会，是他给自己留余地的方式。

民宿非常安静，离市区不远。窗外不远处有小山，麻木待在窗前静默地看窗看了大半个下午。三只猫，一只全黑，一只三色，一只虎纹金毛，都乖巧地在各自的窝里睡觉，没有跟她聊天。Te没有打扰她，自顾自地弹吉他，黄昏前做了简单的晚饭，然后准备泡特意为她带来的茶，安抚她回来后的沉伤。他知道，这是她现在最需要的东西，不是其他。

麻木安静地看着Te泡茶。两人没有说过一句话，只有沸水和注水的声音在吟语。Te递过茶杯，麻木喝了第一口，味道竟然像饮下自己的过去一样，微微侘寂的残缺，一股凄然的伤感涌上心头。正想流泪，茶汤流到喉底深处，却突然涌现温厚而坚定的回甜，数泡过后，还是久久不散。舌前的残伤与喉底的厚甜隔岸凝望，几度回荡后缓缓交汇。本来想哭，却豁然释怀，眼睛也明亮起来了。

"这茶入口伤感，像失去了很重要的东西，底蕴却无间断地透着厚厚的回甜，是说不出的触动！"

"麻木，你拥有异于常人的敏感和纤细的感官，只有心眼打开的人才能感受到这茶的阅历。这的确是非比寻常的茶，雪灾后的大禹岭冬霜乌龙。茶树独自承受了残伤，劫后余生解霜后，却无忘甜甜笑，善良地安慰着缈缈无常人间世界。这种爱，比幸福更坚定，比神圣更壮美。她是我喝过的最慈悲的茶，名字叫'冬伤'。"

“冬伤，名字很凄美。Te，我什么都没说，你却总能探进我的内心，给我安慰。你到底是哪个星球来的？”

“我现在带你去。”

“去哪？”

“我来的那个星球啊！”

麻木笑了。他们俩出发探险去。天已黑，今夜天气很好，风不大，没有雨，是难得理想的探险条件。冰岛是天气决定一切的地方，计划什么行程都不靠谱，你得习惯随遇而安。

Te把车开到附近一个洞穴群，麻木看到一块牌写着Maríuhellar（玛丽亚）。四周漆黑一片，他提着小电筒，拉着麻木的手，走向下陷的小斜坡，低矮的绿草长满一地。斜坡下走不久，前面便是一个黑洞口。

“我们要走进去吗？”麻木惊讶地问。

“是的，不过我要关手电筒了，我们摸黑走进去。你不用怕，拉着我的手便是，这条路我走过很多遍，很安全，没事的，相信我。”

“不用电筒可以吗？”麻木有点担心。

“放心，我在全黑里也能看见。”还是那个坚定的眼神，说罢便把手电筒关掉。先让麻木的眼睛习惯从微光突然转进全黑，然后两人手牵手一起走进全然的黑暗里。

“你要保持睁开眼睛，别闭上。”

Te大概拥有能在全黑里看见的超能力，事实上，他真的能一步一步拉着她向更深更黑的洞里走，熟悉地绕过地上的石头，不知走到有多深，麻木无法推测，全黑打断了她以往所有的感官体验，每步都是战兢和紧张，却充满惊喜。洞里很冷，有风声，能听到他们的脚步声。Te的手掌很温暖，令麻木感到很安心。不知走了多久，Te停下来了。麻木一直听话地睁开眼睛，不过其实跟闭上是没有分别的，无法看见什么，除了黑，便是黑。她睁大眼睛，伸手不见五指。全黑原来是这样的，一点光也无法潜进来。

“就在这里，看一眼。张开你的双手，看看四周，感受完全融进黑里的自己。”Te放开了麻木的手，让她自己去感受。

在全黑里，连Te的声音也变得分外沉厚。麻木像被催眠一样，看黑。用手抚摸着黑，用鼻索黑的味道，感受不到界限，只有无尽的黑。

“这是太空吗？是地底吗？我到底在哪里？”麻木一边抚摸黑一边心里发问。她摸不到Te，不知他在哪里，也不知自己在哪里。

突然，她看到了。

“Te，你能看到我吗？我看不到你。不过，我好像看到一点东西，原来黑不是什么也没有的，我开始看到一些像光的闪动，看到不同的层次，看到风，看到声音，看到一个陌生但深层的世界。”

“我能看到你。你在黑里多待一会，自能看到我，看到更多。不只是用眼睛，而是用你整个身体，整个心来看。”

说罢，Te紧握着她的掌心，像真的能看见一样准确、利落。被触碰的刹那，麻木感到一股电流贯穿全身，抖了一下，怦然心动。这感觉太好了，在全黑里，手心印手心的感觉太好了，触动到竟一下子哭了出来。这一哭是意想不到的，一发不可收拾，把过去五个月，正确地说应该是两年以来的委屈、郁结、痛心和绝望一并爆发，让黑洞吸走。全黑把她的身心完全地打开。由惊奇到激动，由激动回归平静。泪水淘尽过后是一片静谧的海。一次净化的疗程，全黑给的力量。

Te紧扣麻木的手，没有再多的动作，把她安心地交给黑。他知道，黑会好好疗愈这个伤透的女子。待麻木恢复平静后，Te正想开口时，意外地感到头发被她轻抚着。

“我看到你了。”

两人深深地拥抱在黑洞的无限可能里。

冬伤的余韵渗透了黑洞无量的空间。

后来麻木才知道，那个黑洞叫Urriðakotshellir，是位于一条熔岩大裂缝的开放式熔岩管。若不是在世界地图上已被标出位置来，真不得不相信冰岛其实是外来的星球。后来麻木恶补冰岛文，在网上字典查看Aşk的意思，还意外地发现民宿主人Kavrama的名字原来解作insight，中文正好是“洞见”，正是Te为她带来的深刻感悟，不得不惊讶于这个男生的细腻心思和远见。

从黑洞回来后第二天，忽然下起早来的微雪。在提醒你别忘了活着要有“爱与深情”的民宿里，被敞开洞见的麻木，终于把她的创伤情史说出来。

麻木双手围着热热的民宿大茶杯取暖，三色猫团在她的大腿上咕咕熟睡。这夜，他们吃Te刚烤好的杏仁曲奇饼，续饮着“冬伤”。

“我们在一起六年了。他叫白如山，是出色的心脏科专家。我从医学院毕业后，在医院里认识了他，很快便走在一起了。那时的我在感情上是白纸一张，大学时代只谈过一次恋爱。他有早婚的前妻和一个女儿，我没所谓，反正觉得和他很合拍，彼此有共同的专业、共同的喜好——就是工作。我是资优生，跳班毕业，实习期间已有名气，很快建立了媒体和名人网络，找我看病的人很多，两年后才二十六岁我便独自开了自己的诊所，他总说我太厉害，他三十四岁才和别人合股开专科诊所呢。从此我们见面的时间更少，经常各自到外地开会，我有数不尽的受访活动。我们大概两星期才能见一面，都是他来我家过夜。他最初说和女儿住，不太方便我去探访。我信任他，明白他的难处，周末和节日都留给他陪女儿，我都能理解，虽然我也经常感到寂寞，也希望有更多的陪伴和爱。

“他比我大十岁，我们计划过，待他的女儿进大学了，诊所事务能交给伙伴后，便和我一起生活，他会五十岁退休，找个有山有海有田的地方和我终老。我很单纯，一直期待着。虽然见面时间少，但我们每天都有充分的视频交流，通常在睡前，一起聊工作，聊客人，有时也谈人生，谈政局，谈人性，谈修行。他博学，喜欢摄影和哲学。

“我一直以为他是最好的男人，尊重女性，愿意付出。即使他有时失踪，我也没怀疑过。他有他的难处，我包容、体谅，从不过问，他做什么我都支持。

“我自小离开爸爸，和妈妈关系不好，一直希望能做一个被认同和被爱的快乐小孩。在他面前，我可以放松地做回一个小女孩，他很疼我。

“两年前我三十岁生日那天，无意间发现了他的秘密。在他没删掉的Dropbox（云储存）里，我看到一些他和一个我不认识的女人的亲密旅行照。直觉告诉我出事了，不过我还是理性地想象不同的可能性。是他的亲戚？前妻的家人？重点是，为何我从不知道他曾经去旅行过，照片的记录是半年前，是他说去英国开研究会的那段日子。我深深吸一口气，不猜想了，问他吧。他承认了，是他在和我一起前已在一起的女人。我无法相信这事实。怎么可以隐瞒得那么好，那么久，那么不知廉耻？现在想起来，不是没有蛛丝马迹，只是我更愿意信任他不会欺骗我，因为我们的爱情不是儿戏、互相占有或消费的，我们经常讨论人性，对感情关系、诚实的道德、医者的操守、对爱的忠诚等都有深刻的分享和价值共识。没法子想象他可以在同一时空下把自己分割成两边，一边睁大眼睛跟我谈论高尚的人格，承诺一起终老，另一边和另一个女人一起生活，一起旅行，还要照顾前妻的女儿，怪不得永远没有时间留给我。

“我太笨，以为智性上的交流会比平凡生活中的相处更能深入地了解一个人，我错了。原来，**交流得再好的关系也不过是纸上谈兵，都可以是大话连篇**。

“他承诺会处理好，一直想处理，只是没行动，怕面对，承认自己懦弱。在两个女人面前他是罪人，说谎的是他，贪心的也是他。他终于向她提出分手。她曾经是他的心脏病人，性格暴烈，占有欲强，以死相迫，闹到他的诊所去。他内疚，也要面子，选择妥协，怕影响声誉，却陷入抑郁症状，没能力处理好关系，深深掉进罪人的内疚感中，没面目面对我。一生好强的他有天在我家哭崩，求我帮助他，他快崩溃了。

“我不忍心，原谅了他对我的重重伤害，冷静地替他医治，希望他能走出来，重新做人。我花了一年半医治他的抑郁症，也搬进了他在事发前买的新房子，和他一起生活。他开始休假，听我说认真地去重组他四十年的人生。在治疗期间，他透露曾经还有过和几个女同事及病人的情欲关系，虽然很短暂，但也承认了，说希望能对我坦白，而坦白是他现在唯一能补偿我的诚意。很讽刺是不是？每个坦白都是一处新刀伤。作为他的医生，我有对他尽责和不舍的医德；作为被他深深伤害的恋人，我承受着他一刀一刀的心脏刺青。他的专业多吊诡，医治心脏的权威，伤得最深的却正是人的心。

“他感到很惭愧，想重新做人。可是，如何能清理那么多情债？他很累，很努力，不想再伤害谁，可伤害了的却难以弥补。一**个男人一生可以做错多少事，制造多少伤害和遗憾**？

“意外的伤痛却浪接浪地涌现，更不幸的事情发生了。在刚为他治疗不久，某天走在街上我的肚子突然痛得要命，蹲下来向路人求救，有位好心的女人送我到急症室，才发现原来我流产了。当医生把一块模糊的血肉端到我眼前说是早夭的胎儿时，我才知道自己怀过他的孩子。那段日子压力过大，过度伤感和劳累，我都没有好好关注过自己的生理周期，结果没保住胎儿。那一刻我觉得自己像杀人凶手一样可怕，毁了一条无辜的小生命，我怎能原谅自己和导致这一切的他？

“这件事，我一直没有跟任何人说，包括他。

“有段时间我装作看破，觉得一切有命，不能强求。即使发生了一连串灾难，还是庆幸我和他没有停止过同步走，没有放弃过彼此，这亦是我对他能治好和处理好事故的唯一希望。他叫我等他处理好，会好好补偿我，希望我给他时间。

“我一直等待，创伤后遗症却开始发作，不时心悸，梦见那堆模糊血肉，身心几近崩溃，难以看诊。专注为他治疗的期间我索性半休假，找了另一同行到诊所兼职代医，几乎每天都和他一起处理他的个案，帮他看透从小到现在经历过什么，什么人和事影响了他，发掘他性格上的缺陷和潜意识的病根。那时他跟她多次交涉，一次又一次的失败，一次又一次的崩溃，一次又一次差点要放弃，我还是拉着他的手，死命地在悬崖边沿拉着他不放，怕他一旦掉下去便万劫不复，救不回了。

“一年半后，她终于愿意放他走，条件是要了他几乎所有的财产。还有我后来才知道的条件，便是要他必须到外地去，她不想再见到他。多狠的女人，多么凉薄的所谓的爱情，他被她折磨透，这是他的报应。好不容易安排了一切，在我等到终于可以松一口气的时候，某天他突然消失了，只留下一封信，向我告白必须离去的原由，无面目面对面跟我交代。他说一生做过最错的事便是伤害了我这天下最纯洁的爱，欠我的实在太多，无法原谅自己，只好先去静修，待他重整过自己，洗心革面后，流放期满了，才有面目回来偿还欠我的债。

“他消失后我失语了整整一个月，厌食、暴瘦，失去活下去的勇气，我变成和自己处理过的无数病人一样，睡不知醒，醒来便心跳，哭笑不分，足不出户，断了和所有人的联络，除了还愿意接收我的律师的留言外，因为我知道他是唯一有机会联络到他的人。

“医治过那么多人，才亲身体验到绝望到底是怎么回事，药物只能控制生理反应，但心还是会痛，那是无法医治的。我的一切价值观都崩溃了，不能再相信任何事，也不敢相信自己。我相信自己快要死去，出走仿佛成为唯一能为自己死前做的最后一件事。用了最后的理性和坚强处理好一切事务， 技巧地向媒体、病人和朋友交代暂时离开去进修，结束了几乎一切，决定来冰岛，因为这是我儿时的一个梦想。”

重复一次创伤经历跟重新经历一次是没有分别的。能一口气把过去八年发生过的事情说出来，而且是最深的创伤，若不是因为昨夜经历过黑洞的加持和他俩拥抱的力量，相信麻木是没有勇气把从来没有人知道的灾难说出口。

麻木终于停下来，有点虚脱了，要把这一切说出口需要极大的能量，她累了。Te体贴地拿了一条温暖的湿毛巾，轻轻地印在她干涸的嘴唇上，再替她换上新的热茶。麻木无声地用口型说了“谢谢”。

Te其实很想哭。

“怎么你一个人扛着这一切呢！没事了，都过去了，先去睡吧。”Te心痛地上前抱她，轻抚她的背，像照顾小孩一样领她到床上，替她盖好被，关了灯，让她好好休息。待她睡着后，他坐在黑暗中喝威士忌，看窗外已落满一地、泛着微光的薄雪，泪水与飘雪齐飞。不知何时开始，麻木的痛便成了他的痛，她的快乐便是他的快乐。他告诉自己，假如她愿意，他一定要好好照顾她，不要让她再受伤和难过了。

第二天，麻木睡到中午才醒来，感觉已经几个世纪没睡得那么深沉和安静过。

恢复了精神的麻木眼睛看来很明亮，也会微笑了。

“谢谢你为我安排的一切，没想到除了是花神、茶神和厨神外，原来你还是那么棒的医神。”

“懂得说笑话，证明精神恢复过来了，看到你笑真好。”

第三天，在民宿的最后一天，他们没到哪里去。早上麻木在院子里和三只猫咪一边玩耍一边秘密交谈，下午他们静静地泡茶，聊一些闲事。谁也没有再提她的伤痛事，彼此都知道沉重过后，需要轻松一点来回气才能平衡。**人总不能时刻都让自己掉进深渊里，哪怕只是描述伤痛也很伤身**。

到了晚上，饭后麻木开始感到有点沉重，为免影响Te，趁他洗碗时她打开了在角落的小电视，坐在地上靠得很近地看。正在放着一出英语电影的一幕：女生遇意外，手指骨移位了，男生替她移回原位，为怕她紧张，故意和她谈话转移她的注意力，冷不防一下子拉直手指，她痛到哇哇大叫，男生抱着她安慰。麻木竟然忍不住也同步哭叫了出来，混淆了手指是她的，痛也是她的。

Te看到麻木痛哭，再看到电视画面，明白了，马上抱着她，抚摸她的背。

“以前念心理学时，做过多遍身体投射假象的实验，误当实验的身体是自己的身体，他痛时你也无故地感到痛，他的手被打闪避时你也一样马上缩手。刚才，我真的能深深感受到女主角的痛。想起那些和如山共处的美好时光，即使每次都准备了是最后一次跟他见面的心态，即使这些已变成回忆，还是很心痛很心痛。**不管事前**

做过多少心理准备，彩排过多少遍，明知他的离开会有多痛，真的离开了还是痛不欲生，那些准备根本没有帮助。谁说准备好便不怕受伤都是骗人的，只能证明他们真的不懂什么是痛，真的不懂。

“Te，你能否告诉我，人为何要把相爱变成伤害？”

麻木哭成泪人。

Te轻抚她的背，没说什么。然后静静地去泡茶，是麻木没喝过的茶。喝过茶后的麻木平静了一点。待喝到第二泡时，Te平静地说了这个故事：

“我那时还很小，刚读初中吧，那种年龄的男生都是混账，我其实并不坏，只是也会无缘故地欺负比我弱小的男生，唬他，扬扬得意。那天放学后，我和另一个同学到附近的树林玩，突然无聊，正好同班一个比我们矮小瘦弱的男生经过，我们合力把他压在一棵树干上，同学把弱小男生的裤子拉下，我掏出随身带的小刀。男生嘛就是这样，觉得带着刀子很酷，也没想过用来做什么，说白了也不敢做什么。我随地捡了一个果实放在他头顶，退后十步，向那果实瞄准做投刀状。弱小男被吓到脸色发白嘴唇发紫，连叫喊也无力。我把刀子向他的另一边飞过去，不过是要吓吓他而已，谁知他受惊过度晕过去了，晕倒前还撒了一泡尿。我和同伴见状害怕了，马上逃。回家后不敢跟家人说，生平第一次失眠。想着不知弱小男后来怎样，有没有醒过来，是否已回家，会不会一个人留在树林里，感到很不安。第二天到学校见到他，他像没发生过什么一样，不敢正视我，才松了一口气，我也假装没发生过什么一样如常上课和去玩。可是那男生开始记不起很多事，神情呆滞，没多久他便退学了，我再也没见过他。我一直觉得是因为那天我们欺负他造成的后遗症。

“一个月后，我妈入医院动手术，原来她已患末期子宫颈癌，爸妈一直瞒着我。那时我不知道严重性，还跟刚手术不久清醒过来的妈抱怨运动鞋带子断了没鞋子穿的事。妈的眼神很温柔，伸手抚摸我的头，叫我的名字，然后闭上眼睛，再没力气说什么。过了两个星期她便去了。不明不白失去了妈妈，我马上想到是上天给我的报应吗，因为我伤害了同班同学？我妈一生没伤害过任何人，没有骂过我，天使一样对所有人好。心肠好，做善事，每天诵经，没享乐过，我们好她便快乐，离开时才四十岁。为什么这么好的人会患癌死？那时我跟上天说，假如是因为我，受罚的应该是我不是她。后来，我鼓起勇气向爸忏悔了害同学发病和退学的事，觉得妈的离去是因为我。

“谁知爸跟我说：‘树，**患病不是因为作过恶，或者代替谁受惩罚**。再说，**人要伤害谁，都是因为无知**。别想太多。’然后，泡了妈最爱的铁观音老茶和我一起喝，我第一次喝懂这茶的年轮和深度。爸还用心地教我如何泡好那茶。他说：‘**人生有很多事情都没有答案，无法多问，别执着善有善报或恶有恶报。事情啊，往往看不到因便有了果。想不通时便喝老茶，老茶会告诉你**。我和你妈替你取了树这个名字，是希望你能活得像树一样沉实和坚强，向树学习智慧。’

“麻木，你正在喝的茶就是当年爸爸教我泡的老茶，名字叫‘惦惦念’，是我当年纪念妈妈而取的，现在茶龄已过五十。记得几个月前的晚上，你跟我说那个要翻开黑暗面，自伤伤人后患癌死去的女生Snow吗？那晚看到你已累了，我才没有告诉你。其实那夜听完你说后，我想起了我妈的死，和爸跟我说的这番话。

“不管是像Snow那帮人，还是你那位前任，他们对自己和别人所造成的伤害，也许都是出于无知和软弱，这都是人性中最能制造伤害的病毒。**因为伤害过，部分良知感较强的人有机会痛到醒悟，人生便会改变，也许这就是觉醒的必经步骤。能不能走到醒悟的一步，没有人知道。但伤痛，应该是为醒悟做准备的。**不知道这是不是真理，但至少，是这茶教晓我的道理。”

麻木早已停止了哭泣，抱着“惦惦念”静默地听Te讲故事。

“那，你原谅了自己曾伤害过同学了吗？”

“原谅了。”

“为什么？”

“因为我想活得谦虚一点。”

“容易吗？”

“不容易，但不重要。”

“也是的，不求容易，只求尽心。”

静默了一会儿，麻木若有所思地说：“Te，我想，我明白你说想活得谦虚一点是什么意思，其实，这也是如山在信里说过的话，谢谢你令我开窍了。坦白说，之前一直无法明白他为什么会这样说，好像不过是想找一个漂亮的借口似的。”

“明白需要智慧，智慧需要机遇，急不来也求不得。”

“嗯，懂了。第一次喝比我老的茶，感觉多么踏实和温暖，有点冒汗呢。”

“这是老茶特有的茶气，像老树一样，可遇不可求，能遇上要感恩。”

麻木深深地看着Te。

“Te，能遇上你是我最大的感恩。谢谢你带我去黑洞，和Kavrama结上缘，原来他就是‘洞见’。”

“他就是洞见？”Te皱着眉不解。

“你不知道吗？我昨天查字典发现的，Kavrama是insight的冰岛语，就是‘洞见’啊！怎么搞的，来了三年，你的冰岛语可真差劲呢！”

Te笑了，瞪大眼，恍然大悟，“原来是这样，真的是第一次知道。看不出，那家伙原来是高人。”

“早上我跟猫咪确认过，它们说你的冰岛语真的很烂啊！”麻木告诉他自己能和猫交谈的异能。

Te的眼睛瞪得更大：“不会吧，真的吗？真的吗？”说罢跟躺在他脚下的三色猫对望，它分明听得懂，瞥了他一眼，再横扫了她一眼，不满的样子，大概是怪她揭露了它们仨早上说他坏话的德性，傲慢地站起来，摇着胖胖的屁股返回它的窝里养神。

Te迷惑地看着麻木，麻木被他们逗笑了。

“你终于笑了，真好，真好。”Te感动了。

第四天早上，他们告别了决定假装听不懂人话的三只猫后回到城里。Te为麻木重新修剪早已长长的头发，令她焕然一新。

10　和如山的伤爱回忆

麻木回去的五个月是意料不及的漫长，不是因为要善后的事情忙不完，而是要回忆的事情太多。

情绪病患者慈善基金的重组事宜很快便办完，她的律师叫Rex，是“皇帝”的拉丁文，他笑说要取个霸气一点的名字才不容易被欺负。Rex很能干，基金两个星期后已能重启运作，没有影响受助者太多。

“能证实如山的死讯吗？”麻木的语气非常疲惫。死讯来得太突然，因为尸首没能找到，她不敢相信是真的，还抱着可能被搞错了的希望。他再差，也罪不至死。

“乘客名单上确实有他的名字，年龄、出生日期和护照号码也吻合。死者名单当然可能是按乘客名单扣除生还者而推断的，不过，依我见……”Rex犹豫了一下，不知是否应说实话。

“怎么啦？”

“列车出事的地点在山中，而且有雪崩，部分死者找不到尸体，多数埋在雪下。不过，更重要的是……事发当天下午即他的早上，也是开车前十分钟，我……收到他的短信，他跟我确认叫我办基金转换董事的手续，他一直记挂着这事，因为他打算退隐山中的灵修中心一段不短的时间，怕会影响基金运作。他和你，同样为病人付出了真情。我回他说放心，我会办好，叫他到达后给我留个地址，我把文件寄过去，他签好寄回便是。相信他的确在火车上。真的……很抱歉。”

“他怎么会去瑞士？可退隐的灵修中心世上多得是，怎么偏偏要去雪山？”麻木红了眼，泪渗出来了。

“我不清楚，不过他临离开前，我们见过一面。他说准备去有雪的地方修心，因为你最爱雪，你说过雪的净化能量高。他大概希望能一边清理自己，一边感到靠近你。唉，这如山，伙伴多年，朋友多年，真的不知说他什么好。”

听到他去雪山的原因，麻木的泪水已流不下去，因为得接受现实了。满满的回忆，和他一起看雪的美好回忆。他连离去也选择了在白色的雪山里，完成他的名字白如山的任务。是天意，也是他的心愿吧。雪的净化力量真强大，她仿佛看到他已在雪白的天堂，蘸满柔光地微笑，把一切罪清洗掉。

当灾难已被确证是真实后，泪水便失去了伪装还能继续软弱的功能，在彻底的绝望里，你只能擦干眼泪，抬起头来，坚强地面对现实，继续走下去。

Rex离开后，剩下麻木一人坐在即将变卖的房子里，这是如山瞒着女伴阿柔买的秘密房子，麻木和他在这里一起生活过一段日子，也是充满痛苦回忆的现场。这个“属于”她和他的家很短命，Rex受托把他生前的资产都卖掉，所得收益的一部分留给他的女儿，其余全数捐给情绪病患者慈善基金。幸好那年听了Rex的专业意见，这房子才能保得住，不落入被阿柔鲸吞的资产范围。在卖掉这房子前，麻木暂住在这，要把所有和他的伤爱回忆过滤一遍，为所承受的创伤做最轰烈的一次自我疗愈。

麻木很勇敢，也只有以这种艰难的治疗方法，才对得起她最轰烈的情史和放得下太沉重的过去。麻木的勇敢看似很激进，其实满载温柔的力量，因为她的自疗方案还有另一面：每当她处理过一项伤痛的回忆，她便栽一盆植物，让伤爱转世，给它重生的机会，然后送给她当过义工的老人中心或康复中心。

在爱里，最痛的不是他对你做过什么残忍的事，说过什么残忍的话，而是想起那些曾经令你甜蜜幸福的片段，现在竟变成最具杀伤力的武器。把幸福变成刺青，才是伤爱最残忍的灾难。

他跟她说过最甜蜜的每一句话，讽刺地都变成最痛的回忆。

这个晚上，麻木躺在他们一起睡过的King Size大床上，想起过去八年来，他曾给过她的一些甜蜜回忆：

他再累，也会轻扫她的头发和背先哄她入睡。

某次旅行时，他在大街上傻乎乎地叫着她的名字，大声对她说：“我爱你。”

他曾抱着被前辈排斥的她，在她耳边低声说：“以后我不会让别人欺负和伤害你。”

他突然从她身后熊抱她，情深地说：“啊，这样抱着你，一世也不想放开手了。”

他在黑夜里跟她说过：“我的命是你的，以后做鬼也会跟着你。”

早上醒来她第一眼看到他躺在身旁微笑，轻声叫他替她取的秘密小名：“早安，Dol Dol！”

傻起来时，他会把她背起来扮恐龙大步走，两人像小孩一样惊叫和狂笑。

第一次和他做爱后，他抱着她的裸体认真地说：“我们一起生活吧！”

每次和她做爱后，他都会在她耳边柔情地叫她：“Dol Dol，你是否舒服，我有没有弄痛你？”

有次他突然开心地问：“亲爱的，你想生孩子吗？我们生个孩子好吗？”

“你的梦想是什么，让我帮你一一实现。”

“今年夏天，我要像海豚一样背着你游泳。”

“这个冬天，我们去北海道看雪。”

“待我退休后，我们找一片地种菜看海过日子吧。”

“怎么你总是忘记穿衣服，你再病倒会让我很不安的你知道吗？”

“你再这样看着我，我就要吻你了。”

她久病不好，他握着她的手祷告：“上帝，她那么善良，救过那么多人，请你让她快点康复，或者干脆让我代替她受苦好吗？”

更多时候，他俩静静地靠着坐在大窗前，什么都没说，吹着风，看着海，爱抚着对方的头发，平静地流进时间的尽头。

这些美好的回忆，都是麻木原以为这生可以死而无憾的真爱印证。

这些都是真实发生过的往事。发生时，他的神情是那么真诚，语气是那么坚定，充满柔情，令麻木到今天还是打死也不愿意相信，他居然在说那些话的同一天稍后，会若无其事地返回另一个女人的身边，和她过另一种亲密的日子。

麻木失控地断肠痛哭，一道疾痛的热流，从心口一直沿着子宫抽搐到阴道，贴近性高潮的震颤。这抽痛是灼热的，一年半前的创伤后遗症状。麻木首次体验到，原来女人的身体在性的狂喜和痛的悲恸时，其极致的反应都是阴道抽搐，分别只是，在性高潮后是享受一片净土的超觉平静，而在悲恸中却是流贯全身的伤痛脉动。人在最悲伤的时候，岂止痛于心？

麻木用力地咬着拇指下方的肌肉，这是她转移心痛的方式。

爱的反面是恨可能是真的，当你不是真的很爱对方才会恨。若你恨不成，痛会治不好，不是伤口多深多难医，而是在最痛的时候，你还是会可恶地想起他曾经对你有多好。

眷恋才是没得救的绝症。

三小时，可能更久，麻木终于哭到虚脱得失去知觉。

第二天醒来，麻木平静地到花市场买了十多包不同的种子、小盆和泥土，细心地在阳台分盆、放泥，在每个小盆内放种子，浇了水，静静默祷，感谢它们让伤痛的回忆转世后重生。

这天下着毛毛细雨。麻木泡着Te在临登机前送她的“初心”，想起Te贴心地叮嘱她需要力量时泡它来喝，它会安慰她，就像他在身边一样。

她记住了。这夜，她泡了一壶“初心”，回想她和如山曾经严肃地讨论过的一桩事：

如山到麻木的诊所接她下班，他们在车上讨论关于纵欲和隐瞒的问题。

“今天的病人说，她的丈夫一直瞒着她和欢场的妈妈桑有私情，不时留情欲短信，你一句老公我一句老婆的。被发现后，他却说只是玩玩而已，不是认真的，他一直很爱她，叫她别多心。病人接受不了，丈夫却说她总是找他毛病，不相信他。你觉得他可信吗？”麻木问。

“男人，不管他是否真的和谁玩玩，玩的本身已是不对。有家室的人，对伴侣有隐瞒就是真的要不得。”如山边开车边说。

“你不赞同男人去玩吗？”

“我赞同男人可以去玩，不过嘛，在有了固定伴侣后便不应该啦，这是对伴侣最起码的尊重不是吗？纵欲很容易，控制却很难。男人嘛，知道自己的限制，便不应纵容自己。其实男人比女人更软弱，玩不起！”

“你有过纵容自己的时候吗？”

“有过，年轻时候，哪个男人没放纵过自己？玩过才知道玩完也不外如是，但老实说，易放难收，人大了便得有节制。”

麻木伸手过去轻抚如山的后颈，给他一个甜蜜窝心的眼神。他回她深情的微笑。

这么成熟的男人，令你安心到不可能对他有半点不忠的怀疑。他不是口甜舌滑的男人，他做事从来认真和正经，有爱，有分寸，有正义感，对所有人都尊重和有礼，是个著名的好医生，很照顾病人，他常说：

“有什么比医好人的心更重要呢？那是爱的源头啊！”

多动人的话，尤其是出自男人的嘴巴。

再讽刺不过的是，他正是最伤人心的男人。**人要分裂起来，真的比天崩地裂隐藏得更深不可测**。

麻木感到很难过，难以接受那么爱着的男人，其实是个人格分裂症患者。

突然，阳台外边有声音，麻木看到一只小黑猫。怎么会有猫？准是从旁边的山坡爬进来找吃的吧。

麻木把它抱入屋，它蛮干净的，根本不像流浪猫。奇怪。

“你哪儿来的？是不是饿了？”

“我从山里来的啊，确实是有点饿。”

天呀，怎么这猫会讲人话？麻木不敢相信自己的耳朵，再跟它说话确认自己有没有搞错。

“你懂说话吗？猫会说人话的吗？”

“懂呀，像你们也常说野兽话啊！有人性的都说不出口的那种话啊！”

啊，真是会说话的猫，而且还能读心。

麻木把它抱进怀里，轻摸它柔软的短毛。善解人意的猫来得正合时，正想找个外星生物来咨询她不了解的人性。

“你有名字吗？”

“叫我猫猫就行，猫就是猫！”

麻木笑了，是猫就叫猫，这是只很爽朗的黑猫。

“猫猫，你知道人有多分裂吗？可以分裂到眼巴巴地跟你说一套，背后做另一套，而他却是你最信任和最爱的人，人品那么好，人格那么高尚。你可以理解这里出了什么问题吗？**人既然可以分裂和无耻到这种地步的话，世上还有可以信任的人吗**？”

“这个问题有点傻。”猫猫随性地摔了一下尾巴，“重要的是，你还信任他吗？”

麻木被问倒了。

“我不知道，我只是一直信任着他，到今天还是愿意相信他本性是个好人。”

“本性是什么东西？就如人类常爱说的真爱吧，什么是真爱？假如有些东西原本便存在，不过没有表露出来，即使给了很多次机会，也没有被拿出来、说出来、做出来的话，那东西是否存在、它本来是否好还有意义吗？本来很爱你，其实有没有爱过你呢？本来是好人，其实做着的是坏人做的事时，本来很好又有什么意义？”

“是的，也许只是我一厢情愿，是我幼稚。”麻木轻抚着猫猫的头。

“也不是这样的。”猫猫再轻轻摇了一下尾巴，“是你本性太善良，不够分裂而已，做不出一般自私的人做得出又承担不起的羞耻事。**我问你，你一生做过最羞耻的事是什么？**”

麻木想了很久。和妈妈关系不好不算是羞耻吧，主动跟第一个大学时代的男朋友说分手也不算吧。推过一些不自爱的病人不再治疗他们也不算吧。想了半天，终于想到了：

“经历过这次的情伤后，尤其是当我得到能看穿人的痛处的奇怪能力后，才深深地明白当了医生这么多年，原来一直没有医进人的心，还沾沾自喜自居名医，为以前的自己感到很羞愧。”

猫猫翻了身，在麻木的大腿上张开四肢伸了一个大懒腰，然后跳到地上，懒洋洋地躺着，面对着麻木。

“你说的是愧疚自己做得不够好而已，跟羞耻是不同层次的。还真的没见过像你这样单纯的人。**一生没做过多少羞耻事的人，才有余力想着去帮人去爱人。**

“你知道吗？**医者有两种，一种是做过太多阴湿伤人事，要借行医来赎罪；另一种大概像你，单纯、善良又义无反顾，会将被伤害化为救人的力量，因为尝过最大的伤害，所以不忍心别人经历同样的痛**。这种笨人天生苦命，经常因为心痛而痛苦，可你救不了世上那么多离谱的人造悲剧啊。人心复杂，不是你能医的，不过你可以帮他们的心打开一道门。心打开了，如何放置那些悲和喜，是每个人自己的功课。”

说罢猫猫便姗姗离去了。

到底是猫忽然能说人话还是她忽然听得懂猫话，没有人知道，也无从查证，可这只能说话的猫猫倒道出了麻木替如山治疗的六百天，到底是怎样艰苦地一步一刀伤地希望能帮他打开一道门，让他返回自己的功课上，重新做人。

治疗师都清楚，要替自己最亲的人做治疗最艰难，成功率也不高，因为要么对方不合作或太依赖，要么你自己也掺入太多感情因素，难以客观和冷静。更重要的是，对方在回避面对自己的挣扎过程中会跟你反目，恶意地全盘否定你，把你变成罪人，令你痛上加痛。

替重创你的爱人做治疗，帮助他发掘出最深的罪业诱因，本身便是走进炼狱里和他一同受罚受苦的牺牲。当麻木决定去治疗如山的毒瘤时，只好先把自己的伤口搁置，没有更好的选择。

带罪的如山在人生最软弱无助的困境里，向他刚伤害透的爱人求救，也是因为没有更好的选择。他一生最信任的人便是这个善良和出色的医者，虽然吊诡的他是她最不应该相信的人。

“Dol Dol，我需要认真地面对自己的错，痛改前非。待我处理好和她的关系后，我一定会弥补我所欠你的，兑现我对你的承诺，和你好好在一起。”

麻木总是觉得，世上没有真正的坏人，只有一时变坏的好人，只要真心悔过，一切恶都可从良。她无法原谅自己的妈妈，是因为妈妈从不觉得自己有错。她能原谅如山，是因为如山没有逃避责任，愿意承担过错，诚心地想重新做人。因为这点，麻木愿意奋不顾身地支持他，对他不离不弃。

他向麻木说了六年的谎话被揭穿后，很快便搬离了阿柔的住所，和她谈判分手。那是一场极度磨人的长久战争。阿柔不肯放手，恃着曾经是他的病人，威胁他心脏病复发，还滥药、割脉、入院、到他的诊所发难等，做尽精神轰炸他的事，理直气壮地觉得他是大罪人，欠她太多，用她的话便是要他血债血偿，要离开她的话便宁愿和他同归于尽。

他心软过，强硬过，还击过，妥协过，被她折磨了一年多。在这期间，他费尽最大的力气去保护女儿和麻木免受她的骚扰，也费尽唇舌希望她明白他们的缘分已尽，应和平分手，条件可以好好谈，她要什么他都希望尽量满足。

阿柔是病态占有欲控，死守不是因为爱，只是因为不甘心，明明属于自己的为何够胆说分手！由最初以各种威胁的方式死命留住他，到后来只想报复，令他一无所有才心息。由于她不是如山的合法妻子，只是半同居关系，她也深知能向他要的不多，所以一直用自己的病和他心软的弱点进攻。

“我给你两条路，一、你马上死在我面前；二、你把一切财产都给我当赔偿，不然我把你的女儿找出来，死在她面前。”阿柔敌对的眼睛充满仇恨。

“相爱一场，真的要做得这么绝吗？可以平心静气好好谈吗？我死没什么大不了，但我对女儿有责任，对我老迈的妈妈也有责任。你要钱，我都可以给你，我能给的都给你。”如山心碎地说，没想过她可以那么狠，一点也不留情。

当她知道他宁愿把所有财富都给她来换取分手时，心里又不甘了，觉得没面子，她反悔了，“不，我改条件，我要你和我一起三年，三年后给我钱我便放你走。”

“何苦呢？我们都没有感情了，还要在一起不是折磨吗？”

“我就是要折磨你，是你欠我的。我要折磨你三年才气顺！”

就这样，不断地讨价还价，其间阿柔闹死、闹事、出尔反尔、威迫恐吓，都只是看中他心软、怕事、内心愧疚，希望把他磨累了，为求买回自由和宁静，她要什么他都会给。背后，她暗里聘了律师，以求得到她能取得的最大利益。如山不是蠢人，他深知给她是人情，不给也合法，她不过是以女朋友身份在要求分手费而已。但他真的悔过，觉得实在欠过她，能满足她的话他也尽量满足，毕竟他也伤过她。一年半后，双方都累了，他们终于达成协议，如山不得已找了Rex，让他草拟分手协议书，她也签了。

在如山和阿柔的分手谈判期间，麻木一直同步替他做超微细的个案治疗。

他们约定每星期最少见面两次。见面前，如山需要详细地回应麻木列出的一系列问题。他自有记忆开始所做过的、想过的事，她都让他重新记起，包括他的求学生涯、家庭关系、朋友关系、恋爱情史、情欲历史，直到和她的相遇、恋爱和被揭发不忠事为止。总合起来超过一千条问题，这对提问者和作答者都是非常重大的考验和挑战。**原来一个人这生经历过的事，想过的点滴，一个念头、一句回应、一个决定，对往后的人生都能启动骨牌效应的命运。**

“**一粒种子可长出一个森林。**”麻木解释说，“我让你看清自己一生播过什么种子，看后果。你要有心理准备，过程将是艰辛和难挨的，你甚至可能会中途放弃，或背弃我或你自己。你得非常勇敢地立下决心，我们才可以开始。你准备好了没有？”

“对不起，谢谢你。”如山心极痛，抱着麻木流泪。

他深深知道，麻木将和他一起走进炼狱，陪他承受一切。他有多苦，她肯定比他更痛苦。她有多大的爱，才能承受这次残酷的治疗？为何她还能如此坚强、冷静和勇敢？

麻木替他的人生重新扫描了一次，是她做过最仔细的个案。因为仔细，麻木要承受的压力和伤痛也是前所未有的，甚至超出她最初能想象的承担能力。他曾经是个怎样的人，有过多少女朋友，和她们的详细关系，有多爱她们，性生活细节，和阿柔最初的甜蜜，认识她后三人关系的瞒骗细节，还有期间偷情的经过和心态。

追求细节是治疗的基础，同时也是伤上加伤的源头。若不是被要求当他的治疗师的话，麻木可以少知道一点他变脸的可怕详情，多留一点哪怕是自欺也好的幻想。现在，**一切美好的回忆，一息间变成天下最残忍和邪恶的欺骗。最甜的爱背面竟是最狠的刀**，为何爱会变成这样？他会变成这样？

一千多条问题，把如山的一生连根拔起，也把他和麻木的爱连根拔起。

麻木以最残忍的方式撑起自己的坚强，迫不得已。

连月来，如山像回放历史一样逐一面对自己所做过的事，翻开他一直努力掩饰的真面目。最后，麻木对他做出的观察和分析如下：

○感情上是逃兵和骗子，任性又不负责任

○想做好人，却不想承担责任（这点像透了他的爸爸）

○怕主动说分手，拖拉已退化的感情关系

○说谎成瘾，最初还会内疚，后来已成惯性（受他其中一个哥们好友影响）

○不想面对自己的丑恶，替自己掩饰（这点像透了他的祖父）

○伪君子，会说大道理，说时能自我催眠忘记自己的言行和表里不一（受医学院时的指导教授影响）

○为人善良，有爱心，可同时不由自主地伤害最亲的人（这点像他的妈妈）

○怕麻烦，无动力改善自己

○自欺以为尊重伴侣，不想她们受伤才说谎，其实是懦夫

除了以上的潜藏性格外，关于他能同一天在两个女人面前分裂成两个自己的病态，是因为他擅长投入所谓的“切换状态”，即从一个状态转换到另一个状态去，停止留在前一状态带来的不快。譬如当他刚刚承诺过麻木什么，深知只是暂时的瞒骗，内心其实很不安，不过他能马上切换到愉快的心情，暂时离开内疚不安感。这机制在小孩子身上特别强，他们可以马上切换到开心的状态投入去玩，忘记刚被妈妈罚过大哭过。没有成长的人，尤以男人居多，会借此演变成逃避机制，一旦遇上问题，只要切换到事不关己的心情，能马上躲到会带来快感的活动去，譬如飙车、打游戏、打球、健身等，便能心安理得地逃避问题。当然，这切换状态若能运用在

正向心态上，能大大改善人的情商，不留执着。可惜如山把这能力运用在逃避问题、减轻罪疚感和让自己好过的情况上。

在治疗开始半年后，如山提出让麻木搬来和他一起住。如山知道这一直是麻木的心愿。他俩逐步把工作搁下，希望能更专注地处理问题，尽快结束这场战役。

可战役总是漫长的。如山比他想象中脆弱，一方面要处理难缠的阿柔，另一方面要翻开自己潜藏的劣根，同时看着麻木为自己身心交瘁，感到极大的压力。他不止一次后悔要求她拯救自己，觉得自己很自私，把伤透的爱人拉进来继续摧残，更增罪业。他的情绪经常不稳定，每次回去跟阿柔谈判都无果而返，无法说服她，而她却以不同的方式留他在身边，譬如病倒迫他到医院陪她，在他面前自残迫他心软留下。而他每次一去不返时，麻木都在家里等着，心痛着，煎熬着。他回来后，好几次态度转变，看得出他受不住了，想放弃，大家都崩溃。

“对不起，我无能力做到答应过你的。我们分手吧。我要回去赎罪，欠你的，能下辈子再还你吗？”如山跪在麻木面前哭着说。

心如刀割的信息，等同把麻木杀死一样地残酷。努力了大半年，没想到在彼此都筋疲力尽时，她还没倒下，可他已放弃了。这不是天理能容的结局。

从那天开始，麻木得到了能看穿所有人的痛处的异能，全身的细胞已突变，长满能感应伤痛的突触。

那一刻，她明确地看到如山的心口有深深的红印，那是他最痛的地方。她，不忍心，知道他要开口说分手大概比叫他去死更艰难。她看过太多个案，病人的意志很重要，只要心死，便救不了。她不想放弃，以不死的毅力希望坚持治疗，不让他说不。三天后，如山还是再回来了，是麻木强大的能量感染了他。她都没放弃，他怎好意思先放弃？还是个男人吗？

再回来，继续面对自己，看清自己的本性，聆听麻木建议的改善方案，一步一步地走向踏实的路，从黑暗走向光明。

又一次，如山再次陷入崩溃边缘，被阿柔精神折磨到出现幻听。他听到一个声音叫他离开麻木，她在误导他，控制他的思想，必须远离才能自由。

当人在极度混乱、绝望和累透的状态下，容易受邪气入侵，西医学上这是患上精神病的开端，宗教上可以说是受邪魔入侵，被魔性驾驭了，影响神智。

如山突然消失，没有回来。然后麻木收到他的邮件：

我们到此为止吧，不能继续下去了。我的真面目不需要靠你来帮我看清楚，你连自己的真面目也没看清楚呢！全城最年轻的名医啊，可你不过是第二个阿柔，借治疗手段来占有我，控制我。别再自以为是了，你是超级完美主义者，自以为是救世主，可你连自己也救不了。你为我做的不是大慈大悲，说穿了，是你前世欠我的，要还债的也是你。我要自由了，希望你能先医好自己再去医别人。

麻木被再次狠狠一刀插入心脏。上天对麻木的考验或玩笑也闹得太大了。可冷静是麻木的强项，尤其是遇到灾难时，再震惊她都能告诉自己别激动，先看清楚到底发生了什么事。经验告诉她，如山这种着魔的语气和突变很危险，肯定受到那边莫大的刺激，或是过分自责和内疚所引起的内在反抗。以前她也处理过几个这样的个案。**当人在软弱和受极大压力的时候，潜藏的魔性会被引出来，强壮的人能击退它，软弱的人会被它吞噬**。她知道，现在是他最无助的时候，正要面临放弃自己了。

她唯一能做的，是淌着血但依然保持冷静地给他回信：

> 亲爱的，没事的，不要怕。我知道你很累，明白你有多辛苦和勇敢，你已尽了力。谢谢你对我的提醒，我们都先把事情放一放好吗？请找个地方独自休息够，好好地睡一觉，一切将会变得澄明和干净。
>
> Dol Dol

她把最想听到的安慰和鼓励的话先为他送上。

她在最需要别人的照顾和体谅时却先去照顾和体谅别人。

这是她的美丽，也是她的宿命。

麻木渐渐养成一个习惯，就是打开连接大厦门口的闭路电视，等他回家，希望能以第一时间看到他回来的样子，“证实”他住在这里，这是他的家，不是幻觉。

几天后，麻木在镜头前看见几个归家的住客，其中有他，顿时心跳加速，他终于回来了。过一会，听到开锁声，他踏进门便深深抱着她。

“对不起，我没法像你一样坚强和清晰，对你说的话请别放在心上，那些都是鬼话，我都不知为何会说出口，像中咒一样可怕。我听你说，住进酒店睡了三天，清醒后看到自己写过的都吓傻了，真的无心要说那些中伤你的话。真的对不起。我最不想伤害的人是你，偏偏伤害得最深的正是你。”如山忍不住痛哭。

麻木紧抱他，抚摸着他的背，给他安慰。

“回来就好，没事的。我都知道，我都知道。亲爱的，我不会丢下你不管的，再艰难，我也会和你一起走下去。”麻木在他的额前亲吻了一下。

她幻想他会回吻她，像他们以前那样亲密，可惜这种亲密早已湮没。如山像受惊的小动物一样跑到妈妈怀里抖震。麻木接受这一切的发生，事到如今已不敢奢望能回到从前，只求不要再添新灾难就好，她其实早已撑不住快崩溃了。

多日没见，她本来很想对他说：“很想你。”可还是把话吞了回去。走到今天，连最理所当然的一句“很想你”都不能说，都嫌太奢侈，怕会变成他的压力。她必须压抑住受伤恋人的身份，担起医者的责任，好好治疗面前这个求助的病人。不管以哪种身份，给他的，都是她以前从未想象过可以存在的那种爱。

还有一次。

如山突然说：“我们去骑自行车吧。”拉着她的手，像最初恋上时的激情，两人兴奋地到郊外租自行车，麻木坐在后座紧贴地抱住他，长长的海岸线把印上“没事了，安心地幸福吧”的微风敷在他们的脸上，好久没有过的放松，事发以来第一次欢笑，为了失而复得彼此都特别珍惜，假装什么都没有发生过一样，单纯地享受还热恋得起的奢侈。

“我们是否已经死了？”麻木突然紧紧地搂着如山的腰，在他的耳边问。

“你在胡说什么！”如山马上停车。

“怎么我觉得已经在天堂啦！”

如山转身看着麻木纯真的脸，这个把初恋般的纯洁和很多的第一次都给了他、给他最纯粹的爱和无条件的信任的女子，这张天堂才配得起的脸，看得他温暖也痛心，忍不住深深地吻了她。这是他事发后第一次主动吻她。

“怎么办呢？现在看着你也会想念你。我们要一起老去，我爱你。”麻木抱着他的脸，忍不住把压抑千年的感情说出口。

“嗯，我们还有很多路要一起走，我们要一起老去……”如山以不抱便再也没有机会那样的力度紧紧抱着她。

这夜，他们紧紧挽着手一起睡。

“今天累了，赶快闭上眼乖乖休息。”如山说。

“我舍不得，想多看你几眼，怕睁开眼后你又不见了。”麻木说。

如山笑了，吻过她的额头后，疲惫到几乎马上便睡着了。

第二天麻木醒来，手空空的，如山再次消失。餐桌上留下一张纸：

对不起，

我对你已失去感觉，

我不再想念你了，

这些日子只是怕你难过，

但我不能再欺骗你和我自己，

我只想一个人。

谢谢你曾经给予我的那些美好时光，

希望你找到真正爱你、能照顾你的好男人。

祝福你。

如山

说心碎已远远无法准确地形容麻木的支离破碎。没料到如山以酷刑的方式来处置她，先带她走进天堂，醉生梦死，然后一下子把她抛下地狱，生不如死。这是人能做得出的事吗？

“原来，他根本没有想过要和我一起老去。”麻木无比绝望，无法理解一而再摧毁感情和梦想的人到底是着了魔还是变种人。分手的方法有很多，但怎样也比他这样冷血的处理文明。

麻木再度用力狠狠地咬拇指下方的肌肉，告诉自己必须冷静才能处理这突发的灾难，反正她已没有多余的眼泪和时间去白费了。**面对软弱的对手，你必须坚强，才能应付和善后**。他退一步，你只能多走一步，没有脆弱的余地。该怎样处理这个案子呢？麻木费了最大的气力尝试抽离感情，以治疗师的角度寻找解决问题的方案。

重组过思绪后，麻木的判断是如山在撒谎，原因可能是承担不起连月的压力，心力交瘁，撑不下去了。他们的处境再次陷入非常危机期。只好尝试跟他沟通。写了短信给他：

> 如山，我不相信昨天的一切都是假的，你的激情你的爱都渗满眼里，我不是傻子，你也别装傻，侮辱彼此的感情。假如你有其他必须分手的理由，我们好好谈就是，犯不着以酷刑的方式为我再添创伤，我不应该得到这种低劣的惩罚。再难的关我们都一起挺过了，再难过我对你也不离不弃，你就只能以这种方式逃避我，陷我生不如死，把我丢进地狱吗？面对我吧，当面说清楚，不然我会死不瞑目，我怎能瞑目？
>
> Dol Dol

一星期后，如山回来了，瘦了一圈。看到麻木瘦了一大圈，他心如刀割，无力地上前抱住她，让她尽情地哭成泪人。

“对不起，进地狱的应该是我。我本以为可以为你做的最后一件事，是给你留下美好的回忆，然后令你死心，只要你死心，你才能自由，我不值得你继续为我耗损感情和生命，你值得找个更好的、配得起你的人。都是我笨，从来没有存心伤害你。离开后我已后悔了，收到你的短信后我更内疚，痛得万箭穿心，再次令你生不如死我很难受，但愿我能替你承受一切的痛楚，哪怕掉进十八层地狱，被千刀刺死一万遍我也愿意。真的对不起。

“听过一个寓言，蝎子想过河，向青蛙求助，承诺不会伤害它，青蛙明知危险却心软，好心背它过去。过了河，蝎子还是刺死了青蛙，说：‘对不起，我也没办法，这是我的本性。’对不起，我就是那只蝎子，连我也瞧不起自己，无法原谅自己。”如山哽咽，不支倒下去了。

好个烂透又矫情的故事，却是**男人在羞愧当前最诚实的虚伪**。是辩护还是忏悔，大概连他们自己也分不清楚。麻木没气力说出口，这个陈腔滥调的寓言，她早已从病人个案中听过无数遍了，连电影和小说都写过，十个负心男九个都晓得说，为何还要廉价地复制呢？**男人的忏悔是不是可以真心一点**？

可她不是男人，所以难以理解在如山贫乏的能力和宽容里，**这故事真心说中了他藏在肚子里的致命毒蛔虫，却并非他刻意放进去**。

“答应我，不要再这样丢下我好吗？”

“答应你，对不起。”如山无声地回应，睁不开已哭肿的眼睛。

你只能照顾比你更累的人。

麻木把他送进房间，在床边一边摸着他的头发哄他睡，一边极致地压抑着难过，咬着下唇无声地哭崩。

为了爱，人到底可以饮下多少承担和忍耐的苦酒？

一段受伤的感情是否可以继续，在乎对方是否愿意修补伤害而非逃避。麻木曾经以为这是关键，愿意的话便得救。可是，原来更大的挑战在面对自己，过程中的无助和软弱，艰难重重。心魔作祟，死性顽劣，害怕加倍伤害对方制造更大的罪业，最终宁愿放弃，这才是真绝望。

纵使如此，多少日子了，无论如山有多反复，麻木总是像吻孩子一样吻他的额头，安慰他，给他不离不弃的依靠。

她会点到即止地拉他的手，摸他的脸说：“亲爱的，没事的，没事的。”

每次他残忍地说要离开，她都抱着他说：“那么难开口的话你也说了，很难受吧！怎么这么傻！”

自从他说谎被揭发那天开始，如山便活在沉重的忏悔下，觉得自己不配跟麻木亲密了，所以待她搬进来时，他便认真地跟她说，希望她能理解，在他还没有清理好自己前，不想也没资格和她有亲密的身体接触，即使睡在同一张床上，他也不敢碰她。一切都源于他的纵欲和自私，他害怕再次纵欲会再加伤于她。她明白，可这令她更难受。明明相爱，靠在一起却不能亲密，无法再像以前一样随性地拉他的手，无法再如意地拥着她曾经深爱的身体，只能躺在他身边，待他睡了才敢偷偷碰他的头发和脸庞。

她却不知道，他也一样。

依然靠近却不能亲密的相爱关系，可以比分离更痛。

他不在的时候，麻木需要平衡爱欲，偶尔自慰，尤其是在太难过的时候。幻想像以前一样，紧抱彼此的身体，可是心的抽痛总是比高潮来得早，悲情的狂哭代替了阴道的震荡。以前会为算错安全期而忧虑，会因为在安全套用完前需要她主动及时补给而埋怨他粗心和不够爱自己。如今来经的迟与早，也不过是迟与早的问题罢了。现在才意识到，可以计算安全期和买安全套的女人有多幸福。

多久了？床头塞着的安全套盒子没被动过。麻木没意识地取出来，一片安全套滑落，捡起来，冰凉的感觉好怀念，却发现使用限期是去年二月，眼泪都掉下来了。

现在连哭过也不敢告诉他，怕给他压力。这种寄居在爱的意志上的坚忍日子，好像已过了几亿年。

六百天差不多过去了。

如山外出了几天。麻木不多问也不多想他是否去了那边，又是没完没了的谈判。她只想做点简单的、不用思考的事情。譬如，洗衣服。衣篮内只有几件她的衣物，他人不在也没有脏衣服。于是她打开衣柜，挑了几件如山的干净衬衣和裤子，塞进洗衣机去，放了洗衣液，按了快洗键，开始滚动。如常打开大厦门口的闭路电视发呆。四十分钟后洗完，静静地把衣服晾在小阳台的衣架上，有他的，有她的。返回屋子里，坐在沙发上继续发呆，偶尔抬头看到两人的衣服在风中悠然地飘舞，心里踏实了，是家人才有的感觉，见证一起生活的景观。

第二天，衣服都干了，麻木不忍心把它们收起来，继续坐看自己和他在家里飘摇共处的假象。

他终于出现在镜头前了，真的是他，他回来了。三分钟后传来开锁声，如山笑着给她一个大拥抱，在麻木还没有弄清楚到底是怎么回事时，他竟然主动在她的脸上吻了一下，这是六百天以来他不曾做过的举动，麻木无比惊喜。

“她终于协议放手了。”

“真的吗？是真的吗？”

“真的，今天签了协议书，保管在Rex那里。”

六百天来他俩第二次欢笑。如山说，还有一点事宜需要处理，还要安置好女儿的事，还有他诊所的事，所以还要外出几天。看到他的稳定，相信他应该可以管理好剩下要做的事了，麻木终于能吐一口气，放松一点点，希望大家能好好歇息几天，再开展处理他们之间的一切。能走到这一步真的不容易，一场战役终于耗过去了。

麻木放下心头大石后，长期的压抑马上涌出来，她患重感冒了，没想到可以严重到要留院，住了一星期。其间如山每天来细心照顾她。药力影响下，她大部分时间都在沉睡中。

炼狱式的漫长治疗过程终于走到最后，轮到为自己疗伤的时候了。当麻木带着重伤的身心，终于等到这一天，等待他跟她重整感情关系时，如山却再次给麻木一个反高潮：接她出院回家的，没想到是Rex。

麻木以为如山因为忙着，要晚一点回家，让Rex来是贴心的安排，谁知回家后，Rex给了她一封信。

“Dolor，我知道这不是很好的时候，不过，如山已离开了，留了这封信给你。”

“他离开了？什么意思？”麻木不敢相信这一切。

“昨晚飞走了，抱歉我受托不能提早告诉你。你们都是我的朋友，可你知道，你理解的，他说在信里会向你交代。我想你知道，可以有更好的选择，他绝对不会选择这样离开，希望你不要太难过。”

麻木无言，没想到他还会以这种方式迎接和送走她苦等了一年半的希望。经历过那么多的灾难，现在不过是再多一个而已，没什么大不了。保持镇定是她的一贯作风，而且她不想在Rex面前崩溃。

“谢谢你，知道你要处理这一切也不容易，不好意思这些日子麻烦你了。你回去吧，我没事的，我想一个人静静。”

“你确定OK吗？我可以留下来跟你聊聊啊！”

“没事，我想静一下，明早我去找你好吗？”

“那好，你别多想，事情也不是那么坏。明天再谈吧，你好好休息。如山托我买了吃的，都在桌子上。”

送走Rex后，关上门，麻木跌坐地上，看着桌上细心安排的食物好讽刺。她的心和身体都在抖动。十分钟后，终于打开信封，深深吸了一口气，勇敢地看下去。

亲爱的Dolor：

抱歉我已再没资格叫你Dol Dol，这个我专用过的亲昵名字。

原谅我一手把我们最珍贵的爱彻底摧毁了，害你支离破碎。都是我的错，一切都是我不好。

你是我生命里最重要的人，我没资格也不敢说你是我这生最爱的人，我只能说，这生最希望能好好地、单纯地去爱的人是你，可惜我们相遇的时候，我还没有清理好自己不堪的过去，无法以纯洁干净如你的身体和灵魂一样平等地回馈你。真的很抱歉。

你曾经问我你到底哪里做得不够好。你什么都好，像天使一样好，不好的是我。你是我遇过最成熟、稳定、聪明、善良、细心的女人，处处替我着想，尊重我，照顾我的感受。你到哪里都会发亮，能令身边的人成长，你是我生命的明灯，你的完美令我羞愧，也因为你发亮的美善令我羞愧到不得不立志改善自己的懒惰，撕开虚伪的面皮，改掉四十多年的死性，鼓起勇气处理早该处理的关系。即使我错成这样，把你伤成这样，你从不批评或跟我吵闹，带着伤痛还能冷静、理性和温柔地替我疗伤，不给我压力，等待我成长。你是我一生最信任和尊敬的人，也是我最不能原谅自己去伤害过的人。感谢你令我痛改前非，重新检视一生，不再逃避，带着慈悲在我最低谷的时候对我不离不弃。

对我而言，这次的治疗是前所未有的艰难过程，我看透自己的软弱和无能，贪念和纵欲，像个未长大的小孩，我无地自容，感到无比羞耻和内疚。这过程对我的压力很大，因为我深知会对你加添更大的伤害，看穿我原来是个无耻之徒，不是你一直以为的那个谦谦君子、好男人。看着你被我身心折磨成这样我很心痛。不过，我相信你，如果有更好的方法相信你也已采用了，这是最好和必须走过去的路。我深知其实在感情上你可以放弃我这个坏蛋，但在救回一条生命上，你的慈悲帮助无助的我走上正轨。没有你的帮助，我深信而你也清楚，我将一生无法原谅自己，也无法还清欠下所有人的债，终身活在内疚和自责中，生不如死。

我深深对不起你，谢谢你。

亲爱的Dolor，我没有忘记，我说过待我处理好和阿柔的关系后，我会来补偿你，和你在一起，偿还我欠你的债。但抱歉现在我必须先离开三年。这是我欠她的，她也是受害者。请你体谅我无能力在同一时空下偿还所有我亏欠的人，我只能以最大的极限逐一清还。她要我放逐三年的顺气期我能理解，她是个高傲和任性的女人，曾经被父母极力反对跟我在一起，因为我当时还没有离婚。她也为我付出过。她有心脏病不能坐飞机，只能留在这里，所以走的必须是我，她觉得我人到中年，在事业如日中天时失去一切，流放三年，也足够毁掉我的人生。好吧，是我活该的，我就用这三年清理自己，回来以洁净的身心面对你，还我欠你的一切，不会再离开你。

亲爱的Dolor，你能等我三年吗？我知道我没资格叫你等我，但我真的很希望能洗心革面后回来见你。对不起，我没有跟你商量这事，因为没面目跟你说，却又无能力改变必须走的行程。是迫不得已，也是因为我想活得谦卑一点。

我一生做过最不能原谅、最后悔的事，就是伤害了世上最善良的、我最需要和最爱的你，深知罪业太深，但愿有天能洗净自己后，干净地走到你面前跟你忏悔。

我不求你的原谅，但愿我回来时，即使你已不再爱我，或者已忘记了我这个不堪的人，还愿意跟我见一面，让我亲口跟你说声对不起，谢谢你，我爱你。

卑微的如山

雪崩一样的灾难。可这次，麻木再没有剩余的眼泪可流了，在痛到不能再痛的时候，她只能大笑，笑了很久很久，直至胃绞痛为止，然后，一个月都没有说话。

只差一步，还是让他走了。一年半后，然后又三年，那三年后又会有什么变数？他真的会回来吗？那个她真的放他走吗？无常是定律，签过婚纸也一样有千千万万人反悔。一起经历过那么多，说再多的承诺又如何？人终归留不住，选择不在她身边，和他的八年关系，不过空梦一场。

夜深，没开灯。麻木沉进沙发里，泪已干，肠已断，脑子里一片空白。突然手机响，是一段语音留言。打开，只有环境声，对方没说话。是他。他以沉默的方式在跟她道别。她听得出，沉默里他说过这些话：

Dol Dol,

我不在时，记得添衣，定时吃饭，吃不下也要吃一点。

不要挂念我，不要忘记我。

你要好起来啊。

记得早点睡。

我爱你。

麻木再度抽痛，反反复复的离离合合，千辛万苦还是难逃离别这一劫，还有什么好说的呢？能说的都说了，能做的都做了，该认命。按下回复，录下同样无力的沉默，苍白如他：

真的不能留下来吗？

为何我总是排到最后，

结果还是等不到的那个善良的人？

我还是对你狠不起，恨不了。

我很想你，真的很想你。

我爱你。

存在，是深深的孤独；真爱，不过是更深的孤独。

当麻木体会到这个真理时，头发竟已白了一截，生命才过了三十一个绝情的年关。

自那天开始，麻木再也想不起如山的脸，即使闭上眼睛努力地去回想他的样子，也只有局部的五官，无法拼凑出一张完整的脸，连梦里的他也只是一个阴影，没面目见她。记忆里的他，一地满目疮痍的碎片。

这夜，麻木在如山的抽屉里找到一张她写的心意卡：

你在地狱，我陪你炼狱。

你变软弱，我坚强扶持。

你背弃我，我不离不弃。

你缩头逃避，我挺你抬头。

你失掉自信，我给你勇气。

你走向黑暗，我为你亮灯。

你一错再错，我让你看清善恶。
你迷失，我把你找回来。
你哭了，我说没事我在。
你累了，想停留，我背你继续走。
你孤单修行，我孤独慈悲。
只愿你，再艰难也别放弃，
正大光明，不走回头路。

Dol Dol

仿如他的回魂，特意为她留下本应取走的东西。人已走，还是放不下她。

这是他“中咒”地批评她自以为救世主，回来忏悔后她给他写的心意卡。那段日子体谅他心力交瘁，为免他在手机看留言字太小太费神，她特意买了一张手感很好的日本和纸心意卡写给他，希望他重振动力。此刻看到自己的字迹，百般滋味扰心头。曾经安慰过他的只字片语却无法安慰她自己。再细致、再贴心的事都为他做过了，要走的，还是会走。

心抽痛了一阵子，幸好尚算平静，都已过去了。**她最需要的都先给了别人，这是她善良的死穴。**

这次回来，重温过去八年和他经历的一切，绝对不是冲动或执着，从沉重到净化，麻木感到自己已恢复稳定。人不在，债已消，伤还在，可都要告一段落了。**能把伤痛完完整整地在回忆中重新经历一次，而且还能挺过去的话，她便能疗愈自己，可需要异常巨大**

的勇气。她知道，能做到不是因为创伤不够深，而是她对生命的爱足够深。

这夜，麻木需要一点支持的力量，正想泡茶，才发现Te给她带回来的许多小包茶叶已喝光了，突然体会到一件一直没有在意，却意外重要的事：这五个月来支撑着她的意志，令她不能倒下的力量，除了她一贯冷静与坚强的本色外，原来还有Te的茶，一点一滴灌注心灵，令再伤的身心也能恢复平静通透。

猫猫又从阳台钻出来了，已经是第N次。

“猫猫，你有茶吗？”麻木求救，已习惯了它不时的出现。

“哪有猫会喝茶的？”猫猫眯着眼。

“哪有猫会说话的？”麻木扬了眉。

“猫都会说话，只是人类一直听不懂，没聆听而已。”猫猫发现阳台上又有了新盆栽，把鼻子靠过去，“你的回忆可真多，已种了多少盆？”

“一百多了吧，没细数过。”

“这盆头发乱乱的是什么？”

“是日本向日葵，这品种是花瓣有点乱，不规则，跟一般工整的向日葵不一样。已种了两个月，刚开花。我特别喜欢向日葵，她的花语是‘沉默又灼热的爱’。我会把她送到我当过义工的老人中心。”

“我看你也像向日葵，一直沉住气默默地守护你所爱的人。”

“知道吗？他是第一个能令我安心和放胆地表达爱的人，毫无保留，死而后已。那种感觉，就像你可以安心在绝对有私隐空间的家里拉开窗帘裸体四处走一样，不会担心被人看到的自由。

“他是第一个令我感到自小不被重视的生命终于有人尊重和珍惜，每天能跟他联系上的甜蜜是活着的奇迹。

“因为他的存在，我甚至曾经一度感激我那不堪的妈妈将错就错把我生下来，有机会享受被爱的幸福。

“因为能遇上他，和他真心相爱，我觉得上天给了我最奢侈的礼物。”

“可是，笨蛋，他明知不应该伤害你却就是伤害了，你还像向日葵一样朝向他。他有朝向你，忏悔过吗？”

“和他一起六年后，才发现原来是一场骗局，该死的应该是我，是我选择相信了他。但也不只是一场骗局，他有忏悔过，跟我说都是他的错，我是无辜的，然后跟我说蝎子过河的寓言，像我处理过的几个个案的男主角一样。怎么说呢，好像每个男人都曾自诩为那只蝎子，为所谓的本性找个浪漫的借口。”麻木苦笑。

猫猫打了一个呵欠：“都说男人是最懂得找借口的动物。男人太无能啦！不过公平一点说，应该是男人在女人面前太无能啦，正如女人在男人面前都太低能一样的道理。”

“那男人跟女人在一起怎能幸福？”

“幸福，是男女走在一起后才发现要自己缔造自己给，然后便幸福了。所以，男和女还是要走在一起才有幸福的啊！”

“太了不起的悖论！”麻木没好气地笑了一下。

“好吧，逗你笑笑而已。话说回来，蝎子还是蝎子，那个寓言最有趣的角色应该是青蛙。如果青蛙侥幸不死，以后遇上同一只或另一只蝎子，听到相同的请求、一样的真心、同样的承诺时，那青蛙还是会背蝎子过河吗？”

麻木定了神，认真地想她的答案。

“我想，会吧，这也是青蛙的本性。像你说的，笨蛋！”

猫猫摇了摇头，伸了一个懒腰。

“这里有另一个版本。有一天，禅师看见一只蝎子掉进水里，决心救它。谁知一碰，蝎子刺了他的手指。禅师并没有退缩，再次出手，再被蝎子狠狠刺一次。旁人说：它老是刺人，何必要救它？禅师回答：刺人是蝎子的天性，而善良是我的天性，我岂能因为它的天性而放弃我的天性？我们的错误都在于因为外界过多地改变了自己。”

“但是，禅师最终可能会死。”麻木说。

“可能更早死的是蝎子呢，都溺水了，谁知道！死不死不是这个寓言的重点，反正是善也好是恶也好，最终谁都会死。”猫猫说。

“也是。”麻木好像明白了一点道理。这只猫猫的存在实在太超现实，“不过事实上，在这个黑白颠倒的世界里，最终相信有问题的是禅师而不是蝎子的人会较多。”

“既然如此，那你为什么还不放弃他，还在守候这只软弱的蝎子？是不是你也在欺骗自己，害怕失去后的孤独？”猫猫问。

“假如纯粹是因为还爱着他的话，再爱他我也会放弃。我很清楚**只有感情是不够的，更重要的是彼此的成长，才能把感情升华到爱**。因为他真心忏悔了，努力地弥补所犯的错，即使已超越了他的能力，时刻挑战自己的软弱和欲望，在溺水、人魔交煎的痛苦下，再艰难还是没有放弃，这是一种勇敢的修行。也许他的痛不比我的少。选择继续做小人会容易太多，可他是个勇者，值得我去守护。”

“韩丽珠说过：‘缘分就是互相亏欠，即使偶遇也必须偿还，只要仍有欠债就无法孤单。’她写尽了相遇的本质。**不管失去还是拥有，存在的本质原是孤独，但不会真正孤单，一切缘分好像都是必然的安排。**”

“人类就是笨，想得太多，你才是自己的债主！对，韩丽珠是谁？”

“文字和样子也像猫的作家，会读到人心痛然后融化，是你的同类。”

“真的？”

“嗯！”

“有她的联络方式吗？”

“别闹了！”

“小气！**缘分是虚的，不过是来提醒你自己的问题还没处理好**。喂，你是不是忘了要找回自己的红印？就是笨！”猫猫摇了摇尾巴，眯起了眼睛。

不是猫猫提起，麻木也真的几乎忘了唯独看不穿自己的红印这奇事。

“你怎么会知道关于红印的事？”

“你怎么觉得我不会知道？”

这怪猫儿真不容易应付。说得也是，上天要她经历那么多伤痛，到底要她看穿什么呢？

“记得我曾说过你是那个开门的人吗？”猫猫说，“你是门神，就做好门神的角色，你能点出人的痛处，就是给他们开门的钥匙。你经历过多重灾难的伤痛，现在应该明白**最深的痛不过是来唤醒你未释放、未解开的心结。那就是你的红印**。痛为你打开了门，是时候走进去看一眼啦！”

“门在哪呢？”麻木还是疑惑。

“你真笨得出奇。那个机场怪气女人不是已暗示过就在你的胎记那里了吗？你去冰岛是干吗的呀！人类真是善忘的怪物！” 猫猫没好气地摇摇头，索性走开，到厨房找东西吃。麻木在稍为理解猫猫的话后回神时，猫猫已像没出现过一样消失得无影无踪。

有一刻，麻木觉得猫猫原是那个叫高树梵的神秘机场女人的化身。

夜深了，麻木看到手机上的时间，忽然无意识地计算冰岛的时差，现在那边该是黄昏前，是等待夕阳的静美时刻。想起那个不思议的理发师、厨师、茶师、花艺师、魔术师，教晓她茶事的古树，能让她放松、重燃初心的男人。想起那许多个和Te茶话的晚上，冰岛的一切，那些温暖的回忆。她，想冰岛了。

事实上，她也不能再待在这所充满回忆的房子里，房子已转卖成功，一星期后必须交出。回忆的自疗得到此为止。猫猫说得对，是时候走进那道门，看清自己的心结。

麻木把一百多盆植物送走后，心里踏实了，决定回冰岛，继续她未完的旅程。她没有忘记出走冰岛的初衷。

11 黑与光和生与死的启示

Te始终没有开口问麻木回去五个月发生过什么，是否已处理好要处理的，是否已结束了一切才回到冰岛。

他也始终没有表白希望照顾麻木的心意。

从黑洞回到雷克雅未克后，麻木被黑洞的力量深深牵引着。回去五个月的沉重回忆自疗对她很重要，不是因为已疗愈了创伤。不，麻木深深知道，创伤是不能被所谓完全治愈的，医学研究早已确定创伤的记忆会长期甚至一生埋在记忆体里，**所谓治疗创伤，不过是学习待它复现时懂得应对，远离它**。当你能正视和勇敢地确定它的存在，就可以减轻下次伤心袭击时的病情。这是情绪治疗的真相，只是很多人都误会了，错误追求一劳永逸不复发。

麻木是不会被负面情绪搞乱澄明心镜的治疗师。她回去的目的，是为善待创伤，为它铺好垫子。重返冰岛，是希望进一步打开受伤之谜，为解开心结凿开一条进击的新隧道。而黑洞，是Te给她带来的意外收获。没想过，黑的疗愈力量那么强大。那夜在黑洞里，她除了看见不同层次的内容和看到Te的方位外，其实她还看到一点飞快闪逝的神秘红光，就在自己的身体上。可在她想确定红光的位置时，它已消失了。

可能正是她一直在追寻的伤痛红印，可能不是。她想再去那儿确定，可惜天气一直不好，快入冬的十月常常刮大风，还有过一天早来的雨雪。游客渐少，很多景点都开始逐渐封路，硬闯会有危险。

“今年的冬天好像来得比去年早。”Te想着，望向窗外的飘雪。他在烧水，准备泡茶。他正等待天气转好，想带麻木到另一个地方，希望在她再度回去前，能带她多去一次探秘。他总觉得，好像什么也没能为她做，至少也应带她去一些他有深刻感觉的地方，让她带着美好的回忆回去。

从黑洞回来后，恢复短发的麻木留在家里整整一星期，她要把回去五个月的点滴写成治疗笔记，这是她的治疗习惯。在冷静的地方做冷静的事情最适合不过。Te偶尔会过去替她买食物，说一个女子在陌生地不方便，他有车，有空，能帮上一点忙他很乐意。麻木当然不介意，能见到温暖的Te心里便柔柔暖。Te通常放下东西便识趣地离开，不想多打扰，交换一个纯粹的微笑便够了。

回冰岛的第十天。

麻木写好了笔记，正好天气转晴，有点重见天日的感觉，像今天的自己。兴起，特地跑到购物街的酒专卖店Vínbúðin买了两瓶Brennivin，大家叫“黑死酒”的冰岛特色烈酒。在冰的地方喝，效果就是火。她要把这团火带到Te的茶房。

“怎么啦，居然是黑死酒！我不知道你能喝烈酒，豪杰啊！”

“你能吗？”

“我可没告诉过你，我是被酒和茶浸大的。”Te郑重地说，扬眉地笑。

“我们用茶杯喝酒。”麻木走到茶席前，挑了两个小黑茶杯。

一起喝酒，是第二次。

麻木喝了第三杯后开始双颊赤热，滔滔不绝，大概已进入酒醉的前奏。

“知道喝茶和喝酒的分别吗？”麻木说，“假如只是用来喝的话，两者都可以喝到心跳，也可以是极端的反应，譬如茶能喝到平静，酒能喝到乱性。但是，假如是用来陪伴的话，酒是燃烧激情，或者借来糊涂和逃避自己；茶是面对自己，要么先苦后甜，要么先甜后苦，看你选了什么茶，如何泡，心情好不好。饮尽甘苦，人便踏实了。”

Te看着样子开始变得傻傻的麻木，笑了。

“对于我，**喝茶和喝酒结果都差不多，知道限度便能保持清醒，细品每一口的故事，管它是苦是甜，是温和还是刚烈，和它探戈就好。你要逃，还是修，喝第一口前已决定了，头脑再怎么被酒精或咖啡因影响，心也糊涂不了，你都心知肚明。喝茶和喝酒都是**honesty，**和诚实相处**。”Te一贯地慢慢说。

“你呀，总是像一面镜子，不当治疗师太浪费！”

“好吧，只当你的私人治疗师如何？你今天带酒来，是想燃烧还是糊涂？我猜一下，该是燃烧。你今天像一团火，对自己温柔的火。”Te给了一个柔情的笑，“知道吗？黑死酒Brennivin直译就是

‘火烧的酒’，由马铃薯发酵制成，酒精含量37.5%，没有往死里喝的中国白酒猛烈，但足够灼心了。你要的，就是这感觉对吧。”

麻木惊讶于他的敏锐观察力。她很清楚现在最需要的，就是一团火，火祭过去的一切，但这火不是毁灭，而是温柔的重生。

“是的，就是这一下子灼心的感觉，把冰封的心稍为灼热一下就好，给自己一点阳性的力量。过去几百天，阴气太重，好累。”

“最能和黑配合的颜色，是红。”Te说，“一般人，只能在入黑前借夕阳看到火红，却无法在入黑后看到红。**懂得看黑的话，你能看到阴柔内的火红。**”

好神秘的说法。麻木突然想起在黑洞内闪过即逝的红光，勾起了她对黑暗更大的好奇。

Te像能读心似的看穿了她的想法。

“假如你准备好，有兴趣跟我再去一个很黑的地方探秘吗？需要在那边过一两夜。OK？”

哪有不想去的理由！

“I am ready！”

“等天气转好我们便出发。”

两人碰了茶杯，把黑酒干了。

Te早上到麻木的家接过她后，在附近的Bónus超市买了点干粮，出发到车程两个多小时外著名的维克小镇。以防万一，他特意向邻居胖子O借了一辆较能在变幻的天气下安全稳定地行驶的4×4，驶上了国道1号公路。

维克是冰岛最南端的小镇，临近一望无际的北大西洋，在山腰上有一间像乐高玩具的红色屋顶小教堂，成为明信片的标记，全镇只住了约六百人，旅客到来都是为了到附近著名的黑沙滩、瀑布及冰川。

冰岛最令人震撼、敬畏和可能同时抗拒的风情在她全天候、全方位的赤裸，野性的荒凉，自足且自负，时刻提醒你天、地、人、万物存在的孤独，而这份遗世独秀的孤独，美到断气，教人敬畏，只敢远观而不敢触碰。

两个多小时的车程，尽是美到让人断气的孤独风景。

他们中午后便到达维克镇，入住Icelandair Hotel Vik（冰岛维克酒店）。Te真会挑酒店，这是家型格酒店，有免费Wi-Fi，对面就是N1加油站，非常便利。他预订了豪华一点的顶层房间，推门进去眼前一亮，两张雪白的单人床，床边是圆柱形原木灯座，全房落地大玻璃窗，远望是大海，不远处便是黑沙滩。

“太美了！”麻木走到窗前，被眼前的一切迷惑住。

“你回来后看来很疲惫，所以选了一家舒服一点的，不过分！这家是镇上最好的酒店，刚开张没多久，很干净。”

Te怕她尴尬，早在订酒店前细心问过麻木，希望要私隐独自住单间，还是可以接受共住双床间。麻木倒没所谓，也识趣地说：“冰岛什么都超级贵，我们省点钱吧，我没有和男生独处一室过夜的恐惧症。”想起他们曾经在细小的车厢内过夜，早已视他为能一起过夜的朋友。

“谢谢你的安排，Te。”她很久没有过被照顾的感动。

“饿了吧，我们下去吃点东西。”

他们到酒店里的冰山餐厅吃饭。她点了鱼汤和奶油煎鲑鱼，他点了虾沙拉、牛肉汤、烤羊排和芝士蛋糕。麻木笑他开胃得像个庆祝生日的小孩，Te说开了两个多小时车都“脱脂”了，需要补充体力。

麻木喝了一口鱼汤，感到很放松。回到冰岛后，什么都变得梦幻和愉悦。**她已搞不清楚，到底她是曾经“回”过去，还是现在“回”来了，哪个才是她的家**？

Te一边大口大口地吃着他的丰富午餐，一边看着麻木回暖放松的面容。

“知道吗？看到你自在地吃东西的样子，很满足。”

“我之前吃得不自在吗？”麻木记得他们有过不少一起吃饭的时光。

“是的，没有现在的自在。”

“这小镇很梦幻。”

“你也很梦幻。”

麻木有点不懂应对，望向窗外。

“你说要去的很黑的地方就是前面这个黑沙滩？”

“不是这个，在这个山的后面，那里别有洞天。今晚天气好的话，带你去看就是。”

下午Te带麻木走到酒店前不远处的黑沙滩，已近冬天，又是平日，游客少了很多，感觉蛮好的。海面上竖立了三座巨大的玄武海蚀岩Reynisdrangar，传说是冰岛的精灵与他们所坐的三桅船化身而成。冰岛人很可爱，真心相信精灵的存在。

风很大，他们拉上风衣，走在沙滩上。黑沙粒像小碎石般大，Te说是以前火山爆发后冷却的黑曜岩被风化后形成的。麻木很开心，没见过黑色的沙，不时蹲在地上把玩黑沙粒，黑沙粘到面颊上了，回头向Te傻笑，像个忘记长大的小女孩。

Te一直站在她不远处，静静地看着她。他很喜欢看她笑，仿佛她一笑，连台风都会驻足凝视，化成漫天飘飘雪，把世界慢镜似的融掉。

“我们回去吧，瞧你满脸都是黑豆豆，像回到六岁。”Te轻轻拨去粘在麻木面上的黑沙粒，麻木还在笑。时间像跑快了，霎时已黄昏。

风更大了，开始变得更冷，Te怕她被风吹走似的，紧紧地搭着她的肩膀一起走回酒店。

回到餐厅吃晚饭，Te不时在手机上看冰岛官方气象台的实时信息，计划行程。天全黑了，风还大，天难得较清没下雪，决定出发。开车回到国道1号公路，再转215号公路向南，不一会便到达Reynisfjara黑石滩。跟刚才的黑沙滩不一样，这儿没有黑沙，而是满滩大的小的圆滑小黑石，被冰河侵蚀过的地形，形成不少大石块，也有些枯树干，应是很久前被冰河从山上带下来的，不远处是一个大山洞。附近有警告标志叫人注意“鬼祟的波浪”。有点涨潮，不过还能走。这儿很黑，没有人会在晚上来这里，没风景可“看”，而且浪非常大，有一定的危险。

“好黑啊，我看不到路。”麻木第二次走在黑暗的荒野里，还未习惯。

“没事，我能看见。浪很凶，听我的话，千万别像小猫一样松开我的手跑走，好吗？”Te紧紧地拉着麻木的手。

“我不会放开你的手，不会。”这是他们第二次掌心相印地牵手。拥抱是友谊和关怀，牵手却是进一步的亲密。

Te心满意足了，感谢这个黑夜这片海。事实上，平时他找不到跟她拉手、开口叫她不要放开他的理由。

他们靠在岩壁下边走边抚摸岩壁上的岩柱条，麻木以为自己走进了另一个星球，步伐有点浮，因为看不见，巨大的声浪占满了三维空间，她有点失去重心。

“怎么我觉得好像在踏浪呢，脚浮浮的，我们是在外星吗？”

“是的，在冰岛星。你忘了我们刚才是坐穿梭机来的吗？”

“4×4档次的穿梭机？”

“嫌弃啦？好吧，亲爱的，这翻凶浪的岩岸边确实是有点危险的。浪声大，说话要扬声，会费劲和分心的，先小心慢慢走好吗？”

“嗯！”

Te拉着乖巧的麻木放慢脚步向前走，不一会儿熟悉地停下来，把麻木拉近，轻轻地扶她爬到一个稍高的小岩洞去。那个小洞很干燥，虽然浅，但能挡风，待在那里较长时间也不会被冻僵。Te选了一片较平滑的地面让她坐下来，紧紧地搂着她的肩膀，为她保暖。

无量的墨黑，只听到高浪翻起的拍岸声，就像在脚底一样近。在没有光源的岩岸边，冲击的浪花是黑的。

像上次走进黑洞时一样，Te叫麻木别闭上眼睛，要张开眼睛。这次，是观浪声。

“慢慢地，你会看见浪要给你看见的东西。”

海浪拍打到柱状岩石上的声音太震撼，在洞穴里的回响如巨大的雷声，穿透了麻木的全身，平生第一次跟海浪融为一体，感受到海浪的巨大力量，足以把一切的罪业与伤痛一洗而空。

“怎么我觉得，是海借浪在哭。”麻木幽幽地说。

“怎么我觉得，是你借浪想哭。”Te柔柔地说。

在强大的海浪前眼泪太渺小，海在替苍天悲恸时，就用不着你哭了。

极目张看，没有界限，没里没外，到处都被充满着，他们就在所有之中，被声音环抱，在下方，在上方，在四周，在无极。**在全黑的天地里，没有了自己，只有在一起。**

麻木渐渐认出了黑的轮廓，浪声走到哪，哪里便能被看见。麻木放心地把自己交给浪声，在神圣的洗礼中接受惊天动地的疗愈。

“这是‘观音’的力量。”Te说，“记得我刚来冰岛时，一个人来到这里，待到晚上，扎了营，就在这里听海浪声。风浪大到像要随时卷走一切。那时心很伤，但很平静，整个人像被彻头彻尾淘洗过一次一样。我想，是黑和海的洗礼治愈了我……”

话还没有说完，眼前突然出现一丝丝流动的微弱绿光，在地平线浮现。

是极光。

他们都被眼前的幻景震慑住了。

Te本来是带麻木来看黑，却意外地遇见极光。他来冰岛三年，从来没缘遇上极光，因为麻木，他遇见了，激动地把麻木揽进怀里。

麻木被梦幻的一切震撼了，不明白为何闪过跟猫猫提过的韩丽珠的那句话："缘分就是互相亏欠，即使偶遇也必须偿还。只要仍有欠债就无法孤单。"这就是他们的缘分吗？啊，真如猫猫所说，是自己想多了。**极光是当下的，当下就是缘分。**

极光很快便消失，世界又返回极致的黑，如梦幻泡影。

在黑和光的交融与收放下，麻木得到一点领悟。

"我懂了。"麻木的眼睛闪出小极光，"黑暗的存在，是为了看到光明。"

"嗯。黑和光本来就是阴阳同体。"

"Te，谢谢你让我看见黑暗的真面目，我想，现在我没有什么需要害怕了。"

观音，静默，紧靠。大概过了二十分钟，Te注意到麻木的身体瑟缩了一下，是太冷了。在北半球的海边冷风中，两个人的身心靠得再近也难以保暖。

"该回去了。"

"嗯。"

当他们正要起身时，麻木看到她那冰岛胎记处浮现了一块小红印，不会有错，的确是红印。红印处还有一个影像，她看得很清楚，有个小胎儿瑟缩在自己的肚子里，那个胎儿正是她自己。是太大的惊喜，终于能看到自己的红印，向了解自己的伤痛根源靠近了一大步。

Te说过："一般人只能在入黑前借夕阳看到火红，却无法在入黑后看到红。懂得看黑的话，你能看到阴柔蕴含的火红。"他真是个不可思议的先知。

想起高树梵最后那句话：“回到呼唤你的地方去，寻找痛根，便能解脱和重生，你懂的。”她指的正是胎记的位置，红印出现的地方。

第二天趁天气还算好，Te大清早便起床到外边跑步。麻木靠着大窗在小沙发上看海，在平板电脑上写日记。

他们约好中午前在酒店餐厅一起吃早午餐。Te说今天不看黑，去看残，白天去。

从维克镇出发往西行几公里后，Te在公路边停了车，他说翻过围栏要走一段路过去。

今天他不敢拉她的手，两人手插风衣的口袋，迎风走了大约半小时。早上下过雨，灰黑的天空画出半弯大彩虹，好美。彩虹的一端，是片场一样的奇幻装置：一架不折不扣的飞机残骸。

太梦幻的奇观。残骸只剩下昂起头的机头和半截机身，机尾不见了。泛白的金属机身在灰黑的天地下，彩虹的尽头，幽幽地躺在荒凉的孤土上，凄美无比。

他们走进残骸机身里，空洞的窗格，空洞的机头，好像没有乘客座位的痕迹。

“这是在一九七三年时坠落的美国海军DC3型运输机，不是客机。待在这荒凉之地超过四十年了，比你和我都年长。”Te说。

“好悲伤的感觉啊。”麻木摸着窗框说。

“是啊，不过很多爱侣却看上这苍凉，特地前来拍婚纱照。那年我第一次来，这儿还没封路，可直接开车前来。我遇上穿着性感婚纱的新娘，在严寒雪地里爬上引擎拍照，旁边的新郎冷到木无表情，好辛苦的样子。那时我带着情伤的负面心情，觉得好像在预告他们的婚姻将会变成残骸一样悲凉。现在嘛，倒觉得他们很勇敢，一早看穿婚姻的神圣可能正是在残破中看到美，能美到如斯神级的壮丽，戴上至死不渝的光环。

“爱这回事，你怎样想，它便成为怎样。像这残骸，本来是悲剧，却变成不朽的壮美。**曾经的悲伤都有它本质上的美，能看破便能开花。**”

“你在安慰我。”麻木识穿了。

“我在安慰我自己。”Te给她一个台阶和一个温柔的微笑，“你看，我后来不是在店里栽了很多花吗？那片花海是为过去的伤而盖的，我不要让伤痛蚕食爱，只愿看到种子能开花，放下凋零花落事，这是我回应伤痛的方式，因为，我真的很爱花。”

原来花海背后是这番心思。麻木想起她为每段伤痛的回忆播种的事。他们不约而同都在做着把伤痛转化成爱的温柔事。

一片荒地，一弯彩虹，一望无际的灰黑，一架飞机的残骸。多么孤清，多么撩人，多么绝的美。麻木看到生与死、存在与孤独的全景。

不知不觉在那里待了两小时。Te问麻木想不想回到昨晚的黑石滩看她白天的面貌，她摇了摇头。

“我想保留全黑观音的回忆。那是无法用肉眼，或在任何明信片及网站信息上能看到的绝景。我有点固执，也有点浪漫，只留住昨夜的风景就够了。”

“你真是我见过最特别的旅（女）人。”

听懂Te的潜台词，麻木笑了，说：“我突然好想喝茶。”

“没问题。”

回到酒店房间，正好是下午茶时间。Te从背包里拿了一个小黑泥茶壶、两只小黑泥茶杯、一个黑色的迷你铁茶罐出来。他已习惯到哪里也随身带备旅行用的简便茶具和茶叶。这是茶人的行装。

两人漫逸地坐在小沙发上看海， 这家酒店的落地大窗设计太棒了，把天和海的奢侈收进屋内。

“海真的很疗愈。我一直希望能建一间像这儿一样，大窗前就是一片海的疗愈室。”麻木定定地看着远远的大海。

Te温润茶壶和杯，说：“小时候靠近南方家乡的海，感觉舒服和自在。来到冰岛，看她拥有北极圈旁的冰冷，却被南北两股暖流拥着，冷暖自知的自负海洋，感觉却是震撼和无限。我第一次体会到，冷静能潜藏巨大的热流，深深地牵动我的灵魂。是她的这份灵性修养了我，也治愈了我。有天我要离开这孤岛的话，相信最舍不得的，应该是这片海。

“水跟心胸很有关系。假如你只是一条小河或小溪，可能会较小气，当然它们有它们的安静，声音也很好听。假如你是湖，可能容易忧郁，因为它不动，虽然很安静。你看有湖的地方如瑞士风景都很美，很多人喜欢到那里退休，可那里自杀率也相对高。”

“海是最好的治疗师，像注水沏茶一样，能量阴阳共融。人在海前能减压、放松、洗涤、清理、豁然、达观，把过去现在，身心内外清洁干净。”麻木说。

“海本来就是水，一点一滴落入海里后，水点还在吗？在。但是在哪？已无法分辨了，水点已跟海合一，没有哪个比哪个重要了。**这是海教晓我的道理：再自私和自我的人跳进海里，也会马上知道你什么都不是，你原来很渺小，但是你和海是一体的。如果我们抱有这样的心胸，便不会那么执着自己是什么，别人应该怎样对待自己了。如果能像海一样，便没有你、没有我，只有我们一起，不管发生什么事情也会在一起，不会觉得自己有什么了不起，我们不过是海里的一滴水，但没有这滴水，也没有这片海。海让我看清自己的渺小，同时也是宇宙的一部分。**

“知道吗，明白了这个道理后，我的人生便改变了。冰岛的海是我的恩师。也因为这样，我很想带你来，跟你分享它的疗愈能量。”

麻木在静静细嚼Te的话，想起昨夜的黑浪观音情景，一直在心头久久萦绕。

烧水壶正咕噜咕噜地冒汽沸腾，Te提壶定空，没有马上冲泡，静听滚水声音，待水静了，才注水入茶壶。定、慢、稳、柔，神情比注壶的水更专注。这是麻木最喜欢看Te泡茶的一幕，他泡茶时，周遭一切都会安定下来，时间凝住，一片空静，别有天地。

“我喜欢看你泡茶。”麻木说。

Te微笑不语，替她斟了第一泡茶。麻木很好奇Te要泡什么茶给她喝。小黑杯端到她面前，她看到杯内的白瓷清晰地映出一潭像月蚀前的满月红（Blood Moon）。原以为是一般红茶的口味，喝一口，啊，居然满口蜜香，口感醇厚 ，还有甘甜的回韵，非常温婉迷人，贴心微暖。

没等麻木回应，Te在背包里掏出一个小黑布袋，柔柔地说：“这个，送给你。”

“是什么？”麻木接过布袋，有点惊愕。

“你打开来看看啊。”

袋有点重，有声音。麻木拉开绳索，倒出三块大小不一的小黑石头。她本能地把其中最大的握在掌心，闭眼感受它的能量。天呀，是稳重感，心马上安下来，不时心悸的她感到满满的安全感。

“天呀，只是一块小石头，居然有如斯强大的能量，给了我重心，太神奇了。”

“这是在昨晚的石滩上捡的，它们记载了昨晚的浪声和极光，当然是美极的能量。你昨夜说黑暗的存在是为了看到光明。希望小黑石能给你光明和力量。”

麻木逐一抚摸三块光滑的小黑石，石头互碰发出小声音，像在私语，是非常可爱的小精灵。没想到Te那么贴心，给了她这么美好的礼物。

“在人类没有存在前，石头已经存在了，地球有多久它便存在多久。石头看过的肯定比我们多，它经历风雨的能力肯定比我们强，我们要向它学习，还要学懂看到石头的温柔。冰岛这些小黑石都很温柔。知道吗？一般的石头都很硬，形状不规则，但是海边的石头却很光滑，圆圆的，为什么？因为它每天都被水爱抚着，再尖锐，再自傲，水也能把它揉得纯滑和温柔。

“你想想，连那么坚硬的石头也能被水柔化，这是水阴阳结合的力量。**你能看得懂海边的石头，你便明白什么才是真正的温柔。**是这里的海，这里的石头，这里的孤独，让我变成今天你眼前的这个我。”

“Te，你是个奇迹，谢谢你给我的一切。”麻木感动了，泛起泪光。

Te再为她斟新茶。这茶泡了多遍，还是满月红，味道依然动人。

“知道这茶的名字吗？”

麻木摇摇头。

“‘夕颜’，夕阳的颜色，也是花的名字。在日本著名古典小说《源氏物语》里，有种开在一般人家墙外的小白花，名字叫‘夕颜花’，它在黄昏盛开，第二朝便凋谢，淡淡的凄美。小说里有位像这小白花般超凡脱俗的女子，可惜薄命，最终香消玉殒，是凄美的极致。夕颜的花语是：易碎易逝的美好，暮光中永不散去的容颜，生命中永不丢失的温暖。”

“记得几个月前我们一起看过的夕阳吗？为了纪念那天，我为这茶取名‘夕颜’，名字倒没有凄美的意思，反而是她的色泽和后韵像夕阳的红晕。你看，茶在杯里外圈淡红，内里深红，红晕在杯底害羞而发亮，是人约黄昏的夕阳微暖感。”

没想过他会为纪念一起看过的夕阳为茶取名。麻木的脸悄悄泛起夕颜红。

“我觉得它也像满月红，是百年一遇的奇景。喝后感到很温暖，很温柔，像被爱的幸福。”麻木说。

“被爱感，正是我最初品尝这茶时的感觉。它来自台湾杉林溪，属乌龙红茶，经过小绿叶蝉的叮咬自然发酵，性温，黄昏或晚间喝也不会虚寒。”

说时，窗外开始色变，一线斜阳静渗入屋，刚好投在茶汤上，映出炫目的柔光。

“听说，南极的极光是红色的，我的极光是昨夜的微绿色，和现在的夕颜红。”麻木说。

红与黑是这次回来后Te给麻木的疗愈色谱。

麻木的心满载着震撼的激荡，这一切像神赐的力量，把返回冰岛前五个月的疗伤回忆搁下，也放下了之前六百天的痛苦煎熬。紧握手里的能量小黑石，看着面前淡定修为的Te，她忽然记起一件重要的事情：上次离开前来不及告诉他，想和他合作替病人疗伤的想法。他，便是那个高树梵预言会遇到的“对的人”，能令她的生命、她想做的事情得以圆满的人。

可她没有把握能打动他，因为冰岛改变了他的一生，他的心应该已扎根在这里了。“他会跟我一起回去吗？毕竟，我们萍水相逢。”麻木心里想。

看到麻木走神了，Te为她斟上最后一泡夕颜，“把最后一杯极光饮掉，然后我们吃饭去。”

“啊，果真有点饿呢，你何时变成了我肚子里的虫？”

“你说呢？”Te笑着起来，把茶器拿到浴室清洗，有序地晾放好，像他一样一丝不苟但不执着的男生，应该几近绝种。

饭后，麻木终于鼓起勇气跟Te说了她想合作的想法。

“知道吗？再回冰岛后，两次的黑夜探索很震撼，除了打开我看黑的能力外，没告诉你的是，我在全黑里竟确认了身上的红印，看到自己竟是还在肚子里的胎儿。是你帮我走出这重要的一步。知道痛处的根源，要寻到究竟便不难了。你不知道我是多么地感恩，感谢上天让我遇上你，感谢你带我到全黑里遇上自己。

“遇上你是我一生最奇妙的际会。你的花爱、你的茶疗、你的造型触觉、你的纤细修为、你的海浪能量、海边石头的温柔，都是非常的能量，是我前所未见的优质治疗养分。我是很多人的治疗师，但我也帮不了自己，是你让我重新打开自己。你拥有非凡的疗愈天赋，给了我崭新的治疗方向。我很需要像你这样的力量，假如能结合我的专业和看痛的能力，一起创立疗伤空间，我深深感到，这将会是治疗伤痛的新里程。

“可能你会觉得，治疗是我的职业和抱负，跟你无关。你安于在这个岛上泡泡茶，剪剪发，到海边看黑观音便足矣。这个我能理解。不过，我还是希望把我的想法和愿望告诉你，不管你的想法如何，我都会尊重。”

Te如常地静默，深深看着麻木。这个女子，他早已暗里希望能好好照顾她，没想到她提出和他一起回去创立疗伤空间。他要不要回去，是否舍得这里，都不是他关注的问题，他更关心的，是麻木现在的状况。

“麻木，说真的，你的提议令我有点意外。我可不知道自己原来有你说得那么好。能让你开怀放松是我最想为你做的事，不管那是疗伤，还是单纯地做饭给你吃，泡茶给你喝。看到你欢笑和投入地吃饭会感动，虽然你可能并不相信。

“我不是什么疗愈师，我只是在探索生命，相信能帮助到你是意外。假如你觉得我的能力能配合你的专业的话，我是深感荣幸的，只怕我能力有限。但我相信你的专业和判断，想必你是为你所关心的人着想，并非为一己私欲，也不是为想创一番事业，重获你以前得到的名声。不过，我能问一个问题吗？”

“请问啊。”

“这次你重回冰岛，我很高兴你让我去接机，陪伴你左右，告诉我你的创伤，跟我来看黑。谢谢你信任我。你不用告诉我回去发生过的事，但我很想知道，这次再回来，是否已稳定了创伤的心情？过去发生的不幸是否已告一段落，还有未完的后事吗？你是否已准备好重新开始？还有未了的心结吗？我问这些并不是想干预你的私隐，只想知道你目前的状态是否准备好，抑或需要更长的休息时间，先疗养好自己。我担心的是你。”

“我真的没错看你，你问的都是一个优秀的疗愈师会关心的问题。你很善良，有特别纤细的心。我真的深信我们合拍起来能帮助很多受伤痛苦的人走出来。关于我的创伤，自从知道如山的死讯后，回去花了一百多天独自面对和整理，痛还在，但要画上句号了。我也想坦白告诉你，未了的心结是有的，就是本来我还存有一丝寄望，如山会守诺回来补偿我，我还等他回来。他的死讯夺走了我最后的寄望，我和他这段历史便画上句号了。这伤痛会留在生命里很久很久，不过，我想向前走。在全黑里认出了红印，足以为我未来要走的自疗路开了头。

“我没有当救世主的欲望，想帮人走出伤痛，是因为我深深痛过，明白痛有多苦多孤独，即使是伤害过我的他，我也不希望他受苦。我最深的伤口是被他利用我的善良来欺骗和伤害我。但我有一个不死的信念，就是我有多痛，他也应该跟我一样痛，因为他还有良善的本性，我宁愿相信假如有其他选择，他也会选择别的方式。他只是太笨，但他也一样承受着痛。

“我明白，**继续作恶或努力赎罪的人同样不好过。人到最后，管你是善良还是大恶，只有过得心安理得才能释怀，走时没有遗憾。**

“德兰修女说过：‘人们经常不讲道理，没有逻辑和以自我为中心。不管怎样，你要原谅他们。即使你再友善，别人可能还是会说你自私和动机不良。不管怎样，你还是要友善。即使你诚实和直率，别人可能还是会欺骗你。不管怎样，你还是要诚实和直率。即使把你最好的东西给了这个世界，也许永远都不够。不管怎样，把你最好的东西给这个世界。说到底，这是你和上帝之间的事，而非你和他人之间的事。’说得真好。原谅、友善、诚实、直率，把最好的给这个世界，可能只有圣人或者傻瓜才能做到，但我想，当傻瓜是我的本性。”

“记得我第一次遇见你时替你改造的发型吗？跟你现在这个差不多，清汤挂面的率真，因为我早已知道，单纯是你的本性。”Te说。

“是的，是你还原了我的本来面目。我能这样说吗……我需要你，我一生没遇过能一下子让我看清楚自己那么多的人，而且能一语中的替我看到纠缠三十多年的痛点，不能否认我有私心，希望你能一直陪伴我找回我自己，未来的路上我能预计需要你的帮助和智慧，你就是那个能帮我洗心革面的人。希望这样说没有给你压力。

我不是转弯抹角或造作的人，坦诚是对你最基本的尊重。”

“那好，我们一起回去，为疗伤画出夕颜的极光。”

“真的吗？”麻木不敢相信。“你舍得离开细心经营的理发店，冰岛给你的一切，你都可以放下吗？我们认识不到几个月，不过是萍水相逢……”

“到达冰岛前……”Te坚定地说，“在机场我跟一个资助我来的‘出走基金’主管碰了面，她告诉我会在出走地找到‘对的人’，能令我重新上路，发掘自己想做的事。我一直以为，这个人就是让我买下理发店的台湾老板。在遇到你前一个月，我在黑石滩观浪音时许了一个愿，感谢冰岛的大自然给我的一切，待我能遇上极光后，便可以放下这里的一切回去也没有遗憾了。遇到你后，我才发现，原来你才是那个真正‘对的人’。茶教晓我要活得谦虚，而你让我明白善良能把最好的给这个世界。我在这里建立的一切，冥冥中好像是为你的到来而准备的。昨夜的极光给了我答案，没有什么放不下，回去是为谦虚地分享善良，没有比这更让人愿意走上的人生旅程了。谢谢你麻木，给了我这个机会。”

Te走到麻木面前，温柔地示意握手。麻木太喜出望外，反而激动地给了他一个大大的拥抱。

这夜，他们躺在各自的床上，侧着身子，盖着被子，面对面、心交心地聊天到天亮。

窗外，一轮月亮徐然升上，原来，这晚是满月。

年底前他们一起回去。在机场，麻木忽然记起那天Te提过资助他出走的基金主管的事。

“你说的那个基金主管，是个中年日本女人吗？”

“是啊，可你怎么知道？”Te瞪大眼问。

“我也觉得太凑巧了。来冰岛时，我在机场遇到一个女人，她告诉我她是‘出走基金’的管理人，我跟她用日语交谈，她跟我说了很奇怪的故事，也预言我会在冰岛找到‘对的人’，暗示我的痛处就在胎记那里，而她，是那时我除了自己外看不到红印的人。她的名字叫高树梵。”

“的确是她。没想到，原来我们的缘分早已有渊源。我是申请‘出走基金’来冰岛的，她约我在机场一聚，她是巫婆还是先知吗？总觉得她不像是这世界的人。如果不是因为她的资助，我可能来不了，也做不到我这三年建立的和为你准备的一切。”

麻木开始发现，她的际遇都是冥冥中被安排好的。

12 没有无辜的人

从冰岛回来已半年。

“麻木树”疗愈工作室的运作已上轨道，麻木和Te的合作已日渐成熟，互相建立了默契。他们一星期见客人三至五天，替他们疗伤，选配属于他们的茶，为他们重塑造型，洗心革面。

其间，麻木偶尔到医院探望她以前当义工时治疗过的长期病患者，“顺道”看看近期长卧病床的妈妈。

麻木大学时代已搬离家，偶尔回家探望妈妈，几乎每次都以吵架收场。

妈妈的名字叫原初，据说是外婆取的，纪念初月夜有了她，外公是她的初恋。听说外公很帅，比外婆小五岁，也因为是初恋，所以外婆一直活在害怕失去丈夫的恐惧中，长期极度精神紧张，多疑不安，给了外公很大的压力，最后他跑掉了，外婆含郁而终。

外婆产后患上抑郁症，外公害怕她会抱着女儿跳楼，把女儿送给亲戚带大。妈妈和外婆的关系很疏远，觉得自小被遗弃。

麻木六岁时被妈妈从京都带回来后，便开始叫妈妈初姐，其他人都是这样叫她的，霸气的称呼，之后她再也没有叫过她妈妈。

初姐身体一直不好，自麻木上大学后便患上高血压，近年更有肝硬化，多年来都是由麻木的医学院师姐以心主诊。麻木自冰岛回来后，初姐的情况有点变坏，不时需要住院留医。

“Dolor，初姐的情况并不乐观。她酗酒三十多年，长期脾气暴躁、便秘和失眠，经常不吃药，不复诊，不合作。她的肝功能已大减。我这边能做的已不多，你能治疗一下她的情绪吗？这会帮助很大。”

以心和麻木有十多年交情，也曾是如山的同事，比麻木更早知道如山和阿柔的关系，没有告诉麻木令她一直心存内疚，看着麻木受苦。得悉如山的死讯后，作为好朋友，她只好加倍照顾麻木的母亲。

“她若听我的话，早在十年前我已帮到她了。和她的关系像世仇一样磨人，可毕竟是我妈，不忍看着她受苦。不明白人为何选择活成这个样子。我学医、主修精神科都是因为她，希望救回像她那样不自爱的人。可再好的医生，也无法医好最亲的和自我放弃的人。”麻木慨叹。

“这个，我懂。”以心的爸爸跟麻木的妈妈一样顽固，肝病到最后，救不了，六十岁仙逝。死前一天还在骂她不管用，做医生做个屁。

好像，**每个人到了人生的最后阶段，面貌都会变成早夭的黄昏**。麻木走到初姐的床前，她正在睡觉，眉心紧皱着，放不下的心事都写在面上了，连她自己的影子也想离弃她。三十二年来麻木都没看见她有改变过，固执到底。从小到大，初姐不断跟她说这些仇恨话，随便想想都能记起好几串：

六岁："你再闹着要见爸爸我便不要你，你信不信！"

八岁："你姓原，你没有爸爸。同学问起，你说他死了就是。"

十三岁："他是骗子，他有罪，应该死。"

十九岁："因为有了你他才被迫回来，最后还是走了。你没用，留不住他。"

二十三岁："他欠我们的一世也还不清。你别认他，认他便不要认我。"

三十岁："不是因为有了你我早已自由，犯不着被他一骗再骗。你们两父女欠我的还不够吗？"就在同时期，麻木揭发如山欺骗她，再讽刺不过。

再难听的话她都说过。算了，麻木深深吸了一口气，这是挥掉负面记忆的急救法。她要时刻提醒自己不要坠入初姐的负能量圈套，不要重复她不堪的人生。

关于初姐和爸爸，她所知道和亲眼看见的记忆碎片是这些：

她在京都出生时爸爸和他们一起住，爸爸是日语和尺八老师，初姐是他的学生。初姐怀了麻木后才发现原来爸爸是有妻室的，爸爸知道有了麻木后跟妻子分手。爸爸对初姐很迁就，很委屈，初姐要他当奴隶，说是欠她的。初姐限制爸爸的所有活动，不容他收女学生。他和妻子没离婚，有一个和她一样大的女儿，已搬回北海道老家。初姐不容他们有任何联系，也不容他对麻木太好，怕女儿会黏他、爱他，不喜欢她。爸爸和初姐一直没有结婚，麻木觉得他对两个女人和女儿都不负责任，不过他一直很宠她，从他身上她感到什么是被爱的幸福。表面上她不能和爸爸感情太好，但私下她很爱爸爸，她知道爸爸也很爱她。

六岁那年，听说她那同龄的“妹妹”病死了，爸爸说要去北海道奔丧，初姐不许，威胁要死，和爸爸打起来。爸爸说：“做人别太过分，要还你的都还了，我受够了！”当夜便带行李跑了。初姐一怒之下带麻木离开京都，再也没有回去，死也不想再见他，也不容麻木去找他，要他们脱离父女关系。六岁后，麻木便再也没有接触过爸爸。她埋怨过为何爸爸不主动找她，要是真的爱她，总能找到联络她的方式啊。

麻木埋怨爸妈感情不好还要生下她，结果没有人好好去爱她。也怪爸爸不负责任，不清不楚便和妈妈在一起，伤害所有人。更怪妈妈放不下，一直生活在埋怨和仇恨里，生不如死，让自己和身边人难受。

都不重要了。上一代的恩怨，真的不是她有能力搞清楚和帮助的，她连自己的生命都需要重整。目下她能做的，是尽所能医治初姐，要是她要去了，也希望能减轻她的痛苦，起码是作为一个医生能为她做的事。

还是那句话：**不明白人为何选择活成这个样子**。

麻木坐在初姐床边，细看她的面容，想起今天下午客人离开后，她和Te坐在大窗前，继续泡饮给客人配的茶时的对话。

“知道吗？这半年来，我和你一起接触那么多个案，你每次都让客人看到自己要负的责任，看清楚伴侣的限制、懦弱、无能、自我和难处，叫他们先调校自己的份、自己的错。有一点我很好奇，老是搞不通。”Te说。

“什么？”

“你有超凡的能力看穿客人的痛，他们的问题，好像你都经历过类似的处境。一个治疗伤痛的治疗师，是否必须经历过各种的痛，才能真正明白痛，才有慈悲心去救人免于痛苦？”

“不是这样的。有些痛，不用经历都明白，人都有感通之性，只要你阅历久深，有恻隐心，就能通。不过，经历过多少痛和是否明白痛，或者是否有慈悲心去救人免于苦痛却是两回事，更何况，没有人能救人免于苦痛，因为他自己本身也无法令自己免于苦痛。**疗愈痛的目的不在令人免于苦痛，而是如何能安然地接受与苦痛同行的人生。**”

“这个，我能理解。可我还有一事不明白。**每个客人的伤痛都有他自己要负责的部分，你的痛呢？你的责任又在哪？**”

麻木被问倒了。她其实一直无法想通的，正是同一个问题。

“我能说，其实我真的不清楚吗？我在冰岛看到自己的红印，但还没有看清楚痛根，就是我要负上责任的那部分在哪。这些年，我一直问自己到底我做错了什么，为何善良、原谅、体谅、付出等只会换来更大的伤害。我也想知道，为何说爱我的人狠心做得出欺骗和抛弃，为何我还能一而再地体谅、援助和不离不弃，**为何善良的人都会遇到伤害，人最终都要被抛弃**。初姐和眼前所有的客人，不是受害者便是加害者。他们都有自己的盲点和自私的部分，这是他们要负的责任。那我呢？**能做的、不能做的我都做了，最终还是**

没法改变宿命。我到底错在哪？我很想知道，也许某天你能告诉我，我觉得，你比我更清醒和单纯。”

Te无法回应，同样无助。他轻抚了几下麻木的背，只能这样安慰她。

“谢谢你。”麻木说。

“谢我什么？”

“**一个人能关心另一个人为何要承受看来无辜的伤痛，希望知道原因，怎样说，必然是或近或远地替对方痛过才会萌生的念头，祈求替他减轻苦困**。谢谢你，Te，愿意和我同甘共苦。”

被麻木一针见血看穿了且说出来，Te有点不好意思，忘了这个锐利的治疗师能读心。

“我…… 哪有！”转头专注泡茶，把差点说出口的“你值得”咽下。麻木看着他，若有所思。

他们的关系，没有暧昧，只有微妙，早已达至心照不宣的纤细层次，只差把感情说出口这一步而已。

“我的痛，责任在哪？”麻木重复着下午的疑问，感到很纳闷。她能看穿眼前初姐的责任，但自己的呢?

甩甩头，想不通。

病房门打开，进来一位瘦小的女人。亲切的面容，清明的眼睛。

“你是阿木吧，初姐提起过你。他们都叫我光姑娘，我是常来这家医院探望危疾患者的义工。我和初姐已很熟了，她睡了是吗？”

麻木一眼看到她的红印在右肩和盘骨，肩应该是劳损痛症，盘骨是旧伤员，应该是车祸或堕地的重伤后遗症。她马上让座给她，知道她的盘骨伤不宜站立或走路太久，每步都是痛。

“看来，你也好像看出我伤过盘骨。”光姑娘谢过她便坐下来。

“我是医生。”

“医生是看不出的，你有不一样的眼睛。我来是跟初姐道别的，我要回加拿大，子女都在那边，回来是看我的母亲，送她最后一程，顺便来医院当善终义工，我以前在这家医院当过护士呢。”

“你的盘骨伤还未好，有继续治疗吗？”

“是灾劫，一年前被一个骑摩托车冲下斜坡想自杀的人撞伤，大难不死，都是因果。”

“因果？”

“我替他挡了一劫啊！他撞到我后转了方向，反正就是死不了，住了大半年医院，出院后一拐一拐地来跟我道谢，说没有我他便真的死了，撞倒我那一刻已相当后悔自己做的蠢事。我休养期间想起自己曾经因为偷懒，疏忽照顾一个病人，令他的腿伤恶化，最后差点要割掉。他后来只能一拐一拐地走路。说来像是他来向我讨债一样。这世界没有无辜的人。”

“你……怎么知道是这样？”

“在医院待久了，**看多了生老病死，各种面孔，各色人品，人生便没有真正的秘密**。人为什么会病？不就是几个原因：贪心、懒惰、迷乱、逃避、害怕、软弱、恶毒，每个病房里都是这些病，不是其他。凶恶的人一个念头都可以杀死人，善良的人总是代罪和受苦。这世界啊，没有单独的人，都是互相影响，你替我挡劫，我替你代罪，谁都逃不了彼此。你看地球快毁灭了，谁敢说与自己无关？”

麻木无言以对，似懂非懂。

“初姐脾性太硬，表面像全世界都欠了她，心里却知道她一直亏欠了你和其他人。唉，但愿她能放下仇恨，好好走完这生。她睡了我就不留啦，是时候由你来帮她善后，这都是女儿的责任。我回来也是替母亲善后，这是每个子女都应该做的。”说罢她拍拍麻木的手臂。

“她不听我，我帮不了她。”

“你先整理好自己，就能帮到她。一个人未能稳定，怎能帮助人？”她向麻木道别。

麻木没想到原来初姐觉得亏欠了她。从病人身上，她看得很清楚女人都是口不对心的，推断初姐也一样，也不足为奇。只是，自己不相信她会在光姑娘面前承认而已。

“这世界没有无辜的人。”光姑娘的话一直浮现在麻木的脑海。这就是给她的答案吗？麻木更不安，她要为自己的苦难负上的责任到底是什么？

“人生有很多事情都没有答案，无法多问，别执着善有善报或恶有恶报。事情啊，往往看不到因便有了果。想不通时便喝老茶，老茶会告诉你。”突然闪出Te引述过他爸爸的话，恍然大悟，忽然轻松下来了。也许自己真的像阳台猫猫笑她的那样，想多了。

初姐醒来。

“来了？帮我看看手机，好像坏了，一个星期都打不开。”初姐撑起身来，指向床头的小抽屉。

“吃了药没有？背还痛吗？”

“先帮我看看手机好不好，怎么一来便用医生的口吻！”初姐没好气，如常，正准备发脾气。麻木顺着她，跟她争是不智的。拉开抽屉取出手机检查，应是电池坏了。“我去买新的电池回来吧。不过先吃药，我要看着你吃了药才走。”

初姐和麻木争持了一会，累了，边骂边把药吃掉。麻木弄湿了毛巾替她抹身子，按摩双腿，然后不想听她多唠叨便走了。

踏出医院，麻木舒了一口气。发了短信给Te：

麻木：能喝“惦惦念”吗？

Te：哈，惦念我？

麻木：我需要老茶。

Te：现在？

麻木：啊，都忘了，已很晚，方便吗？

Te：我还在工作室，随时过来。

平日见完客人，她有时会提早离开到医院或老人院做义诊，有时去电台当嘉宾主持，通常Te会留在工作室打理花，整理茶和造型工具，或在他自己的房间里处理私事，有时会跟助理Candy聊聊天，教她准备和清洗茶具的技巧。Candy是个单亲胖妈妈，有两个孩子，她已跟随麻木四年， 麻木曾帮助她走出压抑十多年被丈夫抛弃的伤痛，给她工作支持她独立带大孩子，她视麻木为大恩人。

今天，Candy的父亲病发入院，她提前离开，Te帮忙留守到办公时间结束，接查询的电话和留言等。

Te知道麻木对他们下午的对话难以释怀，他可以做的，大概如他爸爸说的，在想不通时，喝老茶。他很高兴麻木记住了，跟茶也建立了亲密和信任的联系。

麻木来了，告诉他关于光姑娘的故事。

“这世界真的没有无辜的人？坦白说，我无法接受善良的人被伤害，都是他们作过罪业的报应。”

“这个，我也不懂。我不是大师，也没读过多少佛学或哲学。不过我觉得，你相信什么，你便会变成什么。你也认同德兰修女，相信不管人家怎样看待你，你宁愿原谅、友善、诚实、直率，把最好的给这个世界的话，你便会成为那样的人。无辜也好，作过恶也好，现在你的心是黑是白，是善是恶更重要。像这老茶，你先喝一口，看感觉如何。”

麻木喝了一口。口感和韵味都比上次在冰岛喝的“惦惦念”细长和原始，土地和树木的味道坚定且内敛。像跟一位老智者靠着坐，平静地看海。

“这不是‘惦惦念’，它更沉厚和内敛，像直接跟茶树在对话，很安慰的感觉。”麻木闭上眼睛深深感受这茶的本性。

“你很敏锐。这是普洱陈茶，六十年茶龄，比你我都老，树龄可上千年了，是罕有的茶，我爸的收藏。

“它比你大二十多岁，假设你就是这老茶，出生前二十多年作过恶，譬如伤害了爱你的人，今生受的苦是偿还那二十多年前的业，你为此内疚、悲伤、否定自己，或觉得自己活该，没资格难过。把前生作过的恶背负到今天，你的味道会是怎样？苦酸霉味肯定都尽跑出来，是压抑、难过和丧气的味道，不会好喝。但假如你不执着那二十多年或之前千百年的你，谦虚地活好今天的你，你会醇化，成为这杯内敛、安慰的茶，**前尘往事不能动摇你的底蕴。**

“现在你想做个怎样的人，选择怎样对自己对别人，能决定你和过去的牵扯是否能终止。你现在要善良，你这杯茶便是沉厚回甘；你要是放不下过去，这杯茶便生涩霉酸。老茶是你的镜子。

“是不是有点装智者？不，都不是我想出来的，**这些都是茶树告诉我的事。**”

麻木好像明白了，眉心宽了，“Te，你到底是哪年出生的古树？我看你是千年树精了。我要好好记住这老茶，它为我解心结了。它有名字吗？”

“这老茶叫‘放下’。”

麻木再度惊叹Te替茶冠名的功力。可刚放下手里的茶杯，她的手机留言讯号便响起，屏幕上是一段用日文写的、令麻木心脏停止的信息：

小麻木：

打扰了，你可能已忘记我，

我是你的姑姑，

你小时候，我偶尔来你家跟你玩过几次。

因为这几天无法找到你的母亲，

我拜托她在这儿的好友几番努力才找到你的电话。

昨天，

我们在家完成了你爸爸的葬礼，

他临终前托我转交一样东西给你，

抱歉给你这个不好的信息。

收到留言后请回复以便详谈。

祝安好！

姑姑

京都的姑姑？爸爸的葬礼？意味着本来只剩下回忆的爸爸将永远只留下回忆了。一分钟前刚宽松的心一下子又紧闭上。这几年间突如其来的噩耗委实太多了。世事无常，难以置信，连眼泪已悄悄淌下来也不晓得。

13 初姐的秘密

今天医院的气味有点血腥，麻木进来时刚好碰上被送进急救室的几个血淋淋的伤者。看到满身的红印，是刀伤，厮杀的场面。经验告诉她，他们几小时后便没得救了。**生命本来便脆弱，加上暴力和欲望，生命变得更没有尊严，这是人类历史上没有停止过的自制灾难。**

麻木带了新的手机充电池来，也带来不知对初姐而言是好还是坏的消息。

“爸爸去世了，姑姑告诉我的。”麻木单刀直入，她知道在这个硬心肠的女人面前，一切修辞都是徒然。而且她真的猜不透初姐的反应，是如愿以偿还是更不甘心。

初姐的反应是出奇的安静，平时不停地埋怨和说脏话的她，百年一遇地沉默。

麻木陪她沉默，看窗。半小时后，麻木打破静局：“要不要回京都看看？”

麻木没有告诉她爸爸有东西要留给自己，怕她看不开。接到消息那夜，她和Te谈过，Te说愿意陪她去一趟京都。他们已决定下星期出发。

“他怎么连死也不亲自告诉我？”没想过初姐第一句回应是这样。她的声音很低沉，像变成另一个人一样。

麻木听得出，她在绝望地怨恨，怪爸爸没有给她最后的面子。

“麻木，你走吧。”

麻木知道初姐想冷静，基于谨慎，她拜托相熟可靠的护士多关照初姐一下，她明天再来。

她希望能带初姐到京都，回到他们最初的家，一起生活过的家，重新面对过去，整理现在，向爸爸说再见。

第二天晚上，麻木再到医院。

初姐依旧安静地躺着，三十多年来，麻木从没见过不骂人、不埋怨、不开口的初姐，感到不习惯也不安。

“初姐，我想返回京都，看爸爸最后一面。你……想跟我一起去吗？”

初姐静默了足足十分钟，麻木只好说：“不想去也没关系，我去弄湿毛巾替你洁身。”

初姐突然打破沉默：

“你外公跑掉那年，你外婆把我从亲戚家带回家，我变回有妈妈的小孩。她从此每天都跟我说外公的不是，说他不是人，没良心。我很讨厌变回她的女儿，既然一开始便离弃我，我更希望自己是个孤儿，乐得清静。

“你外公长得帅，你外婆最害怕失去他，天就是爱整人，你愈是害怕愈会失去。没想到我也步入你外婆的后尘。大学时的初恋，和他四年，承诺给我婚姻，我连婚纱都设计好了。毕业那年，他一声不响便跑了，说我们性格不合，其实是有了新欢，竟然是我大学的同窗，最好的闺蜜。你还能相信谁?

“为了离开伤心地，我去了日本，那个我们约定度蜜月的地方。心碎地去学日文，老师是你爸，他对我一见钟情。我情伤需要安慰，他打动了我。我很快便迷上他，迷上他的艺术修养，迷上他吹尺八给我听的样子。他变成我的全世界。他知道我刚失恋，对我特别贴心，说以后再不会让别人欺负我。我们避开其他同学，偷情一样私下约会，上课时偶尔的眼神流露被同学识破，他为我调班，我感到幸福。终于遇上一个真心爱我、体贴我的男人。我相信他多于相信我自己。

“热恋一年，我怀了你，噩梦便开始。有一天一个妒忌我的女同学递来一张照片，给我一个可恶的笑容。我一看，心都停了，是他和一个女人的结婚照。传统的日式婚礼服，像电影那样的剧照。我不相信，怀疑是那同学的恶作剧，拿着照片给他看，说他的学生太可恶。可是他居然认了，说对不起，是他的错。我的宿命来了，一下子回到了地狱，痛不欲生，要一尸两命死给他看。他抱着我说爱的是我，对妻子已没有感情，真的对我钟情，他会处理好，马上跟她离婚。

“人是留下来了，心却已碎了。

“你外婆嫁了一个跑掉的男人，我和一个瞒着我的已婚汉怀了孩子。”

说到这里初姐已很累，示意麻木给她喝一口水，再躺下去。

麻木递过水，万万想不到，初姐会跟她说这些。冷血无情的初姐，心是如何粉碎过，麻木还是第一次知悉。像聆听她的病人一样，只是面对的，竟然是她暮霭沉沉的母亲。

“这些往事，都是你大致知道的。可是，有一个真相我没有跟任何人说过，连你爸都不知道。”初姐的表情很痛苦，落寞得像等待腐烂的死猫。

“在我还没有和你爸在一起前，我已知道他是有妻子的。他没说，我没问，因为不想失去他，经不起再次被抛弃的伤痛，我多番设计让他不能自拔地迷上我的机会，我要成为他最后的女人。我要证实我的爱能留住一个男人，不要重复你外婆的命运。我等他承担，他若真的爱我定会处理好。结果，他真的爱我，但他没有处理好。

“你爸爱我，覆水难收，为我抛弃同时怀孕的妻子，留下来陪你长大，一眼也没有见过另一个女儿。是我不容他去见，逼迫他必须和妻子断绝来往，只能有一个家，一个我，一个女儿。我其实害怕他多情，会心软，放不下。剩下的事你都知道，也看到了。你六岁时是我不让他回去看女儿最后一眼的。谁都觉得我是恶人，没有人知道我有多害怕和软弱，曾经有一刻我也不忍心过，内疚过，但我更害怕他离去后便不回来了，我不能失去他，也不能让你失去爸爸，只好狠心令那个女儿没有爸爸，是我令她见不到爸爸便死去的，她和你同龄啊。可他还是不守诺言离去了，惩罚他的最好方法，便是令他同时失去两个女儿。但我没想到，同时也令我和你都失去他。”

初姐由始至终没有正视麻木的眼睛，一直对着床尾的小餐桌喃喃自语。

“知道我为何把你的名字改成‘麻木’吗？”

“小时候你说过，因为爸爸不配当我爸，他的姓氏只能排在你的姓氏后面。”

初姐摇摇头：“我叫他是喊姓氏的。”

麻木知道日本人对关系疏离的人才会直呼姓氏，但初姐却借故天天叫着她（和他），可见初姐对他的感情有多矛盾。

“那你每天喊我其实是在喊他了？”麻木瞪大眼睛。

“又怎样，他还是听不到。”初姐说罢闭上眼，再也不想睁开了。

麻木现在才明白，原来昨天她那句“麻木，你走吧”，是说给爸爸听的。

终于说出收藏多年的秘密，或者该说的都说完了，初姐已太累，气若游丝，很快便睡着了。

两年间，麻木像治疗师一样聆听两个最亲的人剖白自己最痛的过错，跟她自己紧密相关的故事，句句入心，也句句穿心。

原来初姐很清楚自己并不是无辜的受害者，她有要负的责任，有犯过不能原谅的错，她都清楚，收藏着内疚的心二十多年是怎样的滋味，麻木现在明白了，难怪初姐终年要以暴躁来对待自己和她，为的是掩饰自己要负的责任和说谎的错，把责任全推到爸爸身上，演好受害者的角色，自欺欺人。她和爸爸都是说谎者，没有谁是清白的。

这世界没有无辜的人？又是这句打扰心头的话。

这个女人，这些年，这一生，到底是怎样分裂地耗过去的呢？

业一场。

手机留言响起。

Te：初姐可好？别太累，早点休息。晚安。

收到Te晚上的问候总能令麻木暖心，可今晚她却无法睡好。

第三天早上，寂静的初姐行动了。趁大婶收了早餐餐具，护士查过药已吃，医生巡完病房后，她偷溜走了。到便利店买了酒回家。脑很静心很冷也很痛，欲哭却无泪。

她找了一个白信封，封面写上："带这个过去给他，妈妈对不起你。"然后，她从衣柜的上锁抽屉里取出一支银色金属壳记忆棒，把它放入信封里，平静地封了口。

没有多等一刻，没有犹豫，自负的她，把悄悄藏起来的大堆药丸倒进口里，用酒灌服，狠狠地一次把整瓶伏特加干了。烧喉烧心烧肝烧脑的感觉原来真的很要命，这样完结就好。由抵家到干瓶，花掉不足二十分钟，整个过程，冷静得像没有呼吸过一样。她还是她，彻头彻尾的初姐本色。

倒在床上，初姐挤出最后一滴眼泪："你还在逃避我吗？我这就来找你。"

麻木接到初姐失踪的通知时已是下午，心觉不妙，她以前从没试过私自离开医院的。她有点内疚，应该陪着她。赶回初姐家已黄昏，看见初姐躺在床上，翻着白眼，身旁倒卧空酒瓶，手里拿着给麻木的信封。麻木马上召唤救护车，送抵医院时她已去了。以心在，跟麻木说："过量酒精，急性肝衰竭，多重器官衰竭，播散性血管内凝血，全身内外出血，抱歉。也许，既然是她的心愿，让她一路好走吧。"她抱了冷静的麻木一下后去处理死亡文件。

没想到初姐会以这种方式结束自己，比她抢先一步去见爸爸。她还是那么任性，一意孤行，是个冲动、未长大的少女。大概她的世界一直停留在二十二岁。

麻木延迟赴京都，先处理好初姐的身后事。Te一直默默在旁帮她打点一切，给她温柔的支持。

临出发前两天，麻木才打开初姐留给她的信封，倒出一支记忆棒，好奇初姐要给爸爸的是什么。

打开电脑，是数不尽的录音档，录存的时间都在深宵，竟连跨二十多年。她是怎样把旧时代的录音转到这个时代的记忆棒的呢？可以想象她曾为保留这些记录花过多大的心思，反映她有多重视这些录音。麻木抽样打开收听，尽是初姐向麻木爸爸哭诉的音频记录。

○你明知当时我刚失恋，受尽情伤，怎能忍心雪上加霜，欺骗我的感情？

○没想过你有妻子还跟我上床。你粉碎了我的梦，你一定要偿还……

○我只想要一个婚礼，你承诺过，欠我的。我不求婚纸，为何都不能给我？

○我等了你十年，等你主动找我，你却忍心一直不理我，难道要我放下面子，低声下气求你回来吗？负我的是你啊……

○我们的小麻木十八岁了，我还是狠心假装不记得，她今天黑着面。是你欠她的生日祝福，等你回来偿还她……

○骂女儿骂了二十多年，喊她时我是在喊你呀，每天每天，一直一直，你真的听不出来吗……

○今天麻木骂我喝太多酒，我故意告诉她，我往死里喝，要死给你看……

○等你二十多年了，你的良心喂狗了吗？你在哪里？死了吗？死了也得回来还债啊……

○只要你回来，什么都原谅你，真的，只要你回来……

○是我欠你的，还是你欠我的？转眼几十年，折磨催人老，你还在生我气吗？给我一个回音，我便心息……

○我这生把最好的年华和爱都给了你，换来这个结局，我死不瞑目，我死不瞑目……

都是心碎话，有很多档只有哭声，麻木都不忍心听下去了。到底初姐这三十年是怎样耗过去的呢？每天骂人、埋怨，借故喊她的名字，原来是在想念爸爸，就是放不下面子，就是固执。固执害死多少爱？初姐只想要一个婚礼，不求婚纸，只求他回来，可一生都没法如愿。爸爸为何不理她，也不回来呢？他们之间到底是怎样的纠结，到死不往来？

是她太可怜，还是自作业？

档案清单的最后，是一张她和爸爸的合照，拍摄时估计是他们刚相恋的时候，初姐一身漂亮的和服装扮，跟穿便服的帅气爸爸挽臂在保津川畔渡月桥背景前，两人笑得很甜蜜，脸上映着夕阳红。

多少个孤单难耐的深宵，初姐在乍刚乍柔的心上刻下半生的苦恋？一支冰冷的记忆棒，二十载绝望的情书。

似曾相识的碎片，女人的情伤血泪史，大家都一样。

出发去京都前，麻木在她的病人记录匣子里为初姐开了一个新档，精简地总结了她的一生：

> 出生后妈妈抑郁，由亲戚带大，六岁爸爸离家出走，被妈妈领回，十八岁初恋，二十二岁失恋，出走日本自欺爱上已婚日本男，次年怀孕，关系撕裂，二十四岁生女儿，强势、压迫、暴躁、占有。三十岁一拍两散带走女儿，决裂、苦等、积怨二十多年，五十六岁结束生命，惩罚自己回不了头的错，带走无法如愿的遗憾。

麻木现在才明白，初姐含恨而终，不只是因为爸爸没有找她，而是无法接受自己，深知自己也有错，却死不承认，没面目见爸爸，只好用恨来掩饰，其实更恨令两个女孩没了爸爸的自己。

整理初姐的遗物时翻出她的手机，麻木才记起原本要替她更换充电池一事。替换了已充好的新电池，重新上线，留言提示的哔哔声便响起，没想到，竟然是爸爸。

我的初初：

抱歉等不到最后，

梦想过能再见时跟你说这句话，

可我要先走一步了：我爱你，一直一直。

赤心

是爸爸临终前留给初姐的简短遗言，大概是费了最后一口气写成的。初姐一直埋怨他没有找她，等了一辈子，在人生最后几天收到了，却错过了。**有些感情是不能逆转的遗憾，命中注定必须错过，你就得错过。**

14 爸爸的遗言

爸爸的名字是麻木赤心（あさぎ あかしん Asagi Akashin）。“赤心”是古汉文，三国时代已出现，对主上解忠心，对朋友解真心。

麻木一直暗暗喜欢这名字，因为在她的印象里，爸爸是个懂得用真心去爱的人，起码在从她出生到六岁期间，最亲的人是爸爸，最疼她的人也是爸爸，是他一手带大她。爸爸离开后，听多了初姐长期的洗脑式负面恶评，麻木改变了对爸爸的观感，开始埋怨他，觉得爸爸不爱她才抛弃她和初姐，是个不负责任的男人。**你靠近什么人，你便变成什么人。**

麻木和Te抵达京都已是下午四时，从车站徒步不到十分钟，在西本愿寺附近，是麻木小时候的老家，传统的日式两层町家建筑。麻木按门铃，麻木的姑姑碎碎步走出来迎接她。

“啊，长那么高了，认不出来啦，那时候你还是那么小。”姑姑笑着把手放在她屁股的高度，她看起来比初姐更年轻，完全不像七十岁的老婆婆。

对姑姑，麻木感到既熟悉又陌生。她很亲切，领他们进屋，让他们安坐在小厅中的矮桌前，热情地递上红豆糕点和热腾腾的玄米茶。

“这房子你还有印象对吧，你是在这里长大的呢。你爸爸这些年一直在比叡山寺里住，我不时来打扫一下，他的书房我几乎没碰过。抱歉今天我女儿有事情，我需要替她接孙儿放学，已经晚了很多。其他的事情我们找天再细谈好吗？”说罢她递上一把钥匙给麻木，“这儿的门匙留给你，你什么时候离开便通知我，我的家也在附近。真的不好意思。比叡山的法师联络我，说有东西要亲自交给你，这是他的联络方式。”姑姑给她一张小字条，上面有一个电话号码和法师的名字。

“没有没有，是我打扰了你才是，真的不好意思。你先去忙，我们自己待在这就好。过两天再跟你联络。”

“厨房的冰箱里有水果，你们随便不要客气。啊，真的不好意思，那我先离开啊，真的不好意思。”姑姑再三地点头便匆匆离开。没想到是那么匆忙的短聚，算来她应该是麻木在世上唯一的“亲人”了，却没有什么想跟她说的，感觉麻木。也许这是最好的安排，离开日本太久，一下子不太习惯过分客套的日式沟通，但对姑姑的礼遇还是很感恩的。

“过几天去探望她吧。整天舟车劳碌你也累了，你想再喝一点茶吗？”Te体贴地问。其实他也很累，这些日子不停地为麻木奔波，打点一切，当司机，当助理，当厨子，借肩膀，借耳朵。

“我想喝咖啡。”麻木呆呆地说。

“好。”Te到厨房搜了一会儿后出来说，“厨房没有咖啡。我到外边买吧，顺便买一点食物回来，还是你希望外出吃？”

“我想待在家。”麻木无法多想，只觉得突然需要一点咖啡因。

“你什么都不用管，待在这儿，等我回来就是。”Te总是明白麻木当下的需要。

Te拿了门匙，轻轻地拉上门。麻木一个人待在住过六年的老家，走遍每个角落，抚摸每件家具。下层小厅主要是空洞的榻榻米席，一张矮桌、一个杂物柜，柜上放着古老的按键式电话，几乎没有其他东西了。往里面是厨厕，还有木梯子通往上层。麻木踏着咚咚的木梯声，慢慢走到上层，是两个小卧室。麻木记起，小时候她跟爸妈一起睡一室，另一个室是爸爸准备教材的书房，也是他修理尺八的工作间。打开睡房的衣柜，还留着几件应该是初姐和爸爸的便衣，一些应该是她小时候穿过的衣物，或许是三四岁时穿的吧，很小，摸在手里，闭目感受小时候的自己。衣柜旁边还有一个杂物柜，放着家用品和一两件玩具。

走进爸爸的书房，两边墙是放满日文书的书架，屋子外面有个可晾衣的小阳台，可通风。打开竹帘，透入微微的风、微微的光。窗外的树影洒在榻榻米上，马上为死气沉沉的屋子带来一点气息。

她在桌前坐下来，细看书桌上的物件。毛笔、钢笔、一个布娃娃，是她的玩偶吗？几本日语教材书。拉开小抽屉，看见一个精巧的桃木盒。打开看，有一只钻戒，是初姐的吗？下面是一本翻旧了的和纸笔记本。麻木把它抽出来，翻开第一页，竟是夺目的：はらへ（给原）。

はら是“原”，麻木跟初姐的姓，音Hara，是麻木爸爸喊她的方式，小时候常常Hara Hara地轻轻呼唤她。

这是爸爸写给自己的遗言吗？倒是意外的惊喜，姑姑只说过爸爸有东西托寺里的法师交给她，可没说过原来还有留言，也许姑姑都不知道。马上翻开逐页细读。

果真是爸爸多年来写给自己的只言片语，句子很短，都是向女儿透露的心底话，自她出生写到她离去后的十年左右便没有再写下去，大概是因为之后去了比叡山，极少回来。麻木翻到这些片语：

我的小Hara：

喜欢这样叫你，
可爱如你的小胖胖肚子。
告诉你一个秘密，
这可是你妈的姓氏啊，
日后叫着你，就如在叫你妈一样亲切，
你猜她是否听得懂？
要为爸爸保守这秘密啊，
我们打勾勾。

爸爸

我的小Hara：

回到你妈身边是我的决定，不是你妈逼迫我的，是我欠她的。

我决定守在她身边待产，不惜抛下怀孕的妻子，因为我真的很爱你妈。

我带罪，负了发妻。

每个月，你妈会让我到东福寺教授尺八一天，

知道尺八是修行的乐器吗？

我很感谢她，给我借来为自己赎罪的机会。

爸爸

我的小Hara：

今天听到你喊第一声爸爸，

我高兴得差点哭出来。

谢谢你为我带来的一切，

支撑我艰难地过每一天。

爸爸

我的小Hara：

抱歉今天无法阻止你妈骂你，

我知道不是你的错。

希望你长大后能体谅你妈，

她生下你后便抑郁，

天天说要报复，对我凶，

我甘愿承受，是我该受的。

希望你原谅她总是骂你“死麻木，死麻木”，

我知道她语带双关，

又是日文又是中文在骂我。

对不起，求你原谅。

爸爸

我的小Hara：

真开心呢，你喜欢我今天为你吹的尺八本曲《三谷》，

希望你长大后，明白**人生就像高高低低的山谷**，

三回起伏，还是要回到本位。

你将来长大了，有悟性的话，会明白。

爸爸不跟你讲太多，

我本是带罪的人，

没资格教你什么。

爸爸

我的小Hara：

你是我带大的，

你知道我一直很疼你，

今天忍心离开，

我想你知道，

爸爸是迫不得已。

我是罪人，

但我没有停止爱你，

期待很快再回到你身边，

你会等爸爸吗？

爸爸

我的小Hara：

一年了，你和妈妈过得好吗？

我好想你。

你妹妹脑炎救不了，

她出生前，我没有尽过父亲的责任，

她去了，我能做的是去看她第一眼也是最后一眼。

为了补偿给你妈和你的爱，

我无法对另一个女儿付出爱，

你能明白爸爸的痛苦吗？

我无能为力。

我能理解你妈不让我去见她最后一面，

但我过不了自己的良心关，

你能原谅爸爸吗？

我在等待和你们重聚。

爸爸

我的小Hara：

对不起，我的女儿，

我不应该把我和你妈的事传达给你，

你应该快快乐乐地生活，
拥抱世界的美丽。

爸爸

我的小Hara：

我知道你妈在恨我，
我没面目求她原谅我，
没资格提出回来的请求，
我在等待她的原谅。
你们回去已经第七年了，
她还是不肯回我的生日祝贺短信，
只要她不再生气，
回应我一下，
哪怕是一句咒骂，
都是一个希望。
Hara Hara，
她真的那么恨我吗？
真的不能原谅我吗？
你会原谅我吗？

爸爸

我的小Hara：

我知道她禁止你接触我，

我明白我留给你的印象很模糊，
你的成长里没有爸爸，
都是我的错。
明天我会到比叡山修行，
那儿很安静，
有你喜欢的雪，
每年你的生日，
我会在那儿吹你喜欢的《三谷》给你听。
待我清理好自己，
希望有生之年能和你重聚，
但愿你能明白我退隐的选择，
我想活得谦虚一点。

爸爸

……

麻木抱着爸爸的笔记本痛哭，没想到他对初姐和她一片赤心，如他的名字。

Te回来，看见麻木哭成泪人。放下手中的拿铁和食材，赶忙上前安慰。稍为冷静下来后，麻木给他看爸爸的笔记本。

“原来我爸一直爱着初姐，等她的原谅，一直希望能回来跟我们团聚，是初姐误会了他。”

Te看不懂日文，问第一句小Hara是指什么。麻木解释那是初姐的姓氏，也是她的姓氏。

“为何爸爸会叫你的姓氏，而不是名字？”

“日文‘原’的发音跟‘腹’是一样的，他说叫我Hara是指我可爱的小胖肚子，也是我妈的姓氏，叫着我就如在叫我妈一样。”

“他和你妈一样，都是借着叫唤你来怀念对方。叫你Hara，应该也是向你妈释出善意和尊重，感恩她怀胎十月生下你，可惜你妈不领情也听不懂。”

“爱太容易，相处太难，表达更难，其实我们都不懂。”麻木也想起自己的爱。

第三天早上，他们从京都车站出发坐公车到比叡山的延历寺。一个多小时的车程，后半程都是迂回的进山路。到达比叡山前，山顶崖边出现一所梦幻的法式白屋酒店，突然有欧洲的感觉，跟千年修行地的原始山林风貌有点格格不入。麻木在想，到底什么游客会来京都住进这么偏远的法式酒店呢？进寺的人大可以住进寺内拥有琵琶湖景的美丽会馆啊，真是想不通。不一会儿，公车便到达延历寺的入口。

比叡山和延历寺几乎是同义词，它们早已是一体，是日本佛教的发源地，一千两百多年历史的世界文化遗产，由横跨大片山头的东塔、西塔和横川三处修行地组成。

他们的目的地是西塔。入口处是东塔，售票婶婶说可以从东塔走路过去，路程一公里，也可以坐寺内的穿梭车。看过地图后，麻木提议不如徒步过去，想在山林里走走。

离开东塔后游客已大减，因为大多数人都会选择坐穿梭车，所以步道特别宁静。这样更好。两人靠着静静地走，没有说过一句话。沿途是大片参天杉木林，高耸而沉寂。走了差不多一小时，前面便是庄严的净土院，是最早在比叡山修行的传教大师的墓所。再走没多远来到亲鸾圣人修行之地，再往前走便是西塔著名的释迦堂，是山中最古老的佛堂，正面横排着一列共七对古朴的大木门，淡定的壮美，门上淡淡的红漆稍显破落，岁月原是修行的痕迹。

按照法师在电话中的指示，他们要找的地方应该就在附近了。在释迦堂前合十过后往右走，传来阵阵沙沙声，正好有位年轻和尚在扫落叶。麻木上前问路，年轻和尚友善地带路，不远处便是居士林研修道场，法师约好他们见面的地方。年轻和尚带他们进入旁边的事务所，里面另一位和尚让他们稍等一会儿，给他们端上冰凉的冻梅茶。一个小时的盛夏山路程，即使山林有凉风，还是冒了一身汗，这杯冻梅茶来得正合时。

不一会儿，法师笑容可掬地步出，合十欢迎。他看来很年轻，笑时几条眼尾纹加添了傻气。

“是麻木小姐吧，辛苦了。”

麻木向他介绍了Te。

“麻木先生生前每天都在旁边的法华堂念佛修行，很用功。”法师说罢，从口袋里掏出一个雅致的小松木盒。

“这是麻木先生临去医院前，挺着病坚持在堂前的录音，拜托我等你来给你的。我佛慈悲终于把你带来了，相信麻木先生会很安慰。你想现在听的话，可以用那边的电脑和耳机。我在这边屋子里，听完后可以来找我，你们请自便。”客气的法师合十后便回屋子。

“好的，谢谢你，法师。”

麻木打开木盒，典雅的黑色绒垫上安放着一张小小的记忆卡。Te体贴地帮她在电脑上打开，为她戴上耳机。

是爸爸吹奏的两首尺八本曲，第一首她认得，是儿时他常吹给她听的《三谷》。开首几个音符刚奏出，眼泪就掉下来了，和爸爸一起时的情景马上涌现，可惜回忆是褪色的淡黄，记得起的难以抓住，记不起的早已飘瞥难留。第二首是她没听过的曲子，旋律优美，带着点点哀怨，音色呜咽婉转，令人心头震动，曲中有不少观息的空间。

然后，是爸爸的声音：

我的小Hara：

这是你小时候喜欢的《三谷》，
另外一首曲叫《手向》。
手向是合十的意思，
是向人、向生命感恩，
向亡魂致敬的修行本曲，
是爸爸最爱的曲子。
抱歉没送过什么给你，
这是爸爸送给你的礼物，
祝福你拥有健康快乐的人生。
爸爸爱你。

这是爸爸最后留给她、二十多年没再听过的声音，有点沙哑，却亲切无比。

他真的离开了。

这两天第一次体会到爸爸的痛。他愚笨地以为一心调好了自己，便能补偿她和妈，却没有机会了。在比叡山修行一直没有正式出家，就是为等待和她们重逢的机会，偿还应还的债。

他以为只要初姐主动找他才表示愿意原谅他。只要得到初姐的原谅，他才能给初姐幸福。他一直准备回来和她们一起生活，只是觉得没资格要求或恳求，只好听上天的安排。他和初姐一样笨，明明想见对方，希望在一起，彼此却浪费了一生来等待对方先开口。

把爱拖垮了，把生命浪费掉的原来不是恨，而是把自己活埋于自闭中的空等待。

还有比这更愚笨和遗憾的爱吗？

麻木抹了眼泪，Te抚了几下她的背。麻木叩门找法师。

法师出来，示意助理泡茶，然后返回屋子取出一个修长的黑布袋。

“这是麻木先生留给你的。”麻木脱下黑布袋，是一支深褐色的标准尺八，竹子密度高，有点重，竹身上有犹如水墨画的天然竹印纹，应该是支老竹子，会发声的古董。

法师的声线谦虚内敛：“麻木小姐手上这支尺八是麻木先生生前一直使用的，应该有几十年历史了。知道尺八的历史吗？尺八由中国的盛唐东传日本已一千二百多年，和延历寺一样久远。江户时代它是虚无僧修行的法器。麻木先生来这儿专心念佛修行十多年，他选择以尺八修行，最爱吹奏《虚铃》，那是尺八最古老的曲目之一，吹禅的代表作。麻木先生吹尺八时意境禅空，导人冥想内观，淡入空性，能令寺内所有同修马上气凝神往。知道吗？尺八的泛音能直接在身体产生强大的震荡，唤起感动心灵深处的能量，净化身心。曾经有尺八大师说过，要吹好尺八，必须先对自己好。我们这儿几位法师都是麻木先生的尺八学生呢。”

“谢谢你告诉我爸爸的事。真惭愧，作为女儿我对他一无所知，真不孝呢。关于我爸爸，我知道他三十多年来一直为自己的过错赎罪，入寺修行但不忘等待能回来和我妈复合的机会。我妈其实也一样，可是他们都没有行动，一直被动地等，最后大家都错过了。我感到很难过。法师，你能告诉我吹尺八有用吗？修行有用吗？好像最终都无法改变什么。”麻木努力地用早已变得生涩的日语说。

“记得几年前一个很冷的黄昏，刚好初雪，晚课后麻木先生来找我，提出类似你刚才的疑问，说他这生再努力修行，也无法得到原谅，两个女儿一生没有爸爸，一切都无法改变，感到无力和气馁。我跟他说：‘你不是已经改变了吗？**过去的一切改变不了，但人能改变当下。至于希望别人也同步改变便是不智。每个人的悟性和步速都不同，可能你快一点，我慢一点，他甚至倒退。你准备好了，可对方还没动，那便无法同步，强求不来。一切都有因缘。**’”

“就是说，我爸他已走前一步，可我妈还没动过，甚至可能在退步，所以他们的步伐有时差？可这样便一生错过了，都是天意吗？”

“是天意还是人意，得看人的造化，有些事情真的无法勉强，如你所愿。正如每逢新年我们都祈求世界和平，但历史上没有出现过一天是世界和平的，你说这是天意吗？**遗憾和祈愿本来就是一个圆，是延续生命的循环，但愿能跳出这个圆，便能解脱。**

“人一生犯错太多、混乱太多、懒惰太多、浪费太多，却欠缺觉知，匆匆一生便错过了。**苍天对人最大的爱，便是给你修行的机会，生生复世世，给心性较好的人翻身的机会，愿再顽劣的人千世后某天能省悟，而这千千万万世，由宇宙的生生不息去承担和支持。什么是最大的爱？是苍天的恻隐和慈悲，耗尽天命来供养众生，直到走尽天年，宇宙终结为止。**”

“法师，我不确定是否明白和相信你所说的。我爸妈可能真的时缘未到，步伐赶不上这生的期限，大概只能来世再修。我只能理解到这里。不过，我有另一个困扰了很久的疑问，求你指点。这些年，像爸妈一样，我一直承受着在感情关系里的创伤之痛。我明白双方都应该有责任。我不是圣人，可自问问心无愧，对待哪怕是伤害我的人都能体谅，以爱宽恕。可是，为所承受的痛苦，我要负的责任又在哪？我做错过什么吗？有人说，受苦都是之前种了因得的果，我想知道，我的因在哪？错在哪？”

“确实都是因果。不过，当你执着它时，便永远走不出来。假如**当下的心已修到正大光明、纯净慈悲的话，还执着前因干吗，当下才是你的责任。**麻木先生就是答案：即使你准备好了，别人却没有，世态却没有，你就只能继续修行下去。**软弱的人才需要伤害别人，善良的人成为受害对象，为此痛心难过，也是注定要担当的角色，而能担当也是勇气。**听过地藏菩萨发过‘地狱未空，誓不成佛’的大愿吗？他准备好了，众生却没有，你会问他的责任在哪、错在哪吗？这又是什么因和果？观世音菩萨也会伤感流泪，这是自然的情，自然的事。**爱、善良和普度众生都不是目的，也不是手段，是自然而然的事。花开花落，万境如如，不过是众生彼此互动的本相。**

“麻木小姐，我看到你拥有发光的灵魂，和麻木先生同样善良的眼睛与修为。你是此生来报恩的女儿。他以他的方式修补自己，虽然留下了遗憾，但可以由你来完善。你爸妈和你自己的痛苦令你磨炼出特殊的能力，能帮助很多人走出痛苦。你爸妈的一生是借鉴，**放下给你伤痛的一切，那个结便能解开，每一刻都可以重新开始。**”

法师的眼睛穿过麻木的心，散发异常平静的澄蓝光芒。麻木在他那宽豁如希腊蓝天的目光下醍醐灌顶，心结慢慢化解，融进杯中轻烟飘逸的抹茶泡沫里，与墙上的书法横匾“一切有为法，如梦幻泡影”意境合一。

“不好意思，我马上还有法事，抱歉失陪了，欢迎随时再来找我。”法师微微笑着，把他们送到门外，“悄悄告诉你一个秘密，我可没告诉过麻木先生的，我也曾经是爸爸，伤过女儿妈妈的心。女儿还在的话，现在应该和你差不多大了。再见，祝福你们。”法师再次合十道别。

真的没想到。

原来，管他是亲人、爱人还是陌路人，最终彼此都是一样的。

15 解开红印的密码

“山路远，时间也不早了，正好有定期运送物资的小货车要回城里，我跟司机说了，可顺道载你们一程。”刚才泡茶的和尚助理细心地说。

“太好了，真的非常感谢。”麻木说，跟不太懂日语却一直陪伴左右的Te交换了微笑。助理领他们到车路上，目送他们上车离去后才折回去。

“不好意思请教一下，我想到岚山那边走走，可否在最近的火车站放下我们？现在出发的话，到达时是否会天黑？” 麻木向司机哥哥查问。

“哎呀，我正好往那个方向走呢，可以直接送你们过去，毫不碍事。黄昏前肯定能到达，放心。”司机不是出家人，二十多岁的样子，有点像青年时代的木村拓哉。

“谢谢你呢。”她回头跟Te说，“带你去一个地方。”

像木村的年轻司机居然放着五轮真弓的旧歌，他笑说是小时候他妈妈每天唱的歌，妈妈已去世，听着就像她还在一样。今天是他妈妈的忌辰，他当义工到寺里送货兼做了早课。一个多小时后他在嵯峨野放下他们，还亲自下车鞠躬道别，是个很有教养的年轻人。

夕阳将至，时间正好。这是著名的游客区，八月盛夏的京都游客太多，有点窒息。麻木抱着尺八，让Te忍耐一下，他们必须穿过游客群，因为要去的地方没有更安静的路能到达。她带Te沿着保津川的右岸走了十五分钟，到达远离游客点和小卖店的水边。那地方背着远处的渡月桥和夕阳的位置，就是爸和妈的拍照地，他们相爱的原点。

“就是这里了。”麻木站着静默了一会儿后，告诉Te关于那张合照的事，递给他看转存到自己手机上的照片。

“原来你长得像你爸爸。”

“初姐跟你说得一样。”

他们坐在水边的石凳上，夕阳斜照在川上的鸽子和飞鸟身上，光影飘动。不远处有两个小男孩在打水漂，比赛谁扔出的扁石能在水上弹跳最多下。除了他们发出的阵阵笑声外，周边还是安静的。麻木静观这里的一切，感受当年热恋的爸妈在此地留下的温度。入夜前天已转凉，山上飘来的冷风令麻木打了一下冷战，Te脱了外衣披在她肩上。

“你总是忘记多带一件外衣。小时候我妈要是看见我穿不够便会打我。可能因为怕打，从此我学会了添衣。”Te笑着说。

“初姐只爱骂我，不打我，不会关心我穿得够不够。现在才知道原来她一直把我当作爸爸的假象，忘了我还是个小孩。倒是爸爸很疼我，会像你这样替我添衣，把我照顾得很好，却没有教我他离去后我该如何照顾好自己。”麻木说，淡淡愁如扁石漫漾过来的涟漪。

麻木取出尺八，抚摸竹上的节理，多番试吹，不响。

“好难啊！”

“正常的，尺八是世上最简单的乐器之一，竹身五个洞，却也是世上最难的乐器之一，光是能吹出声音，有些人已花上一年或更多的时间。”Te示意他来试试，麻木递过尺八。没想到Te竟能吹出一段宫崎骏的《天空之城》。

“外星人，你到底有什么是不懂的？”麻木的眼睛瞪得不能再大了。

“忘了几个月前我给Angel泡的‘远音’乌龙茶吗？当时我告诉她，是取名自琴古流的尺八本曲《鹿之远音》。那时你没说爸爸会吹尺八，所以我也没多说。你可不知道，我在法国念书时跟一位日籍老师学茶道，她的丈夫是尺八老师，我向他拜师学过几个月，后来因为功课太忙和初恋的事便放弃了。”

“我记得爸爸当年是用这支尺八吹曲子给我听的，谢谢你替爸爸吹响了它，是很好的礼物。其实今天……是我的生日。”

“真的？认识你一年多都不知道你何时生日。对，去年这个时候你离开了冰岛，难怪我不知道，要不必定替你庆祝。”

“谢谢，可我一生最期待得到的是爸爸的生日祝福。六岁后，初姐便没有替我庆祝过生日，她在给爸的录音里说，要等他回来补回这些年欠我的生日，大概只有这样她才能接受我，肯定我的出生和存在吧。可现在已无法实现了。”麻木脸上掠过淡淡的哀伤，“原来不是爸爸抛弃她不爱她，只要初姐开口原谅他，他便会回来。”

“麻木，你要感谢你爸爸，他已给了你最好的生日礼物了。你还不懂吗？”

“我不懂。”麻木愕然。

“你爸爸刚才借法师的口，解开了你对自己为受伤要负责的困惑。另外，他其实已为你的红印之谜解锁了。”

“什么？”麻木更愕然。

“你的名字便是你的根。你出生时爸妈的矛盾、怨恨和心结奠下你痛苦的基石。要解码，首先得回到名字的源头，‘麻木’。然后是你的名字‘原麻木’，可以解读为需要‘原’谅‘麻木’，即你的爸爸。你妈替你取名时，表面是怀着怨恨，潜意识却暗埋了能替你们仨解脱的伏线，就是必须原谅麻木。可惜，她错失了也放弃了。”

“你这说法很好，是的，她原有智慧去化解心结，只是死也放不下。”

“每个人都有走出困局的悟性，只要你能找到开启密码的那把钥匙。你现在已明白，她替你改名字，原来埋藏着更深层的潜意识。表面上，她是要向你爸爸示威，把自己的姓氏压在他的姓氏前，可心底里却是相反的情结，因为放不下他，舍不得他，才会连女儿的名字也刻意用上爱人的姓。她每次叫唤你，哪怕是在骂你，多少次其实是在呼唤已离开的爱人？是爱还是恨，是怀念还是不甘心，大概连她自己也分不清。”

“对，女人的感情心理所潜藏的奥秘，可能远比宇宙的起源更深邃难测。”

“麻木，他们一生彼此的错过是沉痛的佐证，你从中觉悟到什么吗？”

“我的觉悟是，**原谅是最大的爱。成长是充满伤害的历程，我们已没有更多去错过**。我重复了初姐的际遇，爱上跟我爸爸一样的男人。我像她一样难以放下心结，不愿意原谅她和爸爸，不能原谅如山对我的残忍。要解脱，必须走出延绵两代的恶性循环。

“现在才发现原麻木这个名字很好听，十九岁修医科时要背大堆拉丁文学名，索性给自己取了个解作痛苦的拉丁文名字Dolor。同学们每天‘痛苦、痛苦’地叫着我，再自虐不过。如山一直叫我Dol Dol，苦已经够了，还要‘多多’，难怪我们的命运苦上加苦，都是自作孽。”麻木轻吐了一口气，“原麻木这名字，提醒我要代妈妈原谅代表罪源的爸爸，要原谅同样代表罪源的如山。啊，好像突然一切都变得晴朗起来了！”

“法师有句话很有意思……”Te说，“他说你是来报恩的女儿。我相信，你的出生，就是为修补和终止爸妈这场恶化的关系而来的。你的经历，所有的伤痛，都是为达成这目的而铺排的前奏。**最痛的根源正是解脱的出口，确实是有点残忍，但大概这也是修行路上必经的阵痛。体谅和宽恕能化解缘分的诅咒，也能终止因果循环，终止错过。**”

“我想，这是爸爸最终引领我回来出生地的目的，提醒我要走出痛苦和灾难的钥匙便是原谅，难怪我的红印在胎记，在子宫，在原生的地方。Hara Hara，爸爸给我取的小名，我的小腹，密码的本身就是答案，太神奇了。”

“似乎冥冥中一切自有巧妙的安排。”Te点点头。

“Te，怎么我觉得，你像变成麻木医生在为我做个案呢！没想到，能对我的名字和痛根做出深层的整合和剖析的，竟然不是作为心理专家的我或谁，而是一个什么都懂的外星人。你的心比我细。回想这几年的经历，满途疑惑、不安、沮丧和绝望，然后遇上你便有了惊喜，一切好像开始一步一步地得以化解。幕后似乎有位总设计师。”麻木深深地把Te看进骨子里。

“先是安排了高树梵神秘的引力成全了我出走冰岛。”Te说。

“然后她暗示我到冰岛后会找到‘对的人’，锁定红印的秘密。”麻木说。

“然后你遇上我，替你改头换面，带你在全黑里看到红印。”Te说。

“然后我带你回来一起创立‘麻木树’，你陪我来京都，帮我看懂错失彼此的爸妈给我走出伤痛的启示。没有这一切，没有你，相信我还没有辨出解脱伤痛的密码。”麻木说。

Te微笑，没多说什么。夜色正沉，冷了，“回去吧，快冻死了！”

麻木这时才醒觉，Te把他的外衣给了她，他都快冻僵了。

“哎呀，真的不好意思。”

“呵，来京都不到两天便变回日本人了。”然后他用日语学着昨天姑姑点头说话的模样，“真的不好意思，真的不好意思。”

麻木被逗乐了，Te也大笑。

“能看到你笑真好，真好，冻死都值了！你知道这些日子你有多悲伤吗？看到心痛。”Te的声音如水般柔，经历过这些陪伴的日子，他已不再避嫌地表达自己对麻木关爱的感情。

听到他为自己心痛，麻木有点难为情。这个男人对她太好了，好到她不懂得回应，怕辜负了他。

“麻木，生日快乐！”Te给了她一个静静的、深深的抱，麻木静静地、深深地回抱他。这重生的一抱，如破冰如暖流，融合了前世今生几许错失的情缘。

夜深，Te在麻木爸爸的书房休息，用手机给隔壁的麻木传送了一首歌，是创作人杨乐的原创曲《Shana》，写给跟犹太籍妈妈居住在法国、无法跟他一起长大的女儿。Shana是他女儿的名字。

Te：我怎么觉得，是你爸爸借这歌手唱给你听的心声。晚安，亲爱的！

麻木收到他的留言时，正抱着尺八怀念爸爸给她的美好童年回忆。打开传来的视频，披着银白发，穿着白衬衣和牛仔裤的杨乐在舞台上以吉他自弹自唱：

SHANA
ma fille mon amour je t'aime
SHANA 我对不起 把你带到这个世界
虽然这个世界 有很多的美丽
可惜这个世界 还有很多问题

SHANA

我无能为力

解决问题靠你自己

SHANA

你会懂得 世间美丽

在你心里 在我心里

SHANA

ma fille mon amour je t'aime

SHANA 我对不起 把你带到这个世界

未来这个世界 有更多的问题

幸好我们心中 仍有美丽

SHANA 只要学会

宽容善良 智慧坚强

SHANA

只要唱歌 你会美丽

你会快乐 你会懂得

SHANA

mon amour je t'aime

重复的旋律，近乎说唱的风格，喃喃如吟诗。沧桑的声线，深刻的无奈，不能为女儿做什么，只能送上遥远的祝福。无能为力的爸爸对女儿的深情剖白，倾动全场观众的热泪。

“宽容善良，智慧坚强，我早已学会了，爸爸，放心吧。”麻木跟爸爸说，泪已盈满眶。

麻木：谢谢你的心意，晚安。

两天后，姑姑开车带麻木和Te到五条桥东的大谷本庙，是净土真宗本愿寺派的宗祖亲鸾圣人的墓地，也是安放爸爸骨灰的地方。姑姑带了祭祀物品，麻木带了鲜花、尺八和初姐的记忆棒。三人爬上几十级宏大的石梯阶走到正门。寺庙范围很广，面前是佛殿本堂，一六六一年建，一八六七年火灾毁了，一八七〇年重建。旁边是读经所，经过时正好传来里面僧侣的诵经声。右面是安放骨灰坛的多层“无量寿堂纳骨所”，室内像图书馆的排放间格，每排设置大小不同的骨灰柜，每个柜都关上小小的双木门。姑姑带他们到第三层的最后排，打开中段其中一个柜，里面原来是一个小祭坛。坛中间是一块“南无阿弥陀佛”木牌，没有爸爸的照片。姑姑让麻木把带来的鲜花插在坛左下方的小花瓶，她打开右边的电香炉和白色电蜡烛，轻轻敲响小铜磬，合十拜祭。祭坛下方放着爸爸的骨灰坛。拜祭后，麻木把初姐的记忆棒恭敬地放在骨灰坛旁边。

“爸爸，我来了，把初姐也带来了，我们一家三口团聚了。你们好好过，她一直还是爱着你的，像你一直还爱着她一样。”

麻木跟爸爸说再见，平静地把小木门关上。姑姑静静地流泪，出来后带他们参观了亲鸾圣人墓地“明著堂”，再游览正门石梯前的绿荫前庭，长长的参道通往皓月池上著名的円通桥，四十米长六米高，一八五六年建成，两旁都是树木，非常优雅。游人不多，大概都涌到大谷本庙后方著名的清水寺。清静就好。

“难得来一趟，要不要到清水寺逛逛，就在后面。”姑姑问。

“不了，怕人太多。”麻木说。

“也是的。还想到哪里逛逛？我开车载你们去，然后才去接孙儿。”姑姑说。

“姑姑，不用麻烦你了，早点回家休息吧，为准备祭品你已忙了两天。我们坐坐电车，有地图，懂路。”

他们在附近吃了荞麦面和乌冬午间定食，闲聊了一会儿便和姑姑分手。

Te说今天轮到他带路，去一所据说是全京都最幽静的寺院之一。他负责找路线，带麻木坐电车，换乘往苔寺的公车，终点站下车后走不远，便是洛西松尾的“竹之寺地藏院”。建寺六百多年，是一休禅师年少时休养的寺院，坐落在大片竹林里，为京都的文化资产环境保护区。院内郁郁葱葱，几乎没有游人，非常寂静。靠近，已听到竹在风中舞动的静音。

幽幽的竹林小径，参天的杉树，见证岁月的遍地青苔和树根，十六罗汉庭，枯山水庭园。脱了鞋子踏上开扬的木台，只有麻木和Te静静靠着坐，看满地青苔的庭园内乖巧地观息的十六尊罗汉石头。时间凝住了，天与地只剩下风吹过竹叶的柔扬与静谧。

一首俳句的时空。

麻木把风与竹的私密絮语录进手机里。

“如果把竹的声音放进身体里，我会化成风吗？”麻木轻轻问。

Te不语，从背包里掏出尺八，向着麻木吹起几个安静而悠长的单音，把气息擦过竹管发出的嘶嘶声送进她的身体里。原来光是单音也动听。

“你已幻化成风。”Te微笑着。

喜欢Te的幽默，麻木也微笑了。风吹过竹林的声音就是尺八声。抬头一片竹林海，想起比叡山里的千年杉木林。**极目张看，没有自己，只有一起，这是活着的奥秘**。此情此景，突然重现一年多前高树梵的声音：

“回到呼唤你的地方去，寻找痛根，便能解脱和重生，你懂的。”“先处理好自己的痛，到时，你应该有能力看到我的痛在哪里。”

就这么一瞬间，悟了，麻木终于看懂高树梵的痛。没有红印的女子，她的红印不在她身上，而在众生上，她的痛就是所有人的痛。没有自己，只有一起。她像观世音菩萨其中一滴眼泪化身的绿度母，是个慈悲的母亲，帮助身陷痛苦的人除障和圆愿。她又是爱的指引神，告诉你结局是什么由你决定，没有宿命或前生命定这回事。她为Te，为她，为十二年前像她的过分女孩和男生开路。麻木终于明白了，她要修炼更谦卑地和痛苦在一起，直至它消失掉，像高树梵一样。

“爱原是一个悖论：当你爱到心痛受伤时，伤痛竟没有了，却

有更多的爱。”这是德兰修女的话。

每个宗教，每种修行，最后都走在同一条路上。

京都的最后一夜。

他们在一家地道的馆子吃过晚饭，麻木突然说想喝一点酒，Te问她想回家喝还是到居酒屋，她说：“回家，就像我们在冰岛时那样。”

他们在家附近的FamilyMart（全家）小超市买了一小瓶日本烧酎、一小瓶红酒。

“这里没有黑死酒，但有日本烧酎。日本喜欢红白，我们红酒白酒各来一瓶吧。”Te说。

在爸爸故居的小厅里，他们席地在小桌上喝酒。

“记得我们一起喝过有机红酒，也喝过黑死酒，更多是喝茶，都是美好的时光。在法国那段日子我很喜欢喝酒，和一大帮朋友一起喝，常常喝醉。后来只爱一个人喝，到冰岛后便很少喝了，更醉心于喝茶。”Te说。

“喝黑死酒时我好像说过酒能乱性，也能燃烧激情，或者借来迷糊，逃避自己。你说过喝茶和喝酒都是honesty，和诚实相处。”麻木说。

“谢谢你都记得。那你今夜为何想喝酒？”Te问。

“我也不知道，就是突然想喝，想有那种烧心的感觉。”麻木苦笑一下，“可能是想逃避，也可能是想诚实。就当我想喝闷酒吧，有你陪我就好。”

“这样吧，我们各自选一种酒喝，你先选，红还是白？”

“不能两款都喝吗？”

“混酒容易醉是常识啊，小女孩！”

“今夜就想要一点点酒精的感觉，放心我喝不多，何况这两瓶酒小得不能再小了。”

Te摇摇头，只给她喝小杯酒精度较高的烧酎，然后斟了一杯红酒给她。麻木笑他像医生。

“你不是说我变成你的医生了吗？”

“也是的。”

“喝酒和喝茶都能暖身，假如你懂得喝的话。”

他们红白交替地静静喝着酒，果然喝到心头暖暖。麻木的脸开始微微红。

“没想到这几年经历了那么多，很累呢。一年内，失去了最爱的男人，也失去了双亲，心里空空的。回去后，再也没有亲人了。”麻木眼帘低垂，酒入愁肠。

Te放下酒杯，定定地看着麻木，借酒的诚实，决定向她表白。

“麻木，我不做你的医生，你已是最好的医生了，能容我当你的……亲人，照顾你，守护你好吗？”

麻木以为自己在酒醉，一时拿捏不准Te的意思。

“你说要做我的什么？”

Te温柔地握着麻木的手，坚定而深情地说：“这一年多，由结识你，到和你一起创立‘麻木树’，你让我陪伴左右，和你经历最痛的事。我对你的感觉一天比一天浓烈，早在冰岛的时候我便很想以我最大的爱给你幸福，希望你快乐，不再被伤害。你一直照顾别人的痛，你自己的痛却一个人承受。我愿意陪着你。”

Te坦白的眼睛和心声彻底打动了麻木。

“你为什么一直对我那么好？”

“因为你就是我要找的‘对的人’，我已喜欢你很久了……我爱你。”

麻木流泪了，她一直压抑着自己对Te的感觉，也一直期望他们会有恋上的一天，因为面前这个什么都懂的温柔外星人，也正是自己一生在寻找的、高树梵口中“对的人”。她紧紧地握着Te的手，一时不懂得回应，看着他，慢慢在流泪。

过了好几分钟吧，Te有点紧张，也有点失落，可能她并不愿意接受自己。

“没关系，可能是喝了酒的缘故，你当我乱说好了，我明白的。”他逃开麻木的眼睛，低头苦笑喃喃。

没想到麻木突然靠近，一下子吻住了他。两张微微发烫的嘴唇瞬间火热了彼此。一分钟、三分钟，或是更长的时间？**这救赎的一吻，把各自曾经的伤爱，提炼成彼此相爱的拙火。**

“麻木……”Te吻去麻木脸上的泪痕，双手抱住她发烫的脸，轻轻地叫唤这个不得了的名字，不敢相信刚刚发生的事。

“Te，我需要你，我也……爱你。”

“你真的接受我的爱吗？”

“你真的接受我吗？我们都有伤痛的过去，接二连三发生的一切让我没有时间整理自己的感情。这一年多来，我不知不觉地依赖你，需要你，挂念着留在冰岛帮我打理房子的你。回冰岛，也是因为那里有你。”

“真的吗？”Te珍惜地抱着他亲手为她打理的头发。

麻木点点头，害羞地微笑。

“还想喝酒吗？”Te问。

麻木摇摇头。

“我能……看看你的胎记吗？”Te小心地问。

麻木腼腆地点点头。

Te把麻木抱到上层她爸妈曾经睡在一起的房间，轻轻把她放在榻榻米床褥上。

“我很紧张啊。”麻木低声说。

“我也是。”Te在她耳边低声说，然后温柔地拉开她的上衣，轻吻她肚脐上神圣的胎记。

三十二年后，同一个地方，同一睡床上，麻木和Te赤裸地交合彼此清白的身体，疗愈也圆满了当年爸妈的爱情。

第二天离开京都，在列车上、飞机上，Te一直紧握着麻木的手。他发愿要一生一世守护这个女子。

经历过种种恋爱的磨难后，方明白陪伴和懂你才是最真实的爱。

16 回来

处理痛有两种方式，一是哭着努力地追求强大，二是笑着释然地愿意放下。

麻木以前会教人自强不息，现在是温柔休息，宽恕自己执着的愚笨。宽容能打开眉心，释放由心而发的笑颜。

真正的疗愈是看清自己的软弱，真正的强大是停止重复的命运，放开怨恨，重新开花。所以，客人都是带笑离开“麻木树”的。

麻和Te已回来一个星期了，“麻木树”的运作也恢复正常。

今天下午的客人正要离开，Candy为她推门时，有位男士正在门外，Candy吓了一跳。

“是你？白先生？你……”怎么会是他？她反应不过来，马上走进茶吧跟正在和Te聊个案的麻木说。

麻木差点把茶杯打翻，不能相信，但还是冷静地走出接待处。Te正想问是谁时，手机响起，只好先接电话。

是如山，不会有错，他回来了。样子清瘦了不少，老了一点，但精神饱满。白天不会见鬼，那就是说，他活着回来了。

“谢谢你还活着。”麻木涌着泪，上前拥抱他。

Candy看得傻傻的，没想到曾经常出现在旧诊所的老板娘男友居然死而复生。“白先生，你回来就好了。”Candy感动地说。

如山细看麻木的脸，“你过得好吗？”

“怎么你……还是进来再谈吧。”麻木带他进去，Te一眼看出应该是如山，虽然从没看过他的照片。直觉这回事他还是很准的。

麻木有点尴尬，事情发生得太突然，不知应如何是好。正在想应是先向Te介绍如山，还是向如山介绍Te。她有点主客不分，不知所措。

倒是Te识趣，马上自我介绍。

“你好，我是Te。”

“你好，我是白如山。”

十秒钟的寂静。

Te说：“麻木，你们谈吧，我有急事要外出一下，等会见。”

麻木本能地点点头，没有找到适合的话回应。目送Te离开后，如山却是真真实实地站在她面前。她领他进疗愈室，跟Candy说不用等她，叫她下班锁门就是。

Candy泡了如山以前惯喝的Espresso，安静地关好房门。

“我回来了。抱歉应事先通知你才过来，但想给你一个惊喜。”

“这是怎么一回事？Rex说你遇上意外走了。”麻木把眼睛瞪得很大，本来已想不起样子的曾经最爱突然再现眼前，有点被吓到了。没有比这更大的惊讶。说不出别的感觉，就是惊讶。

“上天把我留住了。确实是有过意外，那天真的已上列车，刚传了短信给Rex后不久发现护照不见了，才记起应该是留在月台的座位或咖啡亭上。那是一个紧急的抉择，到山里后再补领应该超级麻烦，但下车去找便肯定会错过那班车，车正在开出。没多想，下车吧。一个多小时后我在候车室等下一班车时，才看到突发报导列车出事了。没想到护照成了护身符，保住了我的命。不知上天为何要留住我这条命，相信列车上远比我值得活着的好人多得是。那一刻很震撼，激动到放声痛哭，旁边的人以为我有亲人在车上，我却说原本在车上的是我。他们都来抱我说Lucky Man, God Bless You(你真是个幸运的人，上帝保佑）。原来错过也是一种福。

“该死的也许是我，再给我一次生存的机会意义重大，再错过的话我真不得好死。那时没多想要不要通知谁，耳边只响起一句话：去奉献自己吧。我想彻底从头再来。那时想，人生总不是你安排的那样，假如我明天真的会死，此刻我能奉献的是什么？我是个医生，我能奉献的就是救人，这本应是我此生的责任。本来我找到一家在瑞士山里的禅修中心，能提供心灵治疗，也可以学习永续农耕（Permaculture），回馈土地。我想起曾跟你说过退休后一起耕种，不只是随便说说，我想认真地回到土地去学习尊重生命，**因为跟你在一起，值得做个更好的人，才不会辜负你**。那个意外提醒了我，与其躲进灵修中心思过，不如做点踏踏实实的事。我伤害过多少人，便要以救回千倍万倍的人来补偿。两天后搜集到资料，我便去了日内瓦的国际无国界医生总部自荐当义工，一年多去过一些灾区，也到过非洲，瞧我晒黑了。”

“没想到有机会再见到你，还是不敢相信是真的。”麻木说，依然遗失了感觉。

“你……过得好吗？”如山再次关怀地问。

“我爸和初姐在上两个月相继去了。我刚从京都回来，拜祭了爸爸。”

“啊！抱歉，原来发生了这些事。难过吗？”问完才发现自己说错话，“不好意思，我都不知应说什么。见到你有点激动。”如山喝了一口咖啡，掩饰自己的失态。

“你回来多久了？”

“刚回来没几天，见过Rex，才知道你曾结束一切去了冰岛，回来开了这家疗愈工作室。麻木树，名字很好听。看来你的变化蛮大的，连发型都变了。记得以前你不喜欢改发型。”

“是的，变化很多，人长大了。”

静默了很久。

“Dol Dol，对不起，这些年给了你太多的伤害，真的对不起。”

“还说这些干吗？对了，你不是要离开三年吗？这么快回来……可以吗？”麻木伤感地说，想到阿柔逼迫他放逐三年的分手条件。

“阿柔，她结婚了，真的没想到，是三个月前的事，Rex留言告诉我，那时我还在叙利亚的战火中，那边是人间地狱。我心里有个挣扎：我该回来……守诺，补偿你，还是留在那边救人。我想，还是先回来看看你，再看情况。于是交待好工作后便回来了。”

“嗯。”

“你见到我……不高兴吗？”

“我只觉得，世事无常。一切发生得太突然，这段日子发生过太多事，我经历了太多太多，还没整理好思绪来。知道你把我的人生变成地狱后，能到地狱去救人很安慰，相信你做对了事。总之，你活着就好，这就好了。”

麻木的反应令如山有点不安，面前这个相爱多年的女人变得陌生，感到她好像不再是他那个亲密的Dol Dol了。

“那，待你不太累又愿意的时候，能把你这段日子的经历跟我分享吗？”

“嗯。对，你现在住在哪？”

“Rex朋友空置的房子，可暂住。不用为我操心这些。看来你今天累了，刚见完客人需要休息吧。我……改天再来看你好吗？”

“我们再通信吧。今天，真的有点累了。”

如山离开前再度抱了她，低声地在她耳边说：“对不起，对不起。好好休息。”

如山离开后，天已渐黑，麻木留在“麻木树”，没有开灯，久久无法牵动一点感觉。如山还活着，而且回来了，说要守诺，补偿她。这不是她一年多前愿意付出一切换来的画面吗？如今他真的回来了，为何自己会变得麻木呢？是因为她已有了Te吗？

她搞不清楚。想起Te原本跟她约好一起吃饭，他外出了，有什么急事呢？到现在还没有音讯。她给他留言。

麻木：Te，在哪？办好急事了吗？

半小时了，他还没有回复。她有点不安，没想过他和如山会有碰面的机会，如山应该不知道他和她的关系，因为连Rex也不知道。Te心里会不好受吗？他到底在哪了？

麻木一个人在黑暗里看海，想着和如山之间的瓜葛，是时候处理这段关系了，可怎么会是在这个时候呢？麻木问自己，是否真的还需要他补偿她？她以为在京都已放下了这段过去，但真的放下了吗？他现在已清理好之前的关系，准备好回来和她过日子，倒是她已不一样了。

命运就是这样，当你苦等时，你要的没有出现；当你已放弃了，你要的才迟来报到。

“我还爱他吗？”麻木勇敢地问自己，却不敢回答。

留言提示响起，是Te。

Te：我还有点事未办完，今晚你自己吃饭好吗？抱抱。

留言提示连续响起，是如山。

如山：很高兴能见到你，愿你休息好，想念你。

麻木突然很想返回冰岛的黑洞去，让全黑告诉她答案。

Te在医院急诊室。

小蒙刚被诊断完，包扎了伤口，躺在床上，意识还清醒。她刚才冲出马路时被车撞伤了手肘和膝盖，伤不重，是大幸。多年没见，她还是她，依然任性，不顾一切。

黄昏前她打电话给Te，说她刚从新加坡回来，想约他见面，说欠他一个道歉。他本想拒绝，但想到还是面对面做一个了结吧。

小蒙约他到她下塌的酒店下午茶。四年多没见，她依旧美丽，是个满身名牌、衣着性感的少妇。主动地抱他，给他法式双颊亲吻。

“阿树，你可好吗？好久不见了。”

“我还好。听说你有了孩子，结婚了是吗？”

“对不起，阿树，多年来我一直心里不安，觉得欠你太多。上次害你为我被车撞到我很内疚，都是我不好。那时因为被你拒绝了太伤心才任性。我刚离婚了，孩子留给他爸爸，我自己回来。他并不适合我，那边的生活也不适合我。这么多年后，我已想清楚了，我的心告诉我，你才是我真正需要的人。”小蒙把声音放得很柔，她拥有很迷人的声线。

“小蒙，说实话吧，孩子不是他的是吧，你一直在欺骗那个男人是吗？”

“不，不是的……可是……你怎么知道？”小蒙混乱了，没想到会被他识破谎言。原来他知道自己那么多事情。

“上次的事我早已放下，只希望你能过得好，不再任性。我不是你真正需要的人。”Te决绝地说。经验告诉他，不能再以过往温柔的方式待她，让她抓住自己心软的弱点，他不能再被她操控自己的人生了。

“阿树，我们多年的感情，难道你都忘了吗？我们曾经彼此深爱过啊！我们在巴黎的日子，过去快乐的时光，我没有一刻忘记过。你说过会守在我身边的，不管我多累，只要我回来，你都会守护着我的，你忘了吗？”小蒙表情可怜，眼泛泪光。

“那时我们年纪还小，都过去了。这么多年了，眼看着你丢一个又捡一个，活在谎言里，自欺欺人，不累吗？”

“不是这样的。我对你是真爱，和其他人一起只是当时的需要。我对你是真心的，难道你感受不到吗？”小蒙抓住了阿树的手。

“我只是你另一个‘当时的需要’。”他轻轻地甩开她的手。

“不是那样的，你误会了我。是不是我让你等累了？我抱歉，让我们重新来过，我发誓不会再和任何人在一起了，除了你我不会再有第二个。你是我唯一的最爱。”

“**选择放弃一段漫长的感情，不是因为累了，而是发现那不是爱**。我早已放下了你，我也有了深爱的人，我会一直守护着她。对你，现在我只有祝福，没有其他。”

小蒙把面前的红酒一口喝干，禁不住啼哭。

“可是我还很爱你呀。我已经第一时间回来跟你道歉了。你还想我怎样？”

“我只是你现在‘需要的人’，但必须结束了，别再活在自欺的世界里，玩弄你身边的人。有一天当你学会了爱，你便不会再这样了。”

“都是我不好，你就不能再给我一次机会吗？”

阿树示意服务员来埋单。小蒙说：“不用了，已挂了我房间的账，你就真的那么急着要离开吗？要不到我房间坐坐，我们再聊聊，叙叙旧好吗？”

看穿她的用意，他摇摇头。

“那我送你出去。”与其说是送他，不如说是争取最后的机会带他去房间。她上前挽住他的手，可被拒绝了。

“我说过我已有爱的人，请不要再这样了。”Te严肃地说。

小蒙感到太没面子了，没想过他这么决绝，她今天为他刻意穿得性感，也低声下气了。怒火涌现，故态复萌，她又冲动了。

“你就真的这么狠！”说罢哭着冲出酒店大门，扑向一辆正靠近的旅游公车。

躺在急诊室内，小蒙开始冷静下来，满脸无望。

“你一点也没变过。别再用幼稚的方式来得到想要的东西了。今次伤势不重是你走运。别再透支自己的运气，不是每个人都有死里逃生的机会，上天不知何时会夺走这生已给你的幸运配额。我已叫了你的妹妹来接你出院，我不会再见你，你也不要再找我了。”

“也许，真是我自作自受。”小蒙苦笑，“你说的，其实我都明白。对，是我任性，一直拒绝长大。这次是我自食其果，再也没有痴心蠢男为我挡灾了。阿树，我们继续做朋友，偶尔见见面，不能吗？”

“何必呢，祝福你。我走了。”阿树给她一个微笑后便离开，留下她以受害者的居心痛哭流泪。**对贪恋、自私和死性不改的人，唯一能帮到他的不是恻隐之心，而是狠心离场，只有在被抛弃无援的真空里，他才可望被迫自我反省。**这是阿树花了十一年才领悟到的正确仁慈。

离开医院已差不多半夜，阿树要做回Te了。他记挂着麻木和突然出现的如山。怎么同一天内他们各自的旧爱都回来了，是上天要给他什么信息吗？无论如何，他有点担心麻木。马上打电话给她。

“你回家了吗？”

“还在工作室。你呢？”

“啊，刚办完事，我过去送你回家好吗？他……如山，离开了吗？”

“他很早便离开了。”麻木有点刻意地强调“很早”，看了手表，“啊，原来这么晚了，明天还要工作，你先回去吧，我叫车回家就行。”

“你可好吗？”Te有点担心。

“亲爱的，我很好，没事，放心。明天再详谈吧。晚安。”

Te不勉强，让麻木独自回家，他知道，她现在需要孤独。

Te的初恋离婚了，如山的前任结婚了，彼此的旧爱同时突然冒出，回来求爱。人生真是一场狡猾的戏。

第二天，Te带了一盆白色的日本朝颜花回“麻木树”，放在茶吧靠窗的小松木架上。白瓣紫心，异常脱俗。他知道麻木会喜欢。

“这是‘朝颜’，也叫牵牛花。记得我们在维克喝过‘夕颜’茶吗？夕颜是黄昏花开，凌晨花谢；朝颜是清晨花开，傍晚花谢。它们就像彼岸花，花落后叶子才出生，花叶永不相见那样。不过，我们可以把夕颜和朝颜靠在一起，朝朝暮暮，花开花落。像太阳和月亮的缘分，轮流散发它们的光芒，还它们一个圆。”

“你总能把一切看来凄惨的东西变得凄美。你可以当文学家。啊，我忘了，你原本是修文学的。”

“待你把我辞掉后，我会考虑写小说。”

“Te，谢谢你的朝颜。”麻木看着他充满早晨阳光的脸说。

“你喜欢就好。”Te得意地说。

“我是说你的脸啊！”麻木说。

“你喜欢就好！”Te更得意地说。

他们今天如常接见个案，大家都专业地只谈工作，替客人洗心革面，让她笑着离开。

Candy下班后，他们静静地靠在窗前看斜照的夕阳。Te在朝颜旁边泡了夕颜，那是纪念他们在冰岛一起看夕阳的美好时光。平静的黄昏，Te先主动告诉麻木昨天小蒙找他的事，麻木有点意外，没想到小蒙像极她处理过的个案里的任性女主角。然后，她也告诉Te如山昨天出现后他们的对话。她坦白告诉Te她的心有点乱，一切发生得太突然，她有想不通的感情，需要净化，不过希望他能放心，她还是冷静的，如山也很冷静。他们需要一点时间整理过去。

“我明白，很不容易呢。”Te点点头。

麻木轻抚Te的发端，Te在她的面上吹了几下。

“吹走你的烦恼！”

“好痒！”麻木笑了。

“会笑就好。”

如山过两三天便向麻木留言问好，不敢多打扰，但也没有怠慢。他感到麻木的心在远离他。

周末，他约了麻木见面，特意约在他们以前经常去的咖啡店A Sip of Piano。麻木点了有机绿茶，他一如以往喝他喜欢的Espresso。

“你不喝咖啡了？”

“我现在喜欢喝茶。”

沉默。

店里正播放舒曼的《幻想曲集》作品十二的第一首小曲《傍晚》，降D大调，浪漫温婉的极致爱情代表作。接着是贝多芬的《悲怆》第二乐章。这家店只放古典钢琴名曲，而且很会选曲，亦是麻木喜欢来的原因。

美好的爱恋回忆，悲怆的结局，麻木苦笑了，把带微苦的绿茶喝干。再点了一壶大吉岭春摘红茶。啜了一口，满溢的果香给了她安慰的力量。

《悲怆》放完，麻木先打破寂局。

“曾经，我有一个未解的心结。我还存有一丝寄望，等待你回来守诺补偿我。你的死讯夺走了我最后的希望，也送走了我的前半生。一切应该完结了，这是你留给我最后也是最好的礼物。假如你没有死，我还可能真的放不下，等你三年、五年、七年。那个很傻的麻木也随着你的离去长埋雪山了。如山，不瞒你，我已开展了一段新感情，我和他经历过很多深刻的成长。”

“是Te吗？”

麻木点了头。

“你很爱他？”

“你想知道关于他的事情吗？他是我的医者，良师益友，对我体贴入微，一切以我为先，长伴我身边，是不可以再好的男人，我很珍惜和他的缘分。一年多的相知相识是几生约定的重逢。大概就是这样。”

“我明白了。你是在间接告诉我，你已不再爱我了。”

“假如你要我问心，对你到底还有没有爱，我不能否认，爱还在，所有和你一起经历过的事情不论好坏我都记得很清楚，像昨天发生的一样清晰。**在你身上受过多少伤害，同时也是我给过你多大的爱。**”

“我明白的，即使我再加倍地爱你，也无法漂白给过你的那段致命的历史。”

“那是被不断地出卖、离弃和续命的历史，朝上天堂晚下地狱的折磨。我好不容易才能从创伤中走出来，是他一步一步带领我，没有他，我可能已彻底崩溃了。在我最痛的时候，在我身边的是他，让我开悟的也是他。你毁灭我，他拯救我。坦白说，那天你突然出现，我想了一晚，理智告诉我应该放弃你。你知道吗？**选择放弃一段漫长的感情，不是因为爱已不在了，而是累了。**”

“是我错过了你，是我错过了你。”如山低首喃语，样子痛苦。

“初姐本来是可以和我爸再续前缘的，只是碍于彼此的性格和时差，最终他们还是错过了彼此。我承认，在要不要错过你的抉择上，我还在交战中，我承认你的回来给了我始料不及的考验。没想过我刚恢复平静的人生又再次出现震荡。”

“你说理智上觉得应该放弃我。但感情上呢？假如是累了，可以先歇息，我明白的，我可以等，像你等我一样。”

“等能截停时间，回到从前吗？”

静默是答案。

“以前无论怎样，我都对你不离不弃，但最后总是离我而去的是你。回来了又离去，离去了又回来，到今天似乎还在延续，没完没了。我在想，再一次投进这个回圈里是不是对自己太不负责任。”

继续静默。

如山叫唤服务生，点了爱尔兰咖啡。不一会儿，服务生在他俩面前纯熟地点火烧热盛着爱尔兰威士忌的酒杯，酒精在暗暗的室内灯光下变身蓝蓝火光，是威士忌哭出来的蓝色眼泪。哭罢，加入浓咖啡和鲜奶油，递到如山跟前。如山的眼底也泛着微微的蓝光。

“以前好像没有告诉过你关于爱尔兰咖啡的故事。有个都柏林机场的酒保爱上了一位经常光顾的漂亮空姐。他偷偷为她调制了一款鸡尾酒，取名爱尔兰咖啡，加入菜单里，希望她能发现。苦等了一年她终于点了，他第一次为她煮爱尔兰咖啡时激动到落泪。为怕被她看到，他偷偷用眼泪在咖啡杯口画了一圈，令第一口咖啡带上思念被压抑许久后所发酵的味道。后来她决定不当空姐了，他最后一次为她煮爱尔兰咖啡时问她：‘要加点眼泪吗？’她听不懂，不知道被暗恋多时，爱尔兰咖啡也是为她发明的，里面有爱的眼泪。”

麻木无语，万般感慨。暗地里幻想如山像Te一样，微笑地为她调自创的咖啡，替咖啡取名字送给她的美丽情景。面前哀伤的他，以往她会为之心痛，如今只有心酸，像她创伤后不再喝咖啡的原因，因为只能喝到酸酸的味道。她心底里知道自己此时此刻真正的需要，虽然情感上她还是困惑的。

肖邦的离别曲柔柔慢慢地奏起，是郎朗二〇〇九年在柏林爱乐乐团中的现场演奏版。

如山继续说："战场是很真实的灾难地，在模糊的血肉和绝望的眼神前面，我才'看见'伤害的真面目和人自制的不幸。因为无知和懦弱，我竟然一手制造了类似的悲剧在我最爱和最爱我的人身上。我还一直觉得自己是个好人，惭愧到无地自容。过去一年多，每次能拯救一条生命，我心里都会说：'麻木，感谢你给了我这个赎罪的机会。'带罪赎罪是很好的修行。

"我是真心想跟你一起，补偿过去对你的伤害，跟你一起终老。假如你需要时间整理，我愿意等。我可以先回到战地继续救人，待你觉得我的赎罪能抵消一点点对你的伤害，等你准备好再接受我，而我还活着的话，我便回来，陪在你身边。我不介意也没资格介意你现在对另一个人产生感情，既然你对我还有爱，还未忘我们过去的一切，只希望我们不要再错过彼此。我们……重新开始好吗？"

麻木无力地说："如山，我分不清一件事：我对你还确定存在的那份爱，到底是川流的感情，还是已冰封的回忆。"

桌上的小蜡烛反映在他们面上的闪动微光，是唯一见过他们各自偷哭的证人。

围住他们周边的孤独空间，是钢琴声唯一无法进入的围城，里面，奏着一男一女沉寂地同在的休止符。

麻木：要一起看海吗？我在"麻木树"的海边。

麻木给Te留言。和如山分手后，紧绷的心头需要海量的洗涤。

收到信息时，Te正在“麻木树”附近的山上，删掉一则小蒙死心不息的留言，靠在一棵百年老樟树下聆听它的安详细语，整理近日被感情牵动的思绪。即使是再坚定的石头，也有脆弱的时候。

Te：我在你六点的方位，我们正看着同一片海呢。

麻木惊讶地抬头看山寻找他的影子，找不到。山偌大，人渺小。

Te：我下来吧。

半小时后，Te到达麻木正抱膝坐着的临海大石头上，这是他们偶尔来听海的地方。Te笑说这儿是他们的小冰岛。因为靠近这小冰岛，麻木才在这附近为“麻木树”选址。

Te打开她的掌心，放下一块刚在山上捡到的土红色小石头。

“好美啊，还暖的呢。”麻木把石头握在掌心里。

“是的，它陪我晒了一整天太阳。你好吗？”

“心里又麻又酸。”

“整理好自己了吗？”

麻木摇摇头，反问：“你呢？”

Te微微笑。

“这是我和你的分别。即使都在困惑里，你总是以微笑面对，我却不能。”麻木说。

Te继续微微笑。

海浪声很大，风也大。

“好怀念冰岛观浪音的黑夜。”麻木轻叹了一口气。

“是呢。”Te应和着。

“今天你做过了什么？”麻木问。

“跟我很爱的老樟树聊了一天，删掉了小蒙一个留言，在太阳下睡了半小时，醒来时脚尖上站着一只准是爱上了我的蓝黑色大斑蝶。”Te幽默起来了，“那你今天做过了什么？”

“我跟如山见面了，谈过一些，喝了又红又绿的茶，然后想和我准是爱上了的你一起看海。”麻木学着他的幽默，逗得他大笑。

“还能幽默，有进步呢！”

麻木静默了一分钟，低头抚摸着掌心的石头：“知道吗？我最重要的青春和爱都给了他，回想起来还有余温，像这块小石头。Te，我感到惭愧。你能坚决地回绝小蒙，我却还在挣扎和踌躇，是不是我爱得不够？”

Te静默了一分钟，定定地看着海说：“不是的，是你太善良，太重感情。我是你的话，也会挣扎。我挣扎了十一年，也押上了青春。这不是容易的事情！”

“我想起初姐。她花了一生等候爸爸回来，可爸爸没有回来，他们这生就错过了。如今如山大难不死回来了，怎样说也是因缘未了，不应错过，理应是喜剧收场才对，可怎么我却觉得是悲剧呢？”

Te安抚着麻木的背。

“法师说，你爸准备好，可是你妈没准备好，无法同步，他们这生就错过了。当你在冰岛问我是否愿意和你一起回来时，我反问你是否已准备好重新开始，还有没有未了的心结。你表示已准备好重新开始了。如今他劫后余生，成长了，准备好且回来了，时缘正合，照理你们应该再续前缘，你有想过是什么令你却步吗？”

“我准备好，是因为同行者不是他，而是你。我爱你。”麻木流泪了。Te触动地抱她，吻了她的额和脸。

“亲爱的，我知道，谢谢你，我也爱你。我们一起面对问题好吗？”

麻木点点头。

“我有些搞不清楚。八年来，我可以为了他命也不要，他再错再软弱，我都坚定地爱他帮助他，不离不弃。我一直以为这生只会全心全意地爱他一个人。可现在他劫后余生回来了，求我原谅，像初姐等了一生梦想爸回来的那样，可我却移情别恋了，心里装了另一个人，分不清对他的感觉是爱还是回忆，我是不是很坏？是不是跟他和我爸一样贪新忘旧，然后为自己的贪恋找漂亮的借口？”

Te安抚她的背。“嗯，我明白你的感受，这种混淆的感情是可以理解的。你这样问自己是很负责任的行为，起码你想诚实地对你自己和其他人。不如抽离一下，换个角色吧，假如这些问题是你的客人问你的，你会怎样回应？”

“你是在笑我能医不自医吗？我也是人，不能常常保持理性。人家有问题来找我，我有问题会找你，你比我单纯和清醒。你是我的御用治疗师啊！”

“试试看，我相信你能看清楚的。这样，我尝试问问题，你回答，如何？”

“好的。”

“如山的错在哪？”

“他，贪恋，说谎，没有清理好旧关系便开展新恋情，摇摆不定，伤害所有人。”

“你爸的错呢？”

“我爸和如山差不多，说谎，贪恋。”

“他们还有共同点吗？”

“他们都愿意改过，但遇上重重困难，解决不来。大致这样。”

“还有，别忘了他们身边都有个顽固、负面和强势的女人，是加深灾难的致命伤，令更多人受害。”

“对的，一个是初姐，一个是阿柔。”

“那，你和他们一样吗？你的错呢？”

“我的错？”

“这是老问题。你要为此负上什么责任吗？”

“我已付出我能付出的爱了。”

“对，正是这样，你的爱已付出了。爱被伤害了，变质了，只能放好它，成为或甜或苦的回忆，你需要向前走。假如你有客人像这位麻木小姐一样，好不容易走出了伤痛的关系，遇上新恋情，你会评价为贪恋吗？应该回到旧爱身边才合乎道德吗？爱上更值得你去爱的人是贪恋还是成长？”

“对的，我不会评价为贪恋，而是成熟了的爱。”

“人一生能深爱过不止一个人是福，不是证明真爱都不过是贪

恋。简单的道理啊，麻木医生。”Te嘲笑她，然后一本正经地说，“亲爱的，你知道你在纠结什么吗？不是责备自己对深爱过的人突然忘情，也不是不道德的移情别恋，而是在两者同时发生时，在突然出现的两条重叠的情感路轨上产生挣扎，需要刹掣而已，因为你并不是那种会在未清理好旧关系便开展新关系的人，这是你跟如山和你爸根本的不同。你一直尊重人、尊重爱，你并没有错爱过，不管是过去，还是现在。”

麻木哭了，感动地哭了。世上只有Te能照亮她的暗夜。

Te吻去她的泪，“没事的，是不容易的，我都明白，都明白。”

“我懂了。”麻木说。

夕阳准备出场，天色初泛微红，像夕颜的茶色。

“麻木，我们换一个角度再看看吧。如山有什么令你舍不得他吗？”

麻木深思着。

“我想，是我和他许多许多珍贵的过去，还有那曾经教我死不瞑目的未了心愿，期待等到他守诺回来补偿我。”

Te低低地叹息：“麻木呀，你和他在一起六年，加上两年的灾难纠缠，前后八年了。而我和你不过是一年多的相遇。即使我和你的经历都是密集和深邃的体验，分享过对我而言是一生中最丰盛和精彩、比初恋更动人的许许多多第一次，即使我有多么地珍惜，可是我无法跟他相比的地方，是他和你加起来的回忆。”他的微笑首次像泡浸过时的乌龙茶。

Te继续说：“人的记忆是很复杂的事。我以前会这样想：能留下来的记忆，就是值得的回忆。所以，小蒙十多年来一直在我的记挂里，我以为念念不忘代表我还很爱她。但是后来，尤其是和你一起经历过这一年多，我才深深地体会到，**留在记忆里的东西，只是你还没有时间去整理和清理，并不表示你还重视它，或者它有多重要。记忆可以骗人，也可以暖人。到底要忘掉什么，莫忘什么，需要智慧去筛选，才不会被记忆驯服。**”

夕颜已换上黑衣，风渐大了，Te怕麻木会着凉，她又忘了带外衣。

“没救的姑娘，下次我要收你外衣添加费！”说罢把他带备的风衣披在她身上。

“我们回去吧，我饿了。”

麻木的肚子咕噜了一声，他们都笑了。Te搭着她的肩膀一起慢慢走回“麻木树”。

Te在“麻木树”的小厨房，不消十五分钟便做了简单的非洲小米配牛油果烤大蘑菇。麻木开了一瓶二〇一〇年的特级波尔多红酒，是Candy贴心地放在她桌上，等她从京都回来接收的生日礼物，还束了大大的红丝带蝴蝶结。

“二〇一〇年的红酒刚进入适饮期，总是喝得人甜在心头，因为那年的气候对葡萄的生长和酿造是罕有的匹配。像茶一样，好的成品得来不易，要天地人和合。”Te边吃边说边品酒。

“拜托，你也是红酒专家吗？大概你说也曾是动物传心师或私家侦探我也不会感到意外。”麻木笑说，喝了一口酒，满满的果香。

“那些年在法国，跟朋友的爸爸去不同的酒庄品酒，学酿酒，差点拿了个品酒师资格，没考成是因为感情困扰误了事。你看，情困这回事都是当局者迷，能走出来真的不容易。”Te自嘲，“果香以外，你还能喝出微微的木香吗？”

麻木细品，果然微渗出阵阵木香。

他们没有开灯，点了几只小蜡烛，靠坐着对望大海，静静地把酒喝完。

“爱像酒，发酵是深是浅，看人遇上的天时地缘。爱也像茶，能不能泡好，取决于泡茶者的准备。你虚怀一点，茶给你多一点；你自我一点，茶给你少一点；你放下了，茶便敞开层层底蕴，给你丝丝入扣的滋味。你成熟了，准备好，茶会和你一同转化。是缘未了还是缘已尽都不只是天意，也要看人的成长和造化。以前爱了那么多年，都不懂这些。现在开始懂，又不太懂。”麻木说。

“还记得我在冰岛第一次泡给你喝的茶吗？”Te问。

“怎会忘记？是令我震撼的、跟自己重逢的‘初心’啊，她重燃了我的激情和梦想，在我独自回来自疗时给过我温暖和力量。她可是我的蜕变茶。”

“知道吗？一直没有告诉你，我每天早上给你泡的熟普名字叫‘莫忘’。那是经过悠长岁月后发酵的茶。他其实是来提醒你一个很重要的信息：**莫忘初心。要莫忘的不是过去，而是你的初心。现在值得珍惜的是不应错过的人和事，其他的，可以回味，或者放下。**”

“我必须承认，和如山在一起时我们也有讨论很多问题，多半是哲学的、医学的，虽然也会谈人生道理，但都没有走进各自的生命里。**但人真正的问题都不在外边，而在里面。**触碰到里面最脆弱的东西时便会爆破，却无力修补，经不起考验。**我和他的错过不是宿命，而是没有成长**。而你，给了我生命的宽度和明灯。从来没有人能像你一样，总能给我看到云端以外的天空。你带给我的人生改变不只是破解了我的伤痛密码，更是一场又一场的探险旅程，原来世界很大，以前的我，世界再大也只是书本上的学海，现在的世界却是放眼四方的澄空。”

“**我什么都不懂，是茶告诉我的**。”Te从茶吧取出一罐茶，回来倒了一杯清水给麻木，为喝茶做准备，然后开始泡茶。

麻木看着他泡茶的细节，心静下来了，时间凝住了，什么都不重要了，先和水交心，先和茶交感。

Te特意选用了白瓷茶杯，递给麻木第一泡茶，叫她先看茶色，闻茶香，然后才喝。

茶在白瓷杯里显现了本色：淡淡的白，淡淡的气味，似有还无。啜一口，怡心的树香，轻描淡写的境界。

“是白茶吗？”

Te摇摇头，继续泡，“多喝几泡才告诉你。”

第二泡，第三泡，茶居然起了微妙的变化。最初明明是淡淡白，第二泡开始变微微黄，第三泡竟已幻变成剔透的金黄。味道也由淡然到中泡的花香，再到后来的甘甜。三泡茶像三种茶，情感变化婉约细腻，杯杯皆是惊喜，麻木以为Te在表演魔术。

“太神奇了！”

“喜欢吗？”

“喜欢，每泡都是期待，每口都有多一点的感情和滋味，我相信，这茶喝完了会叫人念念不忘，萦绕几天。到底是什么茶能如斯温柔和温暖，令人动容？”

“你不会想到，她是普洱，无量山的普洱银针。”

“普洱？后段倒是像普洱，前段却像白茶。是混合体吗？”

“不，是纯粹的古树普洱，因为全采茶芽尖，冲泡的时间决定了是甘甜还是苦涩，必须拿捏到位，当然还需要练习。她的名字叫‘朝月’，早上的月亮。”

“很优美的名字。我觉得，她的变化不只是在表层，而在内心，有一种沉淀和转化的力量。也许像早上的月亮，淡妆出场，只为准备更明亮的夜晚。”

“你喝什么茶便会变成什么。知道吗？你刚才即使是喝了酒还是脸露苍白，心里哭着痛着，没喝多少口茶便恢复生气，跟‘朝月’的转化一样。”Te的微笑带着耐心，“从初白、淡黄转化成剔透金黄，好美丽的月色蜕变，这是爱的炼金术。”

“荣格确实曾用炼金术来比喻心理成长的完整循环。Te，你真是个出色的读心茶疗师。”麻木的眼睛发出小茶杯里“朝月”映出的金光。

“每个人一生总会遇上和自己当下匹配的茶，这是你新的蜕变茶。”

麻木悄然地把小红石放在从维克黑海滩捡来的三块能量小黑石旁边，让它们靠在一起。

红与黑的绝配。

17　似了，未了

“知道那个从阿勒颇来的家伙吗？”连续三十小时没睡过的医生搭档Smith指着刚从医院开救护车离开的司机。

如山瞄了一眼，摇摇头，继续替一个刚进医院的伤者量血压。

“那家伙上了国际新闻啦，大家叫他Cat Man of Aleppo（阿勒颇眷猫者）。他收养了一百多只流浪猫，他就是个避难所。朋友都抛弃了家乡逃亡了，只有他冒死也要留下，接收弃城的人留下来的宠物，说动物也需要人照顾，不能遗弃它们。这家伙是吃错药啦。”

如山笑他：“你不也是吃错药才留下的吗？”

Smith拍了一下他的肩膀，会心微笑，“留下来的都是吃错药却去开药给病人吃的家伙呢！真是的。我去睡一会，这儿交给你了兄弟。”

如山回到叙利亚的医院已一个月。再次面对残酷的战地，布满鲜血的病房和手术室，不知何时会被炸弹炸中的地方，难以理解辛苦医好的伤者，出去后不久便被炸死，到底医来干吗！**伤害，医好，再伤害，这是人类特有的游戏。动物简单一点，只有杀和逃，**

没有留下来医好再杀的道理。荒谬得可以的战争，把儿子送上黄泉的游戏，历史上每个时代都一样。

但医者的工作是医人，不管医好后是不是再次送他们去受伤或受死。荒谬是避无可避的现实，就像生病一样，医与不医，人还是会死的，但你还是会求医。**做应该做的事就好了，想太多不好**。

如山的心是平静的。能有机会医人已是万幸，他没有忘记此生要好好赎罪，为他伤害过的人。

麻木没有马上接受他的回来，有点出乎意料，但是可以理解。她应该有更爱她的人在身边，他已决定一直等她，虽然很难过，也很痛。当他已准备好去照顾她，守护她时，轮到她未准备好，或者是他错过了。他开始明白等待恋人的痛苦，明白麻木爸爸的痛苦，体会到麻木这几年是怎么过的。让他去经历一次麻木经历过的苦吧，是他的果报，他承受。他只想活得谦虚一点。

离开前，他给麻木留言：

> 亲爱的，我要回叙利亚了，希望下次回来时，能看见你的笑脸。对不起，我爱你。

有老茶人说，茶到了第十年便会进入沉睡期，茶质会变呆滞，不在状态，不好喝，所以要是错过了第九年，便要再等十年，待醇化、历练后，茶便会进入另一个层次。

爱可能也一样。

这世上，以为爱过的人太多，没有错过的人却太少。

如山和麻木错过了他们的第九年，似了非了缘未了，是否要等待下一个十年，缘分才能醇化，走进另一个阶段？**人生能等待多少个十年？是错过了还是抓住了，都只能走到最后才可回头看清楚。爱是一场漫长的修行。**

另一个时空的这个夜晚，Te曾在冰岛说过的一番话，浪来浪往地浮潜在麻木的心头："如果能像海一样，便没有你、没有我，只有我们一起，不管发生什么事情也会在一起，不会觉得自己有什么了不起，我们不过是海里的一滴水，但没有这滴水，也没有这片海。"

不管怎样，她已"扑通"投进去了。

"忽然想起，你一开始便那么喜欢Te 、Te地喊我的名字，会不会是因为Te的发音是爹，你其实像你妈一样，借喊我的名字来喊你爹呢？你们心理学不是有恋父情结这回事吗？"Te问。

"你少装专家，哪有现代人还喊爹的呢！Te是茶，不是爹。我会说不喜欢喝咖啡了，现在喜欢茶，就是说我喜欢你呀。我才不恋父，我恋的……是你。"麻木深情地说。Te深深吻了她。

夜深的静是跟自己在一起的孤静，晨曦的静是跟存在在一起的寂静。

麻木和Te挽着手靠在一起看海，宁静地迎接每个深夜与清晨。

假如你与这里出现过的人同路，好不容易走过来，"扑通"投进人间世大海，所有人的故事可以在这一幕告终。

这样就好了。

- 全书完 I -

每段缘分都有一个暂时的结局，你永远不知终点在哪里。

似了未了原是命运的本质。

这里还有另一个场景。

那夜，Te把“朝月”化成爱的炼金术，麻木把小红石放在从维克黑海滩捡的三块能量小黑石旁边，让它们靠在一起，拼成红与黑的绝配，像他和她的缘分。

Te轻抚麻木的发边，虔诚地说：“我希望从今以后，把和你在一起的许许多多美好时光，一点一滴加起来，多到光是回味也要花上好几个世纪，好不好？”

麻木点点头，再好不过的约定。

“麻木，你值得拥有更好的人生，不要再受苦了，你已受够了。让我的爱带给你苦尽甘来的人生。”Te深深地吻着麻木，给了她此生最安心和如释重负的心跳。

麻木最后一次和如山见面。

“曾经，你叫我等你三年，你知道等待有多痛苦吗？我不会叫你等我，希望你明白我的用心。”麻木说。

“我懂。我知道你现在最需要的是什么。无论如何，我还是会用我的方式等待你。你不用感到压力，无论发生什么事，无论你在哪、我在哪，只要我还活着，你还需要我，我都愿意回到你身边。”如山说。

“假如这句话能早两年说，我们的命运便不再一样了。”麻木忍不住淌泪。

相爱无缘，相对无言，剩下两人最后的拥抱。

两星期后，麻木收到如山要回叙利亚的留言，心里有点忐忑不安，担心他到战地会不会遇险，每每看到那边的新闻都分外留神，每天都给他平安的祝祷。和这个曾经爱得轰轰烈烈的恋人的缘分，她已诚心交给天。目前，她只希望能抓紧不愿意错过的爱。

Te希望开一家茶吧，让他精挑的好茶能带给更多人疗愈和平安。他计划把茶吧开在“麻木树”旁边，这样他便可以同时兼顾个案和茶吧。麻木赞成。他需要离开一个月，到云南茶山购茶，谈供货商，也回老家一趟探望爸爸。

麻木谈好把隔壁租下来，改建成开放的茶吧，而她也可以在看完个案后，做个名正言顺的“吧女”，实现她年轻时代的梦想。开展新生活，为生命注入新元素，感觉是多么的兴奋和美好。以前从来只有痛苦的人生，现在变得充满了期望和爱。

原来，爱真有强大的蜕变力量。

这天，麻木收到Te的留言：

一切顺利，星期五回来，茶山上网络不好，有事情可以留言我爸的手机号，我过两天回家便收到。回来约在小码头见，我有惊喜要带给你。天凉了记得穿衣。抱抱。

有种等待是痛苦的，那是经历一而再的失望和变卦，你永远等不到，却不忍心放弃，这种等待叫虐待。

有种等待是甜蜜的，那是在逐步实现幸福的梦回中，一觉醒来还是能给你预期兑现的承诺和希望，这种等待叫奢侈。

奢侈原是爱的本质。

麻木怀着爱活过了一段短暂的奢侈时光，生命里有个等待的人、希望想见的人、想抱的人、想和他一起做很多事的人。她开始相信，上天给她的磨难已告终。原来活得安心，不再忧心会有灾难或人心会变，是这么踏实和轻盈。

过两天Te便回来。

今早醒来，收到如山不时会发来的问候短信：

昨天救回一名心脏停了近五分钟的两岁小女孩，奇迹再现，把喜悦分给你。愿你今天平安。

很温暖的信息，他没事就好，救到人更好。麻木正要准备做早餐然后回工作室，突然收到Te爸爸的信息：

原小姐，临沧冰岛一带地震，和儿子失去联络，有进一步消息再跟你说。勿太担心，那边地震是常事，应该没什么。

麻木的心脏停顿了。不要这样，Te请你快回来，不要这样。

不知是对谁说的，只能说“不要这样”，已经有太多“本来好好的然后突然消失”的经验了。马上看新闻，没有报导，是因为山区经常都有小地震微不足道吗？大的小的？严重吗？山路封了吗？哪段路？什么都不清楚。麻木却知道，Te在的地方也叫冰岛，出产曾经呼唤他出走的冰岛普洱茶。急死了，没有用，只能等待。

生死未卜。没过几天的奢侈日子又回到从前。忧心、不安、无助、痛苦、没完没了的等待。

今天是约定在码头相见的日子。他说过，要给她一个惊喜。

他，没有回来。

三个月了，他始终没有回来。

最初，她在一个冰岛认识他；最后，他在另一个冰岛消失掉。这个男人，仿佛为帮她找回自己后便功成身退，已被上帝召回。真的是这样吗？

“所有人都离开了，我留下来是为了什么？”麻木跟自己说，跟老天说。

除了等待。

码头的风很大，她依旧忘记带外衣。

爸爸吹奏给她听的《三谷》调子在脑海盘旋，迎风吹来爸爸的声音：“希望你长大后，明白人生就像高高低低的山谷，三回起伏，还是要回到本位。你将来长大了，有悟性的话，会明白。”

- 全书完 II -

附录
音乐

主题曲

最深的孤独 *Profound Solitude*

作曲／演奏：冯伟恩

章曲

没有自己只有一起 *Together In The Dark*

但愿不再错过 *Lunar Fate*

作曲／编曲／钢琴／大提琴：伊妮 Ah Lee 混音：Oakey Lo

尺八本曲

三谷 *Sanya*

手向 *Tamuke*

演奏：Ocean Chan 录音：Oakey Lo

音乐人简介

冯伟恩 Wai Yan Fung

香港独立乐队“俭德大厦”及“茶泡饭姊妹”成员，并多次为素黑之出版、录像作品及茶修课程创作原创钢琴音乐。

邮箱：jaojao@gmail.com

伊妮 Ah Lee

无伴奏合唱（A Cappella）歌手，乐队Republic-A成员，目前致力弹奏、作曲及制作原创流行音乐。

微信：lee_maruko

陈伟光 Ocean Chan

尺八修行者，跨界艺术家，2007年起与素黑联合主持情绪管理及声疗工作坊，教授“新体道”、声音及音乐自疗法。

罗伟兴 Oakey Lo

音乐创作人，曾于奥地利发表第一张单曲专辑*On the Moon*，近年成立媒体制作单位Crescendo Media Services。

网页：www.crescendo-hk.net

感谢你们与《如山、古树和我》
或明或暗、或深或浅、或悲或喜地同在过

韩丽珠	Coco Hon	荣誉小说顾问、猫事启蒙者
陆以心	Jody Luk	小说顾问
陈伟光	Ocean Chan	尺八演奏、小说顾问
李家麟	EC Lee	中医茶疗顾问、荣誉自发校对师
李天安	Crimson Li	日语及日本文化特约顾问、茶启蒙者及顾问
		茶单内容启蒙者、特约泡茶师、荣誉自发校对师
草　祭	Connie Choi	茶顾问
薛嘉弢	Julian Sit	茶顾问
吕沐真	Raymond Ray	茶启蒙者及顾问
余文心	Katherine Yu	茶老师及启蒙者
刘可盈	Zoe Lau	茶启蒙者
苏惠雯	Elaine Su	茶老师及启蒙者
马绍礼	Alky Ma	特约“初心”茶泡茶师
项明生	James Hong	冰岛黑沙滩小黑石赠主
冯伟恩	Wai Yan Fung	钢琴音乐原创者
伊　妮	Ah Lee	钢琴音乐原创者
罗伟兴	Oakey Lo	尺八本曲录制、钢琴混音
叶　破	Paul Yip	冰岛行程顾问
猫　猫	Maomao	猫就是猫

茶品指导鸣谢：

奇境：草祭@六感生活馆　　冬伤：薛嘉弢@人间世茶会馆

初心、莫忘：吕沐真@云茶境　　远音、夕颜、朝月：大红@人在草木

麻木树疗愈工作室

疗伤提案表

- 这是自我了解的旅程，也是自疗的第一步。
- 你现在未必怀着最佳的心情回答提问，但最负面的时刻也是最正面的机缘，让你决心剖白自己，观照自己过去、现在和将来的种种。

姓名：　　　　　　性别：　　　　　　年龄：

职业：　　　　　　学历：　　　　　　联络方式：

○ 伤痛的因由？

○ 你的反应是？

○ 事件对你的影响（如工作、学业、健康、财政等）？

○ 受影响的心理症状（如发脾气、惊恐、过分焦虑等）？

○ 受影响的生理症状（如失眠、头痛、经痛、容易疲累等）？

○ 寻求自疗的原因？

○ 你的家庭背景（尤其是你和父母或重要亲人之间的关系）？

○ 你的爱情或婚姻现状对目前的生活和情绪有多大影响？

○ 如何形容自己的性格和际遇？

○ 以往接受过专业或非专业治疗或辅导吗（包括精神科治疗、心理治疗、社工辅导、问卜等）？

○ 有接受过或现正接受药物治疗吗？治疗后感觉如何？

○ 最想改变什么？最不想改变什么？

○ 觉得自己最有价值或最强的是什么？

○ 觉得自己最无价值或者最弱的是什么？

○ 生命中曾经最快乐或最自豪的事情是什么？何时发生？

○ 对能改善自己的弱点感到乐观吗？为什么？

○ 目前最怕失去什么？

○ 是否经常需要身边有人陪伴？

○ 有自毁倾向或习惯如烟、酒、毒、暴食、厌食、暴力、割手、自杀等吗？

○ 最喜欢做什么？有什么兴趣？

○ 有可倾诉的知心朋友吗？人际关系如何？

○ 曾有被性侵犯或虐待的记录吗？

○ 你能为自疗付出什么？

○ 你明白自疗的重点是改善自己而不是改变他人或命运吗？

○ 你明白治疗的重点是学习自疗而不是依赖谁吗？

○ 你明白自疗的路很漫长也不容易，但你会坚持努力尝试不后悔吗？

○ 你愿意爱你自己吗？

答完后请闭上眼睛，由衷地向自己说声谢谢，

因为你愿意踏出自爱的一步。

感谢让自己有机会重新呼吸。

本书中文繁体版由香港知出版社出版
书名为《麻木树·疗伤茶馆》

谢谢。您选择的是一本果麦图书

诚邀关注“果麦文化”微信公众号

如山、古树和我

产品经理｜廖文彬　装帧设计｜何月婷

后期制作｜白咏明　责任印制｜梁拥军

营销推广｜李　洋　出 品 人｜路金波

图书在版编目（CIP）数据

如山、古树和我 / 素黑著. -- 天津：天津人民出版社，2017.7（2017.9重印）
ISBN 978-7-201-12002-7

Ⅰ. ①如… Ⅱ. ①素… Ⅲ. ①长篇小说 – 中国 – 当代
Ⅳ. ①I247.5

中国版本图书馆CIP数据核字(2017)第135505号

如山、古树和我

RUSHAN GUSHU HE WO

出　　版　天津人民出版社
出 版 人　黄　沛
地　　址　天津市和平区西康路35号康岳大厦
邮政编码　300051
邮购电话　022-23332469
网　　址　http://www.tjrmcbs.com
电子信箱　tjrmcbs@126.com

责任编辑　金晓芸
产品经理　廖文彬
装帧设计　何月婷

制版印刷　河北鹏润印刷有限公司
经　　销　新华书店
发　　行　杭州果麦文化传媒有限公司
开　　本　880 × 1230毫米　1/32
印　　张　9
印　　数　25,001–30,000
插　　页　2
字　　数　192千字
版次印次　2017年7月第1版　2017年9月第2次印刷
定　　价　42.00元

版权所有 侵权必究
图书如出现印装质量问题，请致电联系调换（021-64386496）